A
PARTE BOA
DA VIDA

SOPHIE COUSENS

A PARTE BOA DA VIDA

TRADUÇÃO: Luara França

GUTENBERG

Copyright © 2023 Sophie Cousens
Copyright desta edição © 2025 Editora Gutenberg

Título original: *The Good Part*

Todos os direitos reservados pela Editora Gutenberg. Nenhuma parte desta publicação poderá ser reproduzida, seja por meios mecânicos, eletrônicos, seja via cópia xerográfica, sem a autorização prévia da Editora.

EDITORA RESPONSÁVEL
Flavia Lago

EDITORAS ASSISTENTES
Natália Chagas Máximo
Samira Vilela

PREPARAÇÃO DE TEXTO
Yuri Martins de Oliveira

REVISÃO
Natália Chagas Máximo

PROJETO GRÁFICO E
ILUSTRAÇÃO DA CAPA
Sandra Chiu

ADAPTAÇÃO DE CAPA
Alberto Bittencourt

DIAGRAMAÇÃO
Waldênia Alvarenga

Dados Internacionais de Catalogação na Publicação (CIP)
(Câmara Brasileira do Livro, SP, Brasil)

Cousens, Sophie
   A parte boa da vida / Sophie Cousens; tradução Luara França. --
São Paulo : Gutenberg, 2025.

   Título original: The Good Part.
   ISBN 978-85-8235-801-6

   1. Romance inglês I. Título.

25-259531   CDD-823

Índices para catálogo sistemático:
1. Romances : Literatura inglesa 823

Eliete Marques da Silva - Bibliotecária - CRB-8/9380

A **GUTENBERG** É UMA EDITORA DO **GRUPO AUTÊNTICA** @

São Paulo
Av. Paulista, 2.073 . Conjunto Nacional
Horsa I . Salas 404-406 . Bela Vista
01311-940 . São Paulo . SP
Tel.: (55 11) 3034 4468

Belo Horizonte
Rua Carlos Turner, 420
Silveira . 31140-520
Belo Horizonte . MG
Tel.: (55 31) 3465 4500

www.editoragutenberg.com.br
SAC: atendimentoleitor@grupoautentica.com.br

Para o meu eu de vinte e seis anos.
Aguenta firme, gata.

1
HOJE

Minha cama está molhada. Não úmida, mas realmente encharcada, como se meu travesseiro tivesse sido usado como barreira durante uma inundação. Ao olhar para cima, vejo uma pequena corrente de água caindo através da mancha amarela no teto do quarto: a origem da tal enchente. O relógio na mesinha de cabeceira me mostra que são cinco da manhã, que é o pior momento matinal – não é cedo o suficiente para voltar a dormir, mas também não é tarde o bastante para se pensar em começar o dia.

Quando pulo da cama, vou me desviando dos obstáculos formados pela bagunça no chão até alcançar o corredor, por onde corro até a porta da frente, as escadas frias e o apartamento acima do meu.

– Senhor Finkley! Senhor Finkley! Seu banheiro está vazando de novo – grito enquanto bato na porta com os dois punhos. Ninguém responde. É melhor que ele não tenha morrido na banheira com a torneira ligada, porque se for isso, o teto todo pode desabar, e ainda vou ter que lidar com um cadáver além de tudo. – Senhor Finkley! – Tento mais uma vez, com o tom de voz ainda mais alarmado, tentando espantar a imagem mental da minha cama esmagada sob uma pilha de entulho e espuma.

Finalmente, uma fresta se abre e o senhor Finkley olha para mim. Ele está na casa dos sessenta, cabelo ralo e louro, espigados em ambos os lados de careca. Seu rosto é anguloso, e ele usa óculos de aro marrom permanentemente manchados de gordura. Toda vez que o vejo, preciso me lembrar de não o chamar de senhor Fedidokley, que é como meus colegas de apartamento e eu o chamamos entre nós.

– A água da banheira está vazando pelo meu teto de novo – digo a ele, firme.

– Estava tomando banho – responde ele, enrolando uma mecha de cabelo molhado em torno de seu dedo indicador e, em seguida, removendo o dedo, deixando para trás um chifre de cabelo.

– Estamos no meio da madrugada – digo, exausta. – E lembra que o encanador disse que o senhor não pode tomar banho de banheira, pelo menos até que tenha resolvido o problema do selante do piso? Qualquer excesso de água vem direto para o meu quarto. – Minha voz é comedida, como se eu estivesse explicando isso a uma criança pequena.

– Não gosto de tomar banho de chuveiro – responde ele, girando um chifre de cabelo simétrico no outro lado de seu couro cabeludo.

– Eu também não, ainda mais quando estou dormindo, na minha *cama*. – Saio pisando duro, dizendo: – Coloque algumas toalhas no chão, então, pelo menos!

Não adianta tentar argumentar com o lunático que adora tomar banho de banheira. Vou ter que ligar para a nossa locatária, Cynthia, *de novo*. Tudo o que sabemos sobre ela é que mora na Espanha, é alérgica a pelos de gato e é uma locatária absolutamente negligente. Ela me repreende por "incomodá-la com nossas preocupações domésticas", mas eu estou incomodada, Cynthia, estou extremamente incomodada.

Quando volto ao quarto, tiro meus amados livros da caixa plástica em que residem e a coloco em cima da cama, para capturar qualquer gota remanescente. Ao olhar para os livros, me sinto como uma mãe que não foi capaz de cuidar de suas crianças. Eles merecem uma estante decente, merecem ser exibidos, as lombadas à mostra, classificados por gênero, não amontoados em uma pilha no chão úmido. *Um dia, livrinhos, um dia.* Depois de trocar a roupa de cama encharcada, vou me esgueirando para o canto seco da cama, querendo muito algumas horinhas, mas é difícil dormir quando a cabeça está a mil e os pés, úmidos. Devo ter cochilado, pois acordo com o despertador, confusa por estar dormindo ao contrário na cama.

Desse ângulo, meu quarto fica completamente diferente. Pela janela, vejo a promessa de mais um dia nublado, e a muda de gravatinha que deixo no parapeito da janela parece ainda mais marrom e doente do que ontem. A planta foi presente do meu pai, junto do pé de iuca que agora está caído no canto do quarto. Ele está convencido de que plantas ajudam na depressão e na ansiedade. Ironicamente, tentar mantê-las vivas até a próxima visita dele tem sido uma grande fonte de ansiedade para mim. Ele me disse que "é impossível matar gravatinhas, elas se dão muito bem sem nenhum cuidado", mas parece que vou conseguir esse feito. Essas plantas me lembram os canários nas minas de carvão, um teste decisivo para condições de vida inóspitas.

Me enrolo em uma toalha e vou ao banheiro, que está ocupado. O banheiro está *sempre* ocupado.

Bato na porta e digo:

– É a Lucy. Você vai demorar? – Se for Emily ou Zoya, vai ser rápido, mas Julian pode demorar horas. Quero saber se vale a pena esperar ou se devo ir preparar uma xícara de chá.

– Estou me barbeando – responde Julian. Que ótimo. Isso significa que a pia vai ficar cheia de pequenos pelos, e a toalha de mão vai ficar cheia de creme de barbear.

– O teto do meu quarto está com vazamento de novo – digo.

– Que chato – continua Julian, mas o tom de voz dele não demonstra o quão chato é, principalmente para quem está dormindo embaixo daquela goteira. Enquanto estou no corredor, conversando com a porta do banheiro, um homem sai do quarto de Emily. Ele é alto, tem o cabelo descolorido e uma tatuagem enorme de uma águia no peito.

– Oi, sou o Ezequiel – diz ele, junto de um aceno tímido. – Amigo da Em.

– Oi – respondo, rápida em puxar a toalha mais para cima do peito, me certificando de que tudo está coberto.

– O banheiro está vazio? – pergunta ele, com um bocejo, enquanto espreguiça os longos braços pálidos acima da cabeça. Ele tem o porte languido de um homem que não tem pressa para estar em qualquer outro lugar; ao contrário de mim, que preciso ir pro trabalho.

– Infelizmente, estou na fila.

Jogar conversa fora com uma das ficadas da Em não é minha atividade matinal favorita, então vou pra cozinha, onde encontro Betty, a namorada bumerangue de Julian, com três panelas no fogo. O que quer que ela esteja fazendo, cheira a cavalo morto em uma vala, ou à água dessa vala com algumas ervas. Não tenho nada contra Betty, mas ela está *sempre* aqui, *sempre* cozinhando um monte de coisa, e o apartamento não é grande o suficiente nem para nós quatro, quem dirá para Betty e seus potes de comida.

– Bom dia, Betty! O que você está cozinhando aí? – pergunto, feliz. Uma das minhas maiores qualidades é que consigo ser educada e animada mesmo quando estou ranzinza e furiosa. Esconder os próprios sentimentos é uma habilidade essencial, ainda mais quando se divide um apartamento desses. Ninguém quer morar com a Maria Reclamona. Antes que Betty possa responder, escuto a porta do banheiro se abrir, e corro até o corredor para entrar lá antes da última conquista de Em. Ele ainda está na porta, mas consigo entrar no banheiro antes dele.

– Sinto muito, estou desesperada – digo, enquanto cruzo as pernas e dou um sorrisinho de desculpas.

Como eu tinha previsto, a pia parece o parquinho de um grupo de porcos-espinho, e não tem papel higiênico, de novo. Por sorte, guardo um rolo escondido na sacola de roupas, para esse tipo de emergência. *Ah não, alguém encontrou meu esconderijo.*

Quando abro a cortina mofada do chuveiro, encontro a banheira cheia de ossos muito grandes e muito reais, vou cambaleando para trás, horrorizada, e bato a cabeça no toalheiro.

– Ai! Mas que *diabos*? Tem alguém tentando dissolver um corpo em ácido? Como se esse apartamento já não fosse sórdido o suficiente.

– Você está bem? – pergunta uma voz no corredor. Saindo de perto daquela cena de morte e decadência de causar pesadelos, corro de volta para a cozinha.

– Por que tem um corpo na banheira? Vocês dois mataram alguém? – pergunto.

– Ah, não é um corpo – responde Betty, rindo. – Julian e eu estamos fazendo a dieta do caldo essa semana. Eu precisava branquear os ossos para a próxima panelada, mas não queria monopolizar a pia da cozinha. O açougueiro me deu um boi inteiro praticamente de graça. Quer experimentar? Faz maravilhas pra quem tem síndrome do intestino permeável. – Betty segura uma concha em minha direção.

– Não, obrigada – respondo, segurando a vontade de vomitar. Estou feliz que ninguém tenha morrido e assustada em pensar que meu primeiro instinto foi achar que meus colegas de apartamento tinham matado uma pessoa. É possível que eu esteja assistindo muito detetive Poirot de novo. É a série que mais me conforta, mas talvez esteja fazendo com que minha mente imagine coisas. – Como eu vou tomar banho? – pergunto para Betty, com toda a calma possível. – Não posso me atrasar para o trabalho, especialmente hoje.

– Estamos sem água quente mesmo, usamos tudo para branquear os ossos – grita Julian, do quarto.

– Vou tirar de lá já, já – continua Betty, toda doce.

O ficante de Em agora monopolizou o banheiro, e estou um pouco preocupada em ouvir o barulho do chuveiro. *Ele está tomando banho junto dos ossos? Por que só eu estou perturbada com isso?* A porta do quarto de Emily está aberta, então coloco a cabeça ali para ver se ela está acordada.

– Noite boa? – pergunto para a bagunça de dreadlocks vermelhos que vejo embaixo do edredom.

– Ah, Lucy, descobre o nome dele para mim? – sussurra ela. – Não consigo me lembrar.

Antes de se mudar para o apartamento de Vauxhall, região central de Londres, Emily tinha morado em um barco comunitário em Shoreham, um porto em West Sussex. Odeia o "sistema capitalista" e sempre tenta um escambo toda vez que as pessoas esperam que ela pague algo. Não podemos negar que foi impressionante ela ter conseguido quase todos os móveis do quarto através de trocas por cactos cultivados em casa. Por princípio, Emily insiste que "compartilhemos tudo", o que significa compartilhar o *meu* cereal, o *meu* pão e o *meu* sabonete facial hidratante. Quando a conheci, achei que era uma hippie maluca. Agora, tendo morado com ela por dois anos, decidi que eu estava coberta de razão.

– É algum nome bíblico. Jeremias? Zebadias? – sussurro. – De onde ele surgiu?

– Sarau de poesia em Shoreditch – responde ela, com uma mão em cada bochecha. – Gato, né?

– Ele com certeza tem presença – digo, com cuidado.

Emily e eu não temos o mesmo gosto para homens. Por exemplo, eu tendo a escolher homens que trocam de cueca todos os dias.

– Está vazando água do teto do meu quarto outra vez – conto.

– Que papo chato – responde ela, enquanto puxa o travesseiro seco até embaixo da cabeça. Às vezes, parece que sou a única pessoa aqui que se preocupa com meus problemas de teto. Como que respondendo ao meu chamado de autopiedade, música começa a pulsar do quarto de Zoya, no final do corredor. Espero que a minha melhor amiga seja mais compreensiva com a situação.

– Ei – digo, enquanto bato na porta do quarto dela. Zoya está de calcinha e sutiã, dançando ao som do novo álbum da Taylor Swift.

– Bom dia, Lucy Lu – responde ela, cantarolando. Sei que Zoya estava na farra até as três da manhã, mas ainda assim, só cinco horas depois, aqui está ela, radiante e sem defeitos, com a juba de cabelos pretos sedosos, olhos brilhantes e um corpo invejavelmente esbelto. Ela é do tipo de pessoa que cai da cama depois de ter dormido de maquiagem e parece ter feito um olho esfumado proposital. Quando eu durmo de maquiagem, pareço ter acordado com conjuntivite.

Conheço Zoya desde que tinha doze anos, mas se tivéssemos nos conhecido agora, não sei se seríamos amigas – eu me sentiria intimidada. Ela cresceu na Índia, e só veio para a Inglaterra depois de uma temporada nos Estados Unidos. Quando chegou na nossa escola, com roupas americanas estilosas e sotaque glamuroso, parecia que uma estrela do cinema estava entre nós. Mas quando a conheci melhor, descobri que por baixo daquilo tudo, era uma nerd como eu. Fizemos amizade depois de conversar sobre nossa coleção do Snoopy e nosso amor pelos livros da Stephanie Meyer.

– Posso trazer meu colchão pra cá essa noite? – pergunto, ao me sentar no canto da cama dela. – Fedidokley alagou o meu quarto de novo. A cama está encharcada.

– Claro, coitadinha! Quer que eu ajude você a secar o edredom com o secador de cabelo?

– Não, não precisa se preocupar. Faço isso mais tarde.

– Que cheiro estranho é esse? – pergunta Zoya, com uma careta.

– Julian e Betty estão cozinhando um monte de caldo de osso. Tem uma pilha de ossos na banheira. – A expressão de Zoya é de horror. – De todos os colegas de apartamento que poderíamos ter no mundo, por que tivemos justamente esses?

– Porque era o único que podíamos pagar e tinha dois quartos vagos.

– Emily trouxe outro cara aleatório pra cá.

– É melhor esconder seu dinheiro. Tenho quase certeza que o último cara que ela trouxe roubou vinte pilas da minha carteira e umas calcinhas da minha gaveta.

– Por sorte não tenho nada para ser roubado. A não ser que ele queria uma planta quase morta.

– Não sei de onde ela tira esses caras suspeitos.

Zoya abaixa o volume da música e se senta à penteadeira para passar chapinha. Quando me vejo no espelho atrás dela, lembro o quanto o meu cabelo está horrível – um marrom insosso e assimétrico, graças a um tutorial online que mostrava como cortar seu próprio cabelo em casa. Talvez eu não tivesse a tesoura certa. Talvez eu não tivesse o cabelo certo.

– Olha isso – digo ao puxar o lado mais curto do meu cabelo.

– Não está tão ruim assim – responde Zoya. – Vamos lá, vou arrumar pra você – Ela se levanta e faz um gesto para que eu me sente, e logo começa a trabalhar, usando grampos para fazer um coque bagunçado. – Você precisa parecer inteligente no seu primeiro dia no trabalho novo.

– Eu sei – digo, emocionada por ela se lembrar que é meu primeiro dia. – Finalmente vou fazer mais do que imprimir roteiros e limpar a bagunça dos outros.

– Estou tão orgulhosa de você, Luce. A minha melhor amiga, a maior pesquisadora de conteúdo pra TV.

– Pesquisadora *júnior* – corrijo, e já sinto as bochechas corarem pelo elogio. – E não recebi aumento, só um novo cargo, mas vou ter mais responsabilidade agora. Pode ser até que eu consiga dar ideias, quem sabe até fazer o *briefing* com os convidados.

– Você trabalhou pra caramba – diz Zoya, enquanto pega uma faixa de cabelo brilhante e coloca em mim, como uma coroa. – Já, já você vai ser a rainha da TV. O que me lembra… – Zoya pega um cartão em uma das gavetas e me entrega. Na frente, vejo um desenho que ela fez. Sou eu com uma coroa, segurando uma TV e cercada de livros e texugos. Bem no alto, em uma caligrafia impecável, está escrito "Parabéns!".

– Que lindo – consigo responder, rindo. – Um original Zoya Khan. Um dia, isso vai custar uma fortuna.

– É pra você colocar na sua mesa no trabalho, pra te lembrar do seu futuro.

– Eu amei. E por que todos esses livros e texugos?

– Você gosta de livros e gosta de texugos – responde ela, dando de ombros.

Pego a mão dela para dar um leve aperto de agradecimento, a minha boca faz um "obrigada" mudo no espelho.

Zoya sempre foi uma leal partidária da minha carreira capenga na TV. Os meus pais estavam tranquilos quando consegui o meu primeiro emprego como produtora, mas, dezoito meses depois, quando eu ainda ganhava um salário-mínimo, começaram a questionar o que estava fazendo com a minha vida. Todos os meus amigos estavam progredindo em suas carreiras, aproveitando os diplomas, e eu ainda lá, na base da pirâmide, fazendo cafezinho.

Na penteadeira vejo uma foto de nosso grupo de amigos da escola: eu, Zoya, Faye e Roisin. Nós quatro falávamos em dividir um apartamento quando nos mudássemos para Londres, mas os pais de Faye compraram um estúdio para ela, e Roisin, júnior em um escritório de advocacia, tinha um orçamento muito maior do que Zoya e eu.

— Que maravilha seria trocar Emily e Julian por Faye e Roisin — falo baixinho, encarando Zoya pelo espelho.

— Roisin não aguentaria morar em um lugar sem suítes — responde ela, rindo. — E Faye provavelmente acharia que a missão dela seria tratar o comportamento antissocial de Fedidokley com reflexologia e chás de ervas.

— Talvez a gente pudesse arranjar um encontro pros dois — digo, e nós duas começamos a rir.

O quarto de Zoya já foi parecido com o meu, pôsteres colados na prede e roupas remendadas com fita adesiva. Mas agora, ao olhar ao redor, vejo que algo mudou. O quarto dela parece aquelas fotos de "depois" que vemos em transformações do Instagram. Ela conseguiu vários abajures, uma poltrona de veludo azul, diversas almofadas, uma roupa de cama combinando, quadros na parede, e a minha maior fonte de inveja: uma estante de madeira escura, que nem é da IKEA. Então é isso que um salário decente consegue comprar.

— Você deixou esse lugar tão aconchegante — digo, tentando não parecer invejosa.

— Obrigada, você pode vir aqui e usar a poltrona de leitura sempre que quiser.

Zoya costumava trabalhar no mercado cultural e ter tão pouco dinheiro quanto eu, mas há alguns meses largou a faculdade de artes e começou a trabalhar no mercado imobiliário. Parece triste porque ela é uma tremenda artista, mas, enfim, essa estante é uma obra de arte.

Apertando meus ombros e colocando o último grampo no meu cabelo, ela diz:

— Pronto, terminei.

— Obrigada, não sei como você consegue fazer isso.

No corredor, escuto a porta de abrir.

— O banheiro está livre — grita Em, enquanto a porta se fecha. Saio correndo para o corredor, só para ver Betty se esgueirando no banheiro antes de mim.

– Foi mal, só preciso pegar os meus ossos – grita ela, e me viro para Zoya com a expressão de uma pessoa prestes a cometer assassinato. Para minha surpresa, ela não ri, só diz:

– Luce, preciso falar com você. Vamos andando comigo até o metrô?

– Claro. Não vai dar tempo de tomar banho mesmo. Só me dá cinco minutos para trocar de roupa.

Depois de sair do quarto de Zoya, o meu parece ainda mais triste. Ninguém quer morar na foto do "antes". Os meus pais dizem que estou "vivendo como uma estudante", mas na verdade, é pior. Quando eu era estudante, tinha móveis e uma cama seca, tinha o dinheiro do empréstimo estudantil e direito à moradia subsidiada. Agora, depois de pagar os impostos, o aluguel, as contas, as parcelas do empréstimo e o meu cartão de transporte, me sobram trinta e cinco libras por semana para todo o restante: comida, bebida, roupas, absorventes, tudo. Se eu conseguisse ser promovida à pesquisadora, teria mais oitenta libras por semana. Com esse dinheiro, poderia comer, poderia comprar uma estante bonita, poderia voltar a usar absorventes que me servem e não o coletor menstrual dois tamanhos maior que ganhei de brinde da despedida de solteira da minha prima. Mas não tem por que ficar fantasiando com esses luxos.

Depois de passar um lenço umedecido debaixo de cada braço e um pouco de desodorante, visto uma calça jeans preta e uma camiseta justa, depois aplico um pouco de máscara de cílios e uma pitadinha de *blush*. É o suficiente para que eu passe uma impressão limpa e profissional. Se pelo menos minha vida fosse assim tão fácil de arrumar.

Zoya está me esperando na porta da frente. No corredor, ela exagera ao respirar uma lufada de ar fresco, o que me faz sorrir. Assim que descemos as escadas e paramos na rua, ela diz:

– Então, queria contar para você antes de todo mundo.

– O que foi? – pergunto, imediatamente preocupada.

– Acho que vou me mudar, Luce.

– O quê? – Não consigo esconder o terror em minha voz. – Por quê?

– Porque a gente mora em um lixão, e agora estou ganhando mais dinheiro. – Ela perece quase estar se desculpando. – Sabe que eu adoro morar com você, mas não aguento mais os outros. Julian deixou a roupa molhada na máquina por três dias. *Três dias*.

– Então você vai me abandonar? – Solto suspiros que parecem de desenho animado para esconder o fato de que estou mesmo querendo chorar.

– Ah, deixa disso, você pode ficar com o meu quarto, é mais seco que o seu.

– Não posso pagar pelo seu quarto. São vinte libras a mais por semana.

– Eu posso pagar a diferença.

– Não, nem vem com essa. Vai dar tudo certo. Estou feliz por você, de verdade. – Tento engolir o meu ressentimento. Não é sobre mim; Zoya trabalhou muito e merece isso.

– Obrigada, amiga. – Ela parece aliviada. – E você sabe que pode ir para o meu novo apartamento sempre que quiser. Prometo que sempre vai ter papel higiênico e nunca teremos um boi morto na banheira.

– Talvez um francês gostoso alugue o seu quarto – digo, forçando um sorriso bobo, enquanto por dentro estou tentando não deixar o pânico crescer. *Estou sendo deixada para trás. Vai ser impossível morar naquele apartamento.* Na cama de quem eu vou subir num domingo de manhã para assistir a reprise de *Friends*? Com quem vou trocar livros? Com quem vou reclamar dos outros? Quem vai se importar o suficiente para me tirar dos destroços se o teto realmente colapsar?

Quando chegamos na catraca da estação, percebo, com um frio na barriga, que o meu cartão está zerado, e eu só recebo amanhã. Não quero que Zoya saiba o quanto estou sem grana, então tento passar com o meu cartão de crédito, rezando para que os deuses da catraca aceitem a minha oferenda. Por sorte, eles aceitam.

O painel avisa que o próximo trem chegará em um minuto.

– Vem, vamos correr – digo, pegando a mão de Zoya.

– Não podemos esperar o próximo? Você está sempre me apressando – resmunga ela.

Conseguimos pegar aquele trem e, o maior dos luxos, conseguimos sentar, ainda que perto de uma mulher e o seu bebê absolutamente barulhento.

– Vamos nos encontrar depois do trabalho para tomar uns drinques e comemorar o seu novo cargo? – pergunta Zoya.

– Não sei. Não consegui dormir muito essa noite. Provavelmente seria melhor dormir cedo hoje.

Quando chegamos em Oxford Circus, a minha parada, Zoya se levanta e me abraça. Olhando pelo vagão, percebo que todos a encaram. Posso supor que os homens estão imaginando como seria vê-la nua, e as mulheres estão pesando em quais produtos ela usa para manter os cabelos sedosos e brilhantes. (O segredo é uma máscara de maionese, uma vez por semana.) Quando salto do trem, minha amiga coloca a cabeça para fora e grita, a plataforma lotada.

— Você vai dormir quando estiver morta, Lucy Young. Vamos comemorar a sua promoção, ponto. Eu pago.

Não consigo evitar o sorriso quando me viro para sair.

2

Enquanto estou andando de Oxford Circus até o Soho, sinto o meu estômago roncar e percebo que, com toda a comoção da manhã, me esqueci de tomar café. Meu caminho até o trabalho me faz passar na frente de várias vitrines de cafés que exalam um aroma maravilhoso, além de lojas de roupas bem caras que enchem meus olhos. Me permito uma pausa enquanto olho pela vitrine de uma loja minimalista, encarando um terno vermelho bem cortado. É feminino e poderoso, na moda mas, ao mesmo tempo, clássico. *Um dia, Lucy, um dia.*

Enquanto estou sonhando acordada com blazers de lã, o meu telefone toca. "Casa" está ligando.

— Oi, pai — atendo. Sempre é o meu pai. A minha mãe vai estar por perto, gritando coisas que precisam ser ditas. Eles ainda não conseguiram se entender com o conceito de ligações em viva-voz.

— Sabemos que você está ocupada, só queremos desejar boa sorte no seu primeiro dia.

— Diz boa sorte pra ela! — escuto a mamãe gritar. — Pergunta que roupa ela está usando.

— Que roupa você está usando?

— Lá vem o papagaio — respondo, em tom de piada, e o meu pai começa a rir. É uma piada boba até para o meu pai e eu. Sempre fazemos qualquer piadinha que possa ter duplo sentido.

— Qual é a piada? — pergunta a minha mãe ao fundo.

— Pode dizer pra ela que estou com a sapatilha de salto baixo da Mark & Spencer e a minha roupa não é curta. — Ele repete o que eu disse e escuto minha mãe dizer "muito bem". – Obrigada por ligar, mas realmente preciso correr agora – continuo, me arrastando para longe da vitrine.

– Tudo bem, querida. Mas lembre-se de se divertir. Só se é jovem uma vez – diz o papai.

– Se divertir? Por que você está falado para ela se divertir, Bert? Ela precisa se dedicar. Lembre-se da Eleanor Roosevelt, "Sou quem sou pelas escolhas que fiz ontem" – diz a minha mãe.

– A sua mãe também está falando pra você se divertir – diz ele antes de desligar.

Quando chego ao escritório, estou com tanta fome que começo a me arrepender de não ter aceitado o caldo da Betty. Tomara que tenham sobrado alguns biscoitos na cozinha compartilhada. Alguém trouxe uma lata de biscoitos de verdade na semana passada, mas todos os de chocolate já tinham sido comidos.

– Lucy. – Uma voz dura me tira do meu devaneio sobre biscoitos. É a minha chefe, Melanie. Ela está com o telefone no ouvido, mas também levantou um dedo para indicar que eu devo esperar até que ela termine a ligação.

Melanie Durham é tudo que eu gostaria de ser no mundo. Ela tem quarenta e poucos anos, uma inteligência sagaz e um estilo impossivelmente descolado. É uma das produtoras executivas da When TV, e exala uma confiança de aço que inspira respeito e medo em igual medida. Uma vez, em uma reunião, ela gritou comigo porque eu não tinha aberto a janela rápido o suficiente e eu fiz um pouquinho de xixi na calça. Às vezes, vou dormir fantasiando sobre como seria ser Melanie. Ela compra os livros, em edições de capa dura, assim que são lançados, nem espera sair a edição econômica. Todos os dias, a caminho do trabalho, compra café e depois almoça em uma das rotisserias caras do Soho. De vez em quando, ela me pede para ir buscar o almoço e vejo que as saladas que ela come custam treze libras. *Treze libras!* Dá para imaginar? É o meu dinheiro da semana toda para comida. Aparentemente, é casada com um empresário de tecnologia chamado Lukas (com k), e eles moram em uma casa (sem ser geminada) em Islington. *Uma casa não geminada, em Londres.* Eles não precisam dividir nenhuma parede, nenhum teto, com *ninguém*.

Mas o que eu mais invejo na Melanie é o guarda-roupa. Ela tem vinte e seis pares de saltos. Eu sei por que contei. Hoje ela está usando o meu segundo par favorito: a *ankle boot* preta da Louboutin. Se eu tivesse essas botas, não acho que conseguiria ser qualquer coisa além de delirantemente feliz durante o dia todo. Qualquer coisa poderia acontecer, eu poderia levar uma cagada de pombo, ou ser atropelada por um ônibus, mas olharia para minhas *ankle boots* perfeitas e sentiria que tudo está correto no mundo.

– O canal vem hoje para uma reunião prévia de um programa – diz Melanie, e percebo que ela terminou a ligação e agora está falando comigo. Paro de olhar as botas para encarar o rosto dela. – Você pode dar um pulinho na padaria da esquina e comprar algumas coisas? – Ela faz uma pausa. – Uma dúzia. Já que é dia de apresentação, vamos fazer um agrado para o time.

A ideia de docinhos deliciosos da padaria chique me faz querer chorar de felicidade. Mas me lembro, agora sou uma pesquisadora júnior, talvez eu deva pedir isso a Coleson, o novo assistente, para que eu não perca a reunião de produção. Mas também não quero que a Melaine pense que essa mini promoção me subiu à cabeça. Enquanto estou nesse debate interno, Melaine sai andado para o elevador, e sinto muita vergonha quando sou obrigada a chamá-la:

– Desculpa, Melanie, mas pode me dar o dinheiro para a padaria?

– É só trazer o recibo – responde ela, parecendo irritada que eu a tenha importunado com coisas práticas da compra de docinhos. Ela chega ao elevador antes que eu possa explicar que não tenho limite de crédito suficiente para gastar trinta libras em doces.

Depois que encontrei Gethin, o gerente de produção, implorei a ele por um empréstimo, fui até a padaria e depois corri todo o caminho de volta, a reunião de produção já havia começado sem mim. Depois de oferecer os doces a todos, restaram seis na caixa: os de canela, os *croissants* de chocolate e os de amêndoas com açúcar de confeiteiro por cima. Não me importo de ser a última a escolher, pois todos parecem incríveis, e o cheiro da deliciosa massa folhada quente está me deixando tonta de ansiedade. Quando estou prestes a pegar um, Melaine diz:

– Lucy, alguns de vocês podem esperar um pouco? Quero me certificar de que o pessoal do canal tenha opções para escolher. Você pode pegar o que tiver sobrado depois da reunião.

A reunião de produção acaba sendo cheia de informações importantes sobre a gravação do programa desta tarde, mas mal consigo me concentrar. Tudo o que consigo pensar é na injustiça da distribuição de *croissants* e no cheiro de massa doce e frita que ainda está presente na sala. Perto do fim da reunião, Melaine pergunta:

– Então, quem tem uma ideia nova? Precisamos de sugestões para os segmentos da próxima semana do programa.

Muitas mãos se levantam, incluindo a minha. O programa no qual estamos trabalhando, *The Howard Stourton Show*, é um programa de entrevistas do horário nobre, repleto de convidados celebridades, esquetes e jogos. Todas as celebridades mais badaladas amam Howard. Elas ficam felizes em comparecer ao programa e lutar no gel, ou cair numa pegadinha, porque ele é o rei dos programas de entrevistas, e o humor é sempre inclusivo, nunca maldoso.

– Tristan. – Melaine aponta para um dos produtores.

– Todo mundo ama quando o cachorro de Howard, Danny, aparece no programa – diz ele. – E se criarmos um quadro chamado "Encontro com Danny"? Montamos o cenário de um restaurante e o convidado tem que passar um encontro com o cachorro.

Todo mundo ri. É uma ideia idiota, mas normalmente são essas que funcionam. Me pergunto se seria engraçado se Howard fizesse o *voice-over* dos pensamentos do cachorro. Ele é brilhante nesse tipo de improviso cômico. Começo a minha sugestão:

– Talvez Howard possa…

– Gosto disso – diz Melaine. – Talvez possamos pedir a Howard para fazer a voz dos pensamentos do cachorro.

– Isso! Seria muito engraçado – emenda Tristan.

– Talvez Danny seja muito seletivo – continua Melanie. – Ele acha que Miley Cyrus se comporta de forma estranha à mesa, como ela come de garfo e faca e deixa todos os bons ossos de lado no prato.

Todos estão rindo da ideia, e eu fico me cobrando por não ter falado mais rápido ou mais alto. Porém tenho mais ideias, então estico a mão para o alto. Passei todas as noites desta semana trabalhando em ideias de segmentos, só esperando a chance de apresentá-las, para mostrar à Melanie que posso contribuir de forma criativa. Mas Melanie não me chama e, por fim, o meu braço fraqueja por falta de *croissants*. Uma vez, enviei um e-mail para Melanie com algumas de minhas ideias. Ela enviou uma resposta de uma linha dizendo: "A impressora está sem tinta. O armário de papelaria está uma bagunça. Por favor, conserte". Entendi que isso significava: "Pare de me enviar ideias quando há trabalhos de sobra para fazer". É muito frustrante, porque quando vejo o que os produtores fazem – conversar com os convidados, informar Howard, criar conteúdo – sei que poderia fazer isso tão bem quanto eles, talvez até melhor, se alguém me desse uma chance.

Ao final da reunião, Mel me pediu para juntar o que restava dos doces para que ela levasse para a reunião com o pessoal do canal. Talvez essa fosse uma antiga forma de tortura? Eles tinham *croissants* antigamente? Pesquisei no google "quando os *croissants* foram inventados?" *1838*. Guardei o fato na memória, para o caso de passar por um quiz do departamento e ter "quando os *croissants* foram inventados" como pergunta.

– Lucy, você está ocupada? Pode fazer uma cópias pra mim? – Linda, a secretária da produção, me pede do outro lado do corredor.

Quero dizer a ela que fazer cópias é trabalho de assistente, e que agora sou pesquisadora júnior, mas Coleson não está por perto e não quero parecer chata quando sei que existem tantas coisas a serem feitas.

Depois de fazer as cópias, grampear e distribuir o último roteiro para todos da equipe, estou prestes a perguntar ao produtor se temos algum trabalho de pesquisa no qual eu possa ajudar quando Gethin me pede para servir o chá. Dessa vez, Coleson está sentado bem perto, mexendo os dedos.

– Talvez Coleson possa fazer isso? – pergunto, suave, tentando passar um tom amigável.

– Só se você supervisionar – responde Gethin, sem levantar os olhos do computador.

Uma vez Coleson usou o micro-ondas para fazer o chá de Gethin e, evidentemente, ainda não havia sido desculpado. Ele não começou bem, o pobre menino. O fato de Melanie ter o chamado de "Koleston" em uma reunião e ninguém a ter corrigido também não ajudou. Agora todo mundo fica confuso sobre o nome dele e só pedem algo se ele estiver diretamente no campo de visão.

– Obrigado por me ajudar – diz Coleson, parado perto de mim na cozinha, desconfortável. – Sinto que não estou fazendo um bom trabalho.

Ele morde os lábios, os olhos baixos nos sapatos e no piso da cozinha, e isso me faz sentir empatia. Lembro da sensação de ser a novata.

– Coleson, vou emprestar o meu caderno pra você – digo enquanto entrego a ele um pequeno caderno de couro que os meus pais me deram de Natal. – Escrevi aqui tudo o que você pode precisar saber: como cada um toma café, que Melanie gosta de receber o roteiro preso com um clip grande mas Gethin prefere grampeado. Tudo de importante que alguém disser, você precisa anotar, assim não vão precisar falar duas vezes. Você pode usar o meu caderno emprestado até fazer o seu.

– Uau, obrigado, Lucy – responde Coleson, folheando as páginas. – Não existem obstáculos para quem vai além.

– A Melanie disse isso numa reunião.

Quando volto à nossa sala, a reunião da Melanie já acabou, e sou recepcionada com uma imagem que me faz querer jogar a cabeça pra trás e urrar. NÃO TEM MAIS *CROISSANT* NENHUM. Nenhum. *Não sei como isso pôde acontecer*. Só tinham três pessoas na reunião, e deixei seis *croissants* no prato. Alguém chegou aqui antes de mim?

E então eu vejo.

A abominação.

Dois *croissants* e meio, jogados na lixeira. *Na lixeira!* Quem fez isso? Quem comeria apenas metade daquele doce delicioso, folhado e caro? Quem jogaria fora *croissants* em perfeito estado? Ainda mais quando existem pessoas no mundo esperando por aqueles *croissants, contando* com eles.

– Lucy? – A voz de Melanie me alcança vinda de algum lugar.

– Desculpa, o que disse?

– Disse que gostaria que você fosse a assistente no estúdio hoje.

Me viro e vejo Melanie parada na porta da sala de reuniões, com um sorriso benevolente na minha direção.

– Obrigada, Mel, é… mas você lembra que me promoveu? Achei que com isso eu teria a chance de fazer algo mais do lado criativo. Eu…

– Ensine Koleston a ser um assistente tão bom quanto você, depois vamos falar sobre expandir as suas responsabilidades.

– É só que… – Fecho a boca quando vejo as sobrancelhas perfeitas de Melaine se arqueando para me calar.

– Ambição é como perfume, Lucy. Só um pouco já é o suficiente.

E simples assim, o meu otimismo para o dia de hoje, para enfim escapar da base da pirâmide, desaparece.

3

– Comi um *croissant* da lixeira hoje.

Zoya, Faye, Roisin e eu estamos sentadas no Blue Posts, na Newman Street, naquela noite. Fiz cara de durona o dia todo, mas agora, com minhas amigas mais próximas, posso ser sincera sobre a minha humilhação.

– Ah, Lucy, por quê? – pergunta Faye, se esticando no banco para poder me tocar.

– Porque eu não tomei café da manhã e estava com fome. Só tinha que tirar algumas cascas de lápis. – Abaixo a cabeça e a apoio nas mãos, envergonhada. – Você acha que vai me fazer mal?

– Hoje em dia os lápis não têm mais material tóxico. Você pode comer quantos lápis quiser – responde Roisin.

– Bem, Papa-Lixo, ainda estamos orgulhosas de você, pela sua promoção – diz Zoya, e levanta a taça para brindar comigo.

Nós quatro estivemos juntas para apoiar um ao outro em todas as situações: provas, términos de relacionamento, a separação dos pais de Faye, a morte da mãe de Roisin. Celebramos a carteira de motorista de cada uma, os diplomas, os primeiros empregos, os primeiros amores e os primeiros apartamentos. Mas agora, quatro anos depois da universidade, nunca pareço ter tanto a celebrar quanto as outras. Roisin está arrasando em um escritório grande de advocacia, e ela e o namorado, Paul, estão pensando em morar juntos. Faye é quiroprata e trabalha em uma clínica ótima em Hampstead, além de já ser proprietária de um imóvel.

– Não sei – digo, me afundando ainda mais no sofá de couro do *pub*. – Todo mundo ainda me trata como assistente. Talvez eu só esteja me iludindo achando que estou chegando a algum lugar.

– A indústria da TV é uma das mais competitivas do mundo – diz Faye enquanto faz carinho nas minhas costas. – E você está trabalhando no *The Howard Stourton Show*, veja só. A Lucy de dezoito anos nem ia acreditar.

– Você tem razão, não ia mesmo – respondo, girando a taça de vinho. Faye sempre sabe a coisa perfeita a se dizer.

– Talvez você precise ser mais corajosa com essa tal Melanie – diz Roisin. – Quando comecei a trabalhar no escritório, as pessoas sempre me davam a função de servir chá e café nas reuniões. Mesmo se outros estagiários estivessem na sala, todo mundo esperava que eu fizesse, por ser mulher. Acabou que falei sobre isso com um dos sócios. Falei que na minha opinião isso fazia o escritório parecer misógino e antiquado, se as advogadas juniores sempre estivessem segurando o bule de chá. Sabe o que ele fez? Passou uma regra para empresa toda de que, se chá fosse servido nas reuniões, a pessoa a fazer isso seria a mais sênior da sala.

– Uau, muito bem, Roisin. A Emmeline Pankhurst moderna está entre nós – elogiou Zoya.

Roisin deu um chutinho nela por debaixo da mesa.

– Ei! Eu estava falando sério! – continuou Zoya, rindo.

– Você tem que dizer pra essa Melanie: "Não vou mais ser sua cadelinha do chá. Pode encontrar outro idiota" – diz Roisin, enfiando um dedo no meu peito.

Só a ideia de dizer isso para a Melanie me faz engasgar com o vinho e Faye me dá tapinhas nas costas até que eu recobre a compostura.

– Infelizmente acho que "cadelinha do chá" é a definição do meu trabalho – respondo. – Eu consigo aguentar. Mas seria legal saber que estou andando na direção de alguma coisa que vale a pena, que vai fazer sentido depois.

– E isso vindo de uma pessoa que lê o último capítulo do livro antes de começar, porque precisa saber o final – diz Zoya enquanto me puxa para um abraço lateral.

– Só fiz isso *uma vez*.

– E você estragou a experiência, não foi? – pergunta Zoya, em tom de desaprovação.

– Foi.

– Odeio a ideia de você passando fome, Lucy. Se não tem como pagar, eu posso dar dinheiro para o seu café da manhã – diz Faye.

– Vou comprar uma cama de *croissants* pra você – emenda Zoya. – E um edredom de geleia.

– Não, obrigada, mas esse é o meu ponto. Vocês estão sempre pagando drinques pra mim e me ajudando. Não quero me aproveitar disso pelo resto da vida.

Os meus lábios começam a tremer e todo o mundo para de tentar achar as palavras que poderiam fazer com que eu me sentisse melhor, é hora do abraço em grupo.

– Estou bem, tenho certeza de que é só um dia ruim. Sei que amanhã vou acordar com outro pensamento.

– Pode colocar a culpa na lua, estamos na lua minguante hoje, é sempre desafiador – diz Faye enquanto levanta as mãos para se espreguiçar.

– Ah, então devo culpar a lua por Zoya me abandonar – respondo.

– O quê? Você vai se mudar? – pergunta Roisin a Zoya, que se mexe de um jeito pouco confortável.

– É hora de eu ter meu próprio espaço. Foi por isso que aceitei o trabalho na Foxtons. Quero morar em um lugar legal, quero ter dinheiro para sair e viajar. Tem tanta vida que eu quero viver, e tudo custa dinheiro.

– Quero fazer todas essas coisas também – digo e logo me arrependo da autopiedade na minha voz.

– Se seu trabalho na TV não está te fazendo feliz, talvez não valha a pena tudo o que você faz e o pouco que ganha? – tenta Zoya. – Posso te arranjar um emprego amanhã na Foxtons, você seria ótima. Não acha que seria divertido, Luce, você e eu trabalhando juntas? E daí nós duas poderíamos nos mudar! – Zoya pula no assento, quase derrubando a taça de vinho.

– Não quero ser corretora de imóveis, Zoya – disparo. O meu cérebro repleto de vinho deixa as palavras saírem antes que eu possa filtrá-las. Fica um clima tenso, e sinto Faye se preparando fisicamente, a mão pegando firme na taça de vinho, enquanto Roisin puxa o ar fazendo barulho.

– Ah, me desculpe por sugerir uma coisa tão mercenária quanto trabalhar para ganhar dinheiro – diz Zoya, com firmeza.

Por que eu não disse só "Obrigada, Zoya, vou pensar", como qualquer pessoa normal? Faye e Roisin bebericam de suas taças em um perfeito uníssono.

– Não foi isso o que eu quis dizer. Você é ótima nisso e sei que você ama, mas não acho que seria bom pra mim.

— É um meio para conseguir as coisas, para poder fazer coisas divertidas e poder viajar.

— E isso é ótimo, para você. Eu só... Me sinto muito jovem para abrir mão da minha carreira.

— Você quer dizer para abrir mão como eu fiz, ao desistir da escola de artes? – pergunta Zoya, mordendo os lábios, os braços cruzados em frente ao peito.

— Não, não foi isso que quis dizer.

— Você tem uma situação diferente da minha – continua Zoya, o rosto sério. – Se eu não ganhar o meu próprio dinheiro, os meus pais vão me pressionar pra eu casar com algum garoto indiano de boa família. Você sabe que eles sempre encararam a minha arte como um *hobby*, uma coisa pra eu me ocupar antes de casar, algo que eu teria que desistir quando tivesse filhos, mas não vou viver uma vidinha pequena assim. – Ela bate na mesa com o punho, os olhos cheios de emoção. – Eu *vou* pintar, mas nos meus termos, no meu tempo.

— Eu sei que você vai, Zoy, e não quero que você ache que estou culpando outra pessoa pela minha situação – explico.

— Então pare de choramingar. Ou pegue um trabalho extra, algo assim. – Ela faz uma pausa, depois empurra a poltrona para longe da mesa.

— Não, Zoya, por favor, não vá embora. Eu sinto muito – imploro, estendendo a mão para tentar alcançá-la.

— Tenho uma visita amanhã cedo. Tudo parte do meu trabalho desalmado e vendido. – Ela bate a mão na mesa e deixa uma nota de vinte libras, mais do que suficiente para pagar pelo vinho que bebemos. E então, antes que eu possa impedi-la, ela sai do *pub*.

— Uau, a lua está mesmo sendo uma cretina hoje, hein – diz Roisin, mas quando eu não sorrio, ela coloca mão no meu braço e diz: – Ela vai ficar bem. Você sabe que vai.

— Eu estava desabafando, nada disso era sobre ela – digo, triste.

— Sabemos disso – diz Faye.

— Eu só... não sei o que vou fazer sem ela.

Uma hora depois, na estação de metrô, me despeço de Faye e Roisin. Faye vai de bicicleta para casa, e Roisin, de táxi.

— Tem certeza de que vai ficar bem? — pergunta Faye, o rosto marcado de preocupação. — Se você está mesmo preocupada com o teto, deveria dormir no quarto de Zoya.

— Eu sei, obrigada por hoje, agradeço por terem vindo.

É só quando elas vão embora e eu passo o meu cartão de transporte sem saldo e os meus cartões de débito e crédito ainda mais sem saldo ainda que percebo que não tenho dinheiro para ir para casa. Droga. Eu poderia ligar para Faye, pedir que ela desse a volta e me emprestasse cinco pilas, mas é muita humilhação. O mapa no meu celular me diz que levaria apenas quarenta e cinco minutos para andar do Soho de volta a Kennington Lane, o que parece muita coisa às dez da noite, mas distância é uma coisa relativa. Hannibal andou pelos Alpes, não andou? E o exército romano andou de Roma até a Inglaterra. Tudo é andável se você tiver tempo e o calçado correto.

E eu não tenho o calçado correto. Estou há trinta minutos na minha épica jornada por Londres quando as minhas sapatilhas baratas começam a me dar bolhas. Acho que o exército romano não cruzou a Europa de sapatilhas. Estou tentando economizar a bateria e não fico olhando o mapa o tempo todo, e quando me sento na calçada para olhar, vejo que andei muito a leste.

Enquanto estou dando zoom no nome das ruas, aparece uma notificação do LondonLove, o aplicativo de namoro que baixei por ter trinta dias grátis de teste. Um cara chamado "Dale29", para quem eu devo ter dado uma curtida, aparece como sendo o meu *match*. O aplicativo mostra quando os *matches* estão por perto, então você pode encontrá-los. "Lucy26, você está no meu bairro! quer tomar alguma coisa?", escreve Dale29.

A foto de perfil dele é boa. Os cabelos loiros e cacheados, bronzeado, além de uma foto dele com uma prancha de surf.

"Só estou de passagem. talvez outro dia", respondo. Se eu tivesse dinheiro para drinques, poderia me encontrar com ele, mesmo que fosse só para dar um descanso aos meus pés com bolhas.

"Um drinque? Por minha conta. Amei o seu perfil, ri no metrô quando estava lendo. todo mundo ficou me encarando. Foi estranho."

Elogios vão levar Dale29 muito longe. Depois de um vai e volta, Dale sugere que nos encontremos em um bar na rua paralela, Falkirk. Acho que posso ir, recarregar a minha energia e o celular. Mesmo que esse cara não seja nada de mais, só vou ter desperdiçado uma hora da minha vida.

Quando chego ao *pub*, vejo que está fechado e uma pessoa que parece o irmão menos bonito de Dale29 está esperando do lado de fora. Ele é mais gordo e pálido do que a foto de perfil, mas não é horrível. Ele acena amigavelmente enquanto me aproximo.

– Sinto muito, esqueci que eles fecharam para reforma e não tem mais nada por aqui. Ah, eu sou o Dale. – Ele estica o braço e me dá um aperto de mão firme.

– Lucy – digo. Mesmo que ele seja menos atraente na vida real, ainda estou mais desapontada com o bar porque agora não vou poder carregar o meu celular.

– Moro aqui perto – diz Dale, apontando para o prédio vizinho. – Se quiser subir para beber algo, tenho um gim esloveno duvidoso e tônica. – Ele abre um sorriso largo. – Você pode ficar preocupada em ir para a casa de uma pessoa que acabou de conhecer, mas juro que não sou um assassino.

– E é exatamente isso que um assassino diria – respondo, sorrindo educadamente.

– Você tem razão. – Ele coloca a mão no queixo, em uma pose de contemplação. – Deveria existir algum tipo de RG de bom moço que eu pudesse mostrar a você. Não atestaria minhas habilidades com o gin, ou a qualidade do meu papo, mas garantiria que eu não sou uma ameaça à sua vida.

– Me deixa ver sua carteira – digo, esticando o braço. Ele obedece rápido demais, levando em conta que acabou de me conhecer.

– Você vai me roubar? – pergunta ele.

Há algo que me agrada no jeito dele e me pego sorrindo enquanto folheio os seus cartões. Entre os habituais cartões bancários, encontro uma carteirinha de membro das bibliotecas de Southwark e tiro uma foto com meu celular.

– Vou enviar isso pras minhas amigas. Se você me matar, todo mundo que eu conheço vai retirar livros usando o seu número. Vai ser perseguido por multas de biblioteca pelo resto da vida.

Dale solta uma risada sincera que faz o seu corpo inteiro balançar. Ele tem uma carteirinha da biblioteca e me acha engraçada, o que faz com que a conversa sobre ir para o apartamento dele seja mais fácil. Às vezes você precisa ser guiada pelo seu instinto e não por suas necessidades de carregar o telefone.

O apartamento de Dale é comum. Ele me conta que divide a casa com uma garota chamada Philippa, mas ela está passando a semana na Espanha.

Ele coloca música e prepara os drinques para gente – uma música acústica em espanhol que sugere que o cara entende mais disso do que eu. Depois de me entregar um carregador e uma gim-tônica, me vejo relaxando em seu sofá bege. Dale tenta arrumar a sala enquanto conversa comigo, jogando uma caixa velha de pizza no corredor, mexendo um varal de chão e escondendo uma pilha bagunçada de correspondência. Talvez ele seja um cara decente, talvez a gente se fale de novo e comecemos a namorar e essa seja a história de como nos conhecemos. Mas eu poderia mesmo namorar alguém chamado Dale?

– Então, você conhece muitas pessoas pelo LondonLove? – pergunto a ele.

– Você é a quarta. Acho ele melhor do que os outros aplicativos. Não gosto de conversar com alguém por semanas só no on-line só para descobrir depois que não tem química.

– Concordo – faço que sim com a cabeça. *Esquece o nome, eu me sinto atraída pelo Dale? Ele pode não ser tão atlético e bronzeado como a foto de perfil indicava, mas se eu fechar os olhos um pouquinho, acho que ele passa por um Chris Hemsworth mais baixo, se o Chris Hemsworth estivesse de ressaca e com um corpo mais caído.*

– Conheci uma garota que era personal trainer. – Dale sorri com a lembrança e se senta ao meu lado no sofá. – Ela parecia normal, mas quando fomos pra cama, ela queria que eu contasse, sabe? Como se estivesse fazendo exercício na academia.

– Quanta pressão – respondo, rindo.

– Muita pressão! Cheguei em vinte e perdi a conta, e depois fiquei paranoico com a ideia de ela achar que eu só sabia contar até vinte.

– Já conheci um cara que levou um pote de castanhas de casa pro bar. Ele não confiava na higiene dos amendoins dos bares.

– Ah, o Homem Esquilo, é amigo meu – diz Dale, com uma risadinha no rosto.

Rimos das nossas confissões, e comecei a sentir a fagulha de uma atração. Gosto de como ele tem o riso fácil e de como o seu rosto se alegra quando ele ri. Dale coloca a mão na minha perna, uma pergunta, e eu não me afasto.

– Me diga, Lucy26, o que você quer ser quando crescer?

– Boa pergunta. – Tomo mais um gole da minha bebida, curtindo o ardor que desce pela garganta. – Sempre quis ser produtora de TV, mas tenho vinte e seis anos e ainda estou na base da cadeira alimentar televisiva. Não sei quanto tempo mais vou aguentar sendo um plâncton. E você?

– Estou impressionado que você já tenha alcançado o cargo que plâncton. Eu ainda estou estudando, nem entrei na cadeira alimentar.

– O que você está estudando?

– Estou fazendo mestrado em inteligência artificial.

– Ah, o que isso significa? Ensinar robôs a tomar o poder?

Ele ri mais uma vez. *Talvez ria sempre. Talvez faça isso com todo mundo.*

– Rá, rá! Não. Tem mais a ver com programação de computadores.

– Sou péssima com tecnologia – digo.

Dale pega o celular e eu me pergunto se estou enchendo o saco dele.

– Tenho algumas perguntas sobre o seu perfil – diz ele, fazendo uma voz séria, como se estivéssemos em uma entrevista. – Você colocou algumas coisas interessantes em sua lista de "coisas que gosto".

– Coloquei? Não lembro o que escrevi.

– Você disse que gosta de texugos. Por quê?

Dou de ombros ao responder:

– Eles são corajosos e eu gosto do *look* monocromático deles.

– Justo. Você também escreveu *Poirot*, não é aquele programa de TV para senhorinhas?

– Que sacrilégio! – exclamo com uma expressão indignada. – Eu assistia a esse programa com os meus pais quando era pequena. Acho que a música-tema é muito boa. – Dale espera que eu diga algo mais. – É a origem do *cozy crime*, né? Poirot sempre pega o bandido, e tudo tem uma explicação satisfatória. No mundo de Agatha Christie, existe equilíbrio e resolução.

– Ao contrário da vida real, é isso que você quer dizer?

– Acho que sim. Acho que é por isso que eu gosto de TV. Quando o mundo lá fora não faz sentido, normalmente a TV vai fazer. – Faço uma pausa e o encaro, com medo de estar sendo boazinha demais agora. – Devo estar exagerando. É mais provável que eu fosse uma filha única solitária que ficava muito tempo vendo TV. – Estico o braço para pegar o celular de Dale. – Chega de falar de mim, vamos olhar o seu perfil. Você gosta de pizza? Isso é como dizer que você gosta de respirar, Dale.

Ele solta mais uma risada e eu consigo respirar melhor.

– Acho que você vai acabar vendo que eu escrevi pizza com massa de fermentação natural. E isso é absolutamente diferente.

Continuamos a dividir histórias e a beber mais gim e os nossos corpos se aproximam no sofá. Quanto mais falamos, mais gosto de Dale. Ele é modesto e faz perguntas. Você não acreditaria na quantidade de encontros que tive onde o cara não me fez nenhuma pergunta antes de disparar "Então, quer ir para a minha casa?". Mas pensando bem, essa foi a primeira coisa que Dale me perguntou. Não sei quanto tempo se passou antes de ele se inclinar para me beijar, que foi quando tudo deu errado.

O beijo não é bom.

Ele chupa a minha língua. Não estou falando de um beijo com um pouco de pressão, ele literalmente chupa minha língua para dentro da boca dele, como um dementador em Harry Potter ou o comedor de rosto de *Alien*.

Quando a sucção diminui a ponto de eu conseguir libertar o meu rosto, tento respirar fundo e peço licença para usar o banheiro. Ele ri de um jeito estranho e diz:

— Boa ideia.

Boa ideia? O que isso quer dizer? É a minha bexiga, Dale, sou eu quem decide se é uma boa ideia ou não. Sentada no vaso, sou engolfada pela familiar sensação de decepção. Sempre tem *alguma coisa*. Dale parecia normal, Dale escutou e gostou da minha piada sobre ser um plâncton. Então por que beijá-lo é o mesmo que ser inalada? Antes de sair do banheiro, pego um tanto de papel higiênico e coloco no sutiã, para o caso de ainda não ter nada quando eu voltar para casa. Olá, novo marco de decadência.

Me preparando para a despedida estranha e para as desculpas que vou precisar inventar, volto para a sala e vejo Dale parado, em pé, pelado.

— Meu Deus, Dale, não acho que estou pronta para ver isso — digo, a voz sai mais calma do que me sinto.

— Eu gostei de você. Você gostou de mim. Nosso tempo nessa terra é curto. Não vamos pensar demais nas coisas. — Ele ri mais uma vez. Ok, ele *realmente* ri demais.

— Tchau, Dale — digo enquanto pego meu celular e minha bolsa.

— Você pode pelo menos me dar uma chupadinha antes de ir?

E mais uma vez a minha vontade de ter encontros é ameaçada pela deprimente realidade de 99% dos homens.

4

Quando chego na rua me repreendo por ser tão idiota. *É óbvio* que Dale29 seria um esquisitão. Todo cara com quem saí desde a faculdade era esquisito, ou misógino, ou tinha algum fetiche estranho de comer batatinhas nas minhas coxas. (Eu deixei, mas não consegui tirar o cheiro de vinagre dos lençóis.) Onde estão os homens normais? Enquanto atravesso a rua, passando a minha pobre e machucada língua pela boca, o céu despenca: uma chuva torrencial. O solado de uma das minhas sapatilhas desgruda, a cola barata começou a se desfazer ao primeiro sinal de água. Quando acordei pela manhã, não sabia qual seria o limite da minha paciência, mas agora, claramente, ele tinha sido ultrapassado. Me permito emitir um rugido melodramático, dar duas pisadas duras com um punho erguido aos céus.

Como vou chegar em casa? Talvez eu devesse ligar para Zoya, pedir desculpas, implorar para ela vir me encontrar e trazer um par de tênis. Mas meu celular está sem bateria (ele acabou não carregando). Então começo a correr, na esperança de ver algum lugar familiar. Logo estou sem fôlego e os meus pés doem demais para que eu continue. Ao virar à direita na Baskin Place, passando uma cabine telefônica vermelha, vejo uma banca de jornal vinte e quatro horas e vou até lá, na esperança de dar um tempo até a chuva melhorar. É pequena e parece velha, com o toldo azul e branco e prateleiras cheias de latas empoeiradas. A senhora no caixa sorri para mim. Está usando uma boina de estampa tartan e um casaco combinando, vejo também que está jogando paciência com um baralho velho.

— Posso ajudar, lindinha? — pergunta ela com um sotaque escocês enquanto descarta um quatro de ouros. — Está procurando por algo específico?

– Uma vida nova – respondo sorrindo para que ela saiba que estou brincando, mas nesse ponto, não estou. A minha língua está doendo, e decido que vou deletar todos os aplicativos de relacionamento do meu telefone. Vou ter que encontrar o amor do jeito antigo: bêbada num bar. Enquanto penso em quanto tempo posso passar aqui sem comprar nada, deixando pegadas de água pelo chão, encontro uma máquina estranha no fundo da loja. Não parece pertencer a aquele lugar. Tem o tamanho de um caixa eletrônico grande, e, na parte de cima, em letras douradas desgastadas pelo tempo, está escrito "Máquina de Desejos".

– Você precisa de um pêni e dez pences para fazer um desejo – explica a senhora, quando vê para onde estou olhando.

Passo a mão pelo compartimento de moedas. Existe algo tátil e agradável naquele metal gasto. Parece que a máquina é de outra época, como se fosse uma atração de feira de 1950 que passou por todo o país e se aposentou aqui.

– Por que isso está aqui? – pergunto para a senhora.

– As pessoas precisam de desejos do mesmo jeito que precisam de pão e leite. Talvez até mais – responde ela, sorrindo, e vejo bondade em seu rosto suave e enrugado. Algo me diz que ela não se importa se eu esperar a chuva passar aqui sem comprar nada. – Parece que você precisa de um desejo, lindinha.

– Não tenho moedas – digo enquanto tiro o cabelo molhado do meu pescoço e olho de novo para a chuva torrencial e escuto o barulho da água no toldo. A mulher me entrega um pêni brilhante e um moeda de dez pences.

– Aqui, lindinha. Melhor que seja um bom pedido.

São apenas duas moedas, mas depois do dia que tive, a gentileza me faz querer chorar de gratidão. Ela se afasta, como se quisesse me dar privacidade. Ainda que eu não acredite que uma máquina de desejos vai resolver os meus problemas, estou curiosa, e ainda está chovendo então… que seja.

As moedas caem no compartimento, e as luzes da antiga máquina se acendem em um anel alaranjado. Uma música começa a tocar, algo como "Camptown Races" mas com várias notas a menos. A moeda menor desaparece no interior da máquina, mas a maior vai para um lugar diferentes, e dá voltas e mais voltas em uma pista de metal. No fundo da máquina, as palavras são iluminadas em neon amarelo – "Faça Seu Pedido" – e mesmo que eu saiba que é apenas um brinquedo, me vejo segurando ambos os lados da máquina e canalizando toda minha frustração ali.

Eu quero… quero pular para a parte boa, quando a minha vida já estiver nos eixos. Estou cansada de estar sem dinheiro, solteira e estagnada. Quero poder ir logo para o momento em que sei o que estou fazendo, quando tenho algo parecido com uma carreira, quando eu já tiver conhecido a minha cara metade e não precise mais sair em outro encontro desesperador. Só quero morar em um lugar legal, com um teto sem goteiras e um chuveiro sem ossos. Se o amor da minha vida estiver por aí, quero chegar na parte em que ele já está na minha vida. Só quero ir para a parte boa da minha vida.

É como se a máquina soubesse que terminei o meu pedido, porque assim que paro de pensar, escuto o barulho de engrenagens e outro compartimento aparece para recolher a moeda maior, que é pressionada com força e depois cai por baixo da minha mão esquerda. Agora a moeda carrega as palavras "SEU DESEJO FOI CONCEDIDO" em letras maiúsculas. Ao girar a moeda na mão, me sinto um pouco melhor; talvez seja terapêutico desabafar com uma máquina – e com certeza é mais barato do que um terapeuta.

– Tenha cuidado com o que deseja – diz a senhora, e levanto o olhar para ver que ela me observa de sua cadeira atrás do balcão. – A vida nunca está resolvida, não importa em qual estágio você esteja.

É só quando estou quase em casa, com sacolas plásticas nos pés, que paro, confusa, porque não me lembro de ter dito nada em voz alta.

5

Acordo com dor de cabeça. Não uma dor normal; é mais como se alguém tivesse tirado o meu cérebro, cozinhado, flambado, enrolado em arame farpado e depois devolvido a gororoba toda para o meu crânio. Segurando a cabeça com uma das mãos, tento abrir os olhos à procura de água, ou paracetamol. É quando percebo as cortinas, belas cortinas azul-marinho, de um tecido de linho. *Essas cortinas não são minhas.* Então olho para o edredom cor de creme. *Isso também não é meu.* Acima de mim, não vejo sinal da mancha amarela no teto, apenas uma luminária grande de rattan. *Esse não é o meu quarto.*

A dor abrasadora na minha cabeça me faz estreitar os olhos quando me viro e vejo um homem ao meu lado na cama. O choque de ver outra pessoa me faz paralisar, e preciso fechar bem os lábios para não gritar de susto.

Por que alguém está na cama comigo? Eu dormi com o Dale? Sei que não dormi com ele… A não ser que eu tenha dormido. Quanto eu bebi ontem? Três taças de vinho no *pub* e duas gim-tônica com o chupador de língua, então fiquei bêbada, mas não tão bêbada a ponto de não lembrar de ir para a casa de alguém. Ao observar o corpo ao meu lado, percebo logo que não é Dale. Os ombros desse homem são mais largos, e o cabelo é mais escuro. Será que encontrei alguém entre a casa de Dale e a minha? Será que colocaram alguma coisa na minha bebida? Talvez esse cara tenha colocado alguma coisa na minha bebida e depois me sequestrado e trazido para essa casa perfeitamente mobiliada.

Com cuidado, me viro para conseguir ver melhor o meu possível sequestrador. Ele está de barriga para baixo, com o rosto virado para o outro lado, um braço por cima do travesseiro, dificultando ainda mais a minha observação. Ele tem belas costas. Mesmo com o cérebro bagunçado pela ressaca, consigo reconhecer costas belas quando vejo. A pele dele é lisa e bronzeada, os músculos definidos, e ele não está forçando, já que está dormindo. A não ser que ele esteja fingindo dormir e esteja forçando os músculos, mas isso parece um esforço descomunal para um sequestrador.

A necessidade de saber onde estou e quem é aquele homem é maior do que meu desejo de deitar e me concentrar na dor nos meus olhos. Preciso dar uma boa olhada nesse cara antes de ele acordar. Ele pode estar planejando me prender no porão e me alimentar com comida de cachorro pelos próximos seis meses. Um arrepio passa pelo meu corpo; eu não deveria ter assistido tantas séries de crimes reais, é muito mais assustador do que a minha habitual Agatha Christie. Zoya tentou me convencer que, estatisticamente, é mais provável que eu acabe me casando com um membro do One Direction do que sendo mantida refém com comida de cachorro, mas não sei se ela traz estatísticas de lugares confiáveis.

Me arrasto para fora do edredom o mais silenciosamente possível e olho para baixo. O que estou vestindo? Esse não é o meu pijama. Eu nem tenho pijamas, costumo dormir com uma camiseta grande e velha. Esses pijamas são de seda creme com pequenas zebras estampadas. Esse cara me emprestou o pijama da colega de apartamento dele? Talvez ele goste de pijamas e vista as suas vítimas com peças de qualidade antes de matá-las? Vão fazer uma série na Netflix sobre ele, chamada *O assassino do pijama* ou *O pesadelo do pijama*.

Enquanto ando devagar ao redor da cama, tentando ignorar o pulsar na minha cabeça e o meu coração disparado, percebo como os móveis do quarto são de bom gosto; vejo um baú acolchoado coberto de um tecido de linho cinza aos pés da cama, uma penteadeira amarelo-pastel, e… ah, é um closet? Esse quarto é muito bonito, bonito demais. Parece o quarto de um adulto, alguém com dinheiro para comprar móveis que não vem embutidos no aluguel.

Esse cara deve morar com os pais. *Essa é a cama dos pais dele?* Vou indo para o lado dele. Agora que vejo o rosto, a minha teoria não faz mais sentido, porque esse cara parece estar na casa dos quarenta.

Pelo lado positivo, se estivermos procurando por lados positivos, o cara é gato. Não só atraente, é bonito como o Bradley Cooper em seus dias de glória. Tem o maxilar definido, uma barba por fazer, cílios impossivelmente volumosos e escuros, e o medo da comida de cachorro se dissipa tempo o suficiente para que eu possa me parabenizar por ter ido para a casa de um homem bonito assim. Mesmo que ele seja mais velho do que os outros caras que costumo conhecer, consigo ver o porquê do meu eu de ontem ter achado que seria uma boa ideia. A não ser que ele tenha colocado alguma coisa na minha bebida, nesse caso preciso parar de pensar nos belos cílios dele e ligar para a polícia. Talvez eu deva recolher uma amostra de urina agora, caso precise de provas. Seria estranho fazer xixi em um pote e guardar? Só por via das dúvidas.

Enquanto olho pelo quarto à procura de algo para guardar o meu xixi, observo a mão do homem no travesseiro e vejo que ele está usando um anel dourado: uma aliança de casamento. *Ele é casado.* O nível de beleza acabou de despencar. Do lado dele, vejo uma porta que dá para o banheiro da suíte, então entro lá e tranco a porta. Preciso lavar o rosto, colocar a cabeça no lugar, tentar me lembrar de como cheguei aqui. Mas quando me viro e vejo o meu reflexo no espelho, tenho que tapar a boca com a mão para não gritar, porque quem eu vejo me encarando é… sou eu, só que não. Sou eu, mas uma versão diferente. A minha pele parece pálida e manchada, o meu rosto está inchado, porém mais fino; não consigo computar o que estou vendo. Esse é o pior espelho de banheiro já inventado? Parece que alguém tirou a minha pele, lavou do jeito errado na máquina, e depois tentou colocar tudo de novo no meu esqueleto. As olheiras abaixo dos meus olhos parecem vindas de mil ressacas juntas. Vejo os primeiros sinais de pés de galinha nos cantos dos meus olhos, e a minha testa tem linhas de expressão que não somem quando relaxo o rosto. Não consigo parar de olhar.

Eu pareço…

Eu pareço mais *velha.*

Ao me aproximar do espelho, vejo que o reflexo definitivamente é o meu, mas não é a mesma eu de ontem. Não é só a minha pele que está diferente, o meu cabelo também. Meu cabelo está… melhor? Parece que fiz luzes, vários tons de mel e dourado, e o corte também parece bem-feito, com várias camadas. *Estou com a merda do cabelo da Jennifer Aniston.* Como consegui pagar por esse tipo de corte? E onde foi que eu consegui fazer luzes desse lado da cidade no meio da noite?

Sentada no vaso, esfrego as mãos no rosto, relutante em olhar para o meu estranho reflexo mais uma vez. Isso deve ser alguma pegadinha de programa de TV, um novo *reality show* que tem como premissa desmaiar a pessoa e fazê-la parecer ter dez anos a mais. Atrás do espelho devem existir câmeras que estão gravando a minha reação. Mas quem assistiria isso? Parece cruel, e não um bom tipo de programa. Belisco a minha pele e sinto dor, então não fizeram uma prótese.

Desço a calça do pijama e faço xixi antes de pensar em encontrar um pote para deixar de prova para a polícia, deve ter sido o choque do reflexo no espelho que me fez esquecer. Droga. Será que funciona se eu pegar um pouco de xixi do vaso? Enquanto estou pensando na diluição do xixi, olho para a minha barriga. *O que aconteceu com a minha barriga?* Está cheia de pele e flácida... ahhhh! Tem uma cicatriz estranha logo acima dos meus pelos pubianos! Alguém abriu um corte em mim? Ah, meu Deus, estou sendo usada como mula de drogas. É como naquele filme da Scarlett Johansson quando ela acorda e percebe que colocaram várias drogas na barriga dela. Mas não entendo como isso deixaria a minha barriga maior.

Levanto e tiro o pijama para examinar meu corpo no espelho. *O que fizeram comigo?* Meus seios também estão maiores, mas mais caídos e vejo linhas brancas na pele deles, como se tivessem sido inflados e depois esvaziados. Provavelmente consigo usar o mesmo tamanho de antes, mas minha pele está menos firme, como as mulheres de meia-idade que vejo no vestiário da piscina. Levanto os braços e vejo um leve e firme linha de definição. *Tenho bíceps.* De onde eles vieram?

— Lucy? — Uma voz do outro lado da porta chama. *O cara acordou e sabe o meu nome.* Rapidamente, coloco o pijama de novo, minha cabeça tonta de dor e crescente perplexidade. Se isso for mesmo algum *reality show* estranho, já sei que vou processar a produção por estresse emocional intenso.

A maçaneta balança e o homem pergunta:

— Por que você trancou a porta?

— Só um segundo! — respondo. Vou ter que conversar com esse cara. Ele é o único que pode me explicar o que está acontecendo. As minhas mãos estão tremendo quando destranco a porta e, quando a abro, vejo que o homem está em pé e de cueca, os cabelos bagunçados pelo sono e os olhos do mais impactante azul escuro que já vi.

— O que está acontecendo? Onde eu estou? Quem é você? — pergunto, a minha voz sai assustada e estranha.

— Foi uma noitada então? — rebate ele, com um sorriso, depois me dá um breve beijo na bochecha e entra no banheiro para pegar a escova de dentes elétrica que está carregando na pia. Nem sabia que existiam escovas com carregamento sem fio.

– O que estou fazendo aqui? Por que estou tão velha?

Ele ri, como se eu estivesse fazendo piada.

– Você não está velha, querida, está maravilhosa.

Querida?

– Alguém me drogou? – pergunto a ele, com a mão na barriga, perto da cicatriz esbranquiçada.

– Duvido, Luce. Você estava numa festa do trabalho em uma quinta-feira. Por quê? As coisas saíram um pouco do controle?

Saíram do controle? Festa do trabalho?

– Não sei quem é você. – Minha voz está séria, mas meus lábios tremem.

– Eu sei, eu sei, também não me reconheço – responde ele, virando-se para o espelho. – Velho demais pra ficar bêbado no meio da semana. – Ele franze o cenho para mim pelo reflexo do espelho e observa a minha expressão. Depois, vira e coloca uma mão de cada lado dos meus ombros, a escova de dentes na boca. – Não se preocupe, sempre teremos café.

– Mas como eu cheguei aqui? – pergunto. Ele não parece estar entendo a seriedade da situação.

– Táxi. Ouvi você chegando de táxi. Me surpreendi por você ter ficado na rua até tão tarde sendo que hoje de manhã você tem a reunião de *pitching* com o canal.

Reunião de pitching *com o canal? Por que eu estaria nessa reunião?* Não estou conseguindo muitas respostas aqui, só mais perguntas. Esse cara não está agindo como se tivesse me sequestrado; está agindo como se *me conhecesse.* Enquanto abro a boca para fazer mais perguntas, ele tira a cueca, bem na minha frente, e eu perco o poder da fala.

– Vou tomar um banho – diz ele, caminhando para o box do chuveiro, coberto de azulejos brilhantes azuis, e liga a água. Em algum lugar próximo, um bebê começa a chorar.

– Você pode ir pegar a Amy?

Amy? Quem é Amy? Esse apartamento pode ter os melhores móveis e o chuveiro mais bonito que já vi, mas não tem um bom isolamento acústico. Parece que o bebê do vizinho está literalmente *no* apartamento com a gente. Ao sair do banheiro, para longe do homem alarmantemente pelado, procuro o meu celular. O meu telefone sempre tem as respostas… telefones sempre têm respostas. É a minha maior esperança para tentar entender essa ressaca de derreter o cérebro.

Caindo pelo quarto, procuro a minha bolsa cinza batida, mas não a encontro. Não acho nem as roupas que usei ontem. Quando vou para o corredor, encontro outro quarto. Pela porta entreaberta vejo um berço e de pé, olhando para mim... um bebê. *Meu Deus!* Esse cara tem um *bebê*?

— Mamã! — diz o bebê, com os braços esticados na minha direção.

A minha cabeça vira de um lado para o outro, tentando ver se alguma mulher aparece milagrosamente ao meu lado, mas não, o bebê está com os braços esticados para *mim*. Com cuidado, dou um passo em direção ao quarto do bebê.

— Infelizmente acho que não sou sua mãe — digo ao bebê. — Mas tenho certeza de que o seu pai vai chegar aqui logo, logo. Só estou procurando a minha bolsa. — Por que estou falando com esse bebê? Ele nem deve saber falar. Não tenho ideia de quantos anos a criança tem, pode ser seis meses ou dois anos, não entendo nada de crianças.

— Mamã! — diz o bebê mais uma vez, sorrindo para mim. Levando em conta que é um bebê, até que essa criança é bem fofa. Pelos ursinhos cor-de-rosa no macacão, acho que deve ser uma menina. Ela tem um emaranhado de cabelos loiros e olhos azuis intensos como os do pai.

— Você é a Amy? — pergunto a ela.

— Ei-miii — responde o bebê, segurando as barras do berço e pulando para cima e para baixo. Estou a ponto de voltar ao banheiro e dizer para aquele homem que ele tem muita coragem em me pedir para cuidar da filha dele, mas então me lembro de como ele estava confortável em ficar sem roupa, e também lembro daquele espelho estranho. Pode ser melhor se eu só encontrar a minha bolsa e sair correndo daqui. Ao sair de fininho do quarto da neném, continuo a descer o corredor, procurando por uma sala de estar, uma cozinha, qualquer lugar onde eu possa ter deixado o meu celular, as minhas roupas e a minha sanidade. Mas assim que saio do campo de visão da bebê, ela começa a uivar.

— Olha, aí é foda — murmuro.

— A mamãe usou uma palavra feia.

Ao me virar, vejo um garoto atrás de mim no corredor, como um fantasma.

— Mas que droga! Você me assustou — digo e coloco uma mão no peito para evitar um ataque cardíaco.

– A mamãe falou feio *de novo*. – O garoto coloca as duas mãos sobre a boca, os olhos esbugalhados como um peixe fora d'água. A bebê Amy ainda está uivando, balançando as barras do berço como um prisioneiro tentando escapar.

– Não sou sua mãe, garoto – digo ao menino. – Quantas crianças moram aqui?

– Duas – responde o garoto, me encarando. Pelo menos esse aí já sabe falar; pode ser que ele me ajude.

– Você sabe onde deixei a minha bolsa? Preciso das minhas coisas, do meu celular.

– A Amy tá chorando – diz o menino, me encarando com uma desaprovação tão abjeta que me sinto obrigada a voltar para perto do bebê banshee. O garoto vem junto.

– O que ela quer? – pergunto.

– Leite, troca de fralda, não sei – responde ele, encostado no batente da porta. O rosto de Amy está marcado pelas lágrimas e as bochechinhas agora estão vermelhas de raiva. Quem quer que tenha inventado os bebês, fizeram um ótimo trabalho em fazer o choro deles ser impossível de ignorar. Sou forçada a pegá-la no colo só para não estourar o meus tímpanos. Assim que ela se ajeita no meus braços, o barulho para, mas agora é meu nariz que se sente mal.

– Ela fez cocô – o garoto me diz.

– Como você chama?

– Felix. O que você fez com a mamãe? Você é um ET? Você comeu o cérebro dela?

– Eu não comi o cérebro de ninguém e não sei onde está a sua mãe. A sua mãe e o seu pai são... hum, separados? Divorciados?

– Divorciados?

– A sua mãe mora aqui com vocês?

– Mora – responde ele, devagar.

Ótimo. Não sou nenhuma *expert* em crianças, mas tenho quase certeza de que não deveria ser eu a contar para esse garoto que o pai dele é um babaca.

– Você pode me ajudar com isso? – pergunto a Felix enquanto aponto para a bebê. Ele faz uma careta e balança a cabeça. – Quantos anos você tem? Oito? Nove?

– Sete. Onde você colocou a mamãe? Os ETs levaram ela para o planeta deles?

Será que eu fui abduzida por ETs e colocada em outro corpo? Já não descarto mais nenhuma possibilidade nesse ponto. Enquanto penso na logística de uma troca de corpos extraterrestre, o homem aparece no quarto do bebê. Fico aliviada em ver que não está mais pelado, agora está com uma calça jeans estonada e uma camisa branca de linho. Ele é bonito sem nenhum esforço, tão bonito que me distrai, e me esqueço de ficar assustada porque as crianças estão me chamando de mãe.

– Bom dia, garotão – diz o homem. Ele passa a mão pelo cabelo de Felix, vem na minha direção e beija o topo da cabeça da bebê, depois me beija, *na boca. Na boca!* Fico paralisada, surpresa demais para me mover, e o encaro com os olhos arregalados, sem piscar. A coragem desse homem. Estou segurando a filha dele, que literalmente está cheirando a bosta, e ele acabou de me beijar como se fosse a coisa mais normal do mundo.

– O Ben está doente, então eu disse que daria a aula de tai chi dele hoje de manhã – diz o homem. – A Maria está vindo mais cedo pra fazer o roteiro da escola, então você deve conseguir sair oito e quinze sem problemas. Desculpa, tenho que correr. Vejo você hoje à noite. Ah, e boa sorte na reunião. Eles vão amar. – E ele acena e vai embora.

– Espera, como assim? Você vai me deixar aqui com os seus filhos?

Ele para, vira para mim e faz uma careta, parecendo irritado por algum motivo.

– Eu sei, eles são responsabilidade tanto minha quanto sua, mas não é como se eu fizesse isso sempre, Luce. – Ele revira os olhos. – Ben sempre quebra o meu galho. Vai, não é minha culpa que você resolveu sair ontem, no meio da semana. Você realmente não acha que consegue aguentar vinte minutos até a Maria chegar aqui?

Essa linha de raciocínio, de que eu não estou sendo razoável por não querer ficar de babá das crianças, é tão absurda que antes que eu consiga responder, ele já foi embora. Coloco a bebê no chão e saio atrás dele, e acabo descobrindo que não estamos em um apartamento, mas em uma casa, que é tão bem decorada quanto o quarto. Vejo um aparador de madeira vintage no hall da escada, com duas velas Jo Malone, uma foto das crianças e uma gloriosa e verde muda de iuca. Um pouco à frente, de um lado da escada, vejo uma estante enorme, cheia de centenas de livros. Sempre quis uma estante assim. Um tapete grosso e felpudo leva até uma escada ampla e curva, com corrimãos de mogno.

Me distraio momentaneamente com a beleza da casa, e quando chego na porta da frente que fica no andar de baixo, um carro está saindo da garagem. Lá em cima, escuto a bebê uivar de novo. Foi tão ruim assim ter ficado no chão? E se ela engatinhar e cair da escada? Mesmo que esse homem seja *maluco* por me deixar com os filhos dele, não quero ser responsável por ninguém se machucando. Corro para o andar de cima e vejo o garoto sentado no chão, tentando consolar a irmã. Ambos me encaram com um olhar magoado.

– Qual é o nome daquele cara que acabou de sair? – pergunto pro garoto.

– Papai?

– Isso, além de papai, qual é o nome dele? Tipo, eu sou a Lucy, você é o Felix e ele é o...?

– Sam.

– E como eu conheci o Sam?

Felix estreita os olhos mais uma vez e olha para a esquerda, para a parede ao meu lado. Instintivamente, os meus olhos vão em direção à fotografia grande pendurada na parede. É um casal no dia do casamento, em um campo. O homem é uma versão mais nova do pai deles, Sam, e a noiva... a noiva... sou *eu*.

6

— Merda! — grito. Felix coloca a mão sobre a boca. — Como pode ser eu? Como... Isso foi photoshopado? — Tiro a foto da parede para poder examinar com mais cuidado. A mulher é *igualzinha* a mim, eu mesma, não essa versão estranha, abatida, com um ótimo cabelo e possivelmente mula de drogas. Será que eu tive amnésia? Bati a cabeça e esqueci os últimos vinte anos da minha vida?

E é aí que me lembro, a máquina de desejos. *A máquina de desejos.*

— Não pode ser — digo enquanto minha cabeça contempla a ideia. — Não, não, não. Não pode ser isso.

O que eu pedi? Para ter as coisas ajeitadas. Ter encontrado a minha cara metade, ir para a parte boa da vida.

A náusea me invade de repente, e corro para o banheiro antes que eu vomite nesse tapete ridiculamente caro. Quando termino, levanto o olhar e vejo Felix parado na porta, o rosto contraído em uma careta.

— A mamãe diz que é melhor deixar sair tudo mesmo. Aqui o que você quer — diz ele, me entregando uma bolsa azul. — Você vai devolver a mamãe depois de terminar seus experimentos alienígenas?

— Obrigada — respondo enquanto limpo a boca com o papel e pego a bolsa que Felix segura. Mexendo em seu conteúdo, encontro um celular, um aparelho bem maior e mais fino, melhor que meu iPhone de terceira mão. A tela de bloqueio é uma foto minha, com Sam, Felix e Amy. A data da tela é sexta, 22 de abril, que é um dia antes de ontem, mas não vejo o ano.

— Em que ano estamos? — pergunto a Felix, que ainda está na porta, com uma expressão pensativa.

Ele responde, mas devo ter ouvido errado, porque acho que ele disse que estamos dezesseis anos depois de ontem. Vou vomitar de novo. A campainha toca; Amy está chorando. Correndo para o hall mais uma vez, a pego no colo, fazendo "shhhh" e a abraçando contra o meu peito. É assim que se consola bebês, não é? Uma sensação de culpa toma conta de mim, como um cobertor áspero contra a pele. Culpada por talvez ter causado isso, por ser responsável por tirar a mãe dessa criança. Com Amy nos braços, desço as escadas e abro a porta para uma mulher loira na casa dos cinquenta.

– O que houve? Você está péssima – diz ela, logo pegando Amy do meu colo. – Está doente? – Deve ser a Maria.

Balanço a cabeça e consigo dizer:

– Estou bem. – Por que essa é a resposta padrão? Claro que não estou nada bem.

– Quem é essa fedida? – pergunta Maria, e eu cubro a boca com as mãos até perceber que ela está falando com a bebê. Ela faz cócegas no queixo de Amy. A neném gorgoleja e *finalmente* para de chorar. – Pode ir, vá trocar de roupa, não perca o trem. Eu cuido das crianças.

Graças a Deus a Maria apareceu, queria abraçá-la. Devo dizer a ela o que aconteceu? O que eu poderia dizer? O que aconteceu? Algo me diz que preciso entender o que houve antes de tentar explicar a alguém. Felix está sentado no alto da escada e me observa enquanto subo.

– Estou bem, só fico um pouco confusa quando bebo gim – digo, relutante em traumatizar ainda mais esse pobre garoto. Não quero que ele vá para a escola e diga a todo mundo que a mãe dele foi abduzida por alienígenas. Mas agora ele pode ir para a escola e dizer a todo mundo que a mãe dele é alcoólatra. O menino me encara com olhos arregalados, mas não diz nada.

Entro outra vez no quarto, fecho a porta e pego o celular que o garoto encontrou para mim. Meu rosto destrava o aparelho. Ao rolar pelos contatos, procuro Zoya. Preciso me desculpar por ontem e contar a situação estranha em que me encontro. Mas quando me lembro do número dela e tento ligar, a ligação não funciona. Tento ligar para Faye, mas vai direto para a caixa postal e o número de Roisin chama e ninguém atende. Por que Roisin está fora do país? Alguma coisa de errado está acontecendo com os celulares. O que quer que seja, preciso voltar para casa, para o meu apartamento, para a minha cama – ter tempo de sair dessa alucinação. Respiro fundo e devagar, mas sinto uma quantidade absurda de cheiros estranhos. Talvez seja melhor eu tomar um banho antes de ir.

O banho ajuda, principalmente por ser o melhor banho que já tomei na vida. O chuveiro tem três saídas de água em alturas diferentes e a pressão é distribuída de uma forma maravilhosa. Não se parece em nada com o mini chuveiro de Vauxhall que fica tão entupido de limo que joga água em todas as direções, menos para baixo, ou o chuveiro dos meus pais, com o box tão pequeno que você não consegue mexer os ombros. Então foi isso que eu não tive durante toda a minha vida? A água quente começa a aliviar a minha dor de cabeça, e começo a me sentir mais como eu mesma.

Limpa e seca, olho o closet; vou ter que pegar algumas roupas emprestadas. Ternos e camisas masculinas estão do lado esquerdo, e uma quantidade enorme de roupas femininas está ordenadamente posicionada do lado direito. Passo as mãos pelos tecidos delicados das blusas. Do outro lado do closet, uma parede de sapatos está iluminada, como o altar de uma igreja. *Quantos sapatos!* Kurt Geiger, Russell & Bromley, Hobbs, todo tipo de salto, bota, plataforma e sandália que uma garota possa querer ou precisar. Se esse realmente for um vislumbre da minha vida futura, então algo deu muito certo – para os meus pés, pelo menos.

Depois de escolher uma calça jeans, uma blusa de seda e *ankle boots* pretas de suede, abro a gaveta da penteadeira para encontrar uma bandeja organizada de cosméticos de marcas boas. A minha mão para sobre a paleta de sombras. Passar maquiagem não parece ser a prioridade agora, mas também me sinto relutante em sair pro mundo assim, com essa cara péssima. Os meus colegas de apartamento podem não me reconhecer, podem se assustar. *Os meus colegas vão estar lá sendo que eu saltei dezesseis anos no futuro?* Não posso pensar sobre isso, só preciso sair daqui. Preciso ir para casa.

Vestida e maquiada, me sinto mais calma ao olhar no espelho. Depois do susto inicial, preciso dizer que não estou mal para alguém com quarenta e dois anos, se for essa mesmo a minha idade. Meu corpo ainda está ok, pelo menos com roupa, e o meu rosto é, bem, ainda é o meu rosto. Foi apenas um susto ver os efeitos de dezesseis anos de uma só vez, como a cena em *Indiana Jones e a última cruzada* onde um personagem escolhe o cálice errado e envelhece cem anos em cinco segundos.

Pego uma jaqueta estonada de couro marrom e a bolsa que Felix me deu e desço as escadas, onde encontro Maria dando mingau para as crianças. Uma bagunça, a cadeirinha de Amy já está coberta de aveia e frutas. Dou um passo para trás a fim de proteger minhas roupas daquela sujeira.

— Ah, muito melhor! – diz Maria.

— Obrigada – respondo, tentando sorrir. Felix me encara e vejo um vislumbre meu naquele rosto. O formato das sobrancelhas, os lábios grossos. *Ele se parece comigo*. A confirmação me enche de surpresa e horror. Uma parte de mim quer apenas se sentar e observar essas crianças, encontrar mais semelhanças, comprovar que vieram de mim. A cicatriz na minha barriga deve ser de uma cesárea. Será que os dois nasceram assim ou tenho outras cicatrizes invisíveis no meu corpo? Se eu me deixar levar pela loucura disso tudo, a minha cabeça vai começar a girar. Não tenho capacidade mental de pensar nisso agora, então desvio o olhar.

— Como chego no metrô mesmo? – pergunto para Maria, ao perceber que não tenho ideia de onde estou.

— Na sua nave espacial – responde Felix, os olhos arregalados.

Claramente ele está brincando, mas… e se não estiver? Talvez na última década e meia alguém tenha inventado uma mini nave espacial que substituiu os carros. Não parece a coisa mais eficiente para driblar o trânsito, mas, ei, é o futuro, o que eu sei sobre isso?

— Na estação? Ou você vai dirigindo ou pega um táxi – responde Maria com a colher a meio caminho da boca de Amy. – Por quê?

— Ah, é, claro. Só estou confirmando – respondo enquanto procuro pelas chaves de um carro, vejo um gancho perto da porta com a conveniente placa "chaves". – Muito bem, vejo vocês mais tarde. – E enquanto digo isso percebo que espero não os ver mais tarde, espero acordar deste pesadelo antes que "mais tarde" chegue.

— Xau, mamã! – balbucia Amy, antes de esticar os bracinhos em direção ao mingau e derrubar tudo.

— Você precisa voltar e ficar com a gente quando a Maria for embora – diz Felix.

— Certo, e quando é isso mesmo?

— Às seis e meia nas sextas – responde Maria. – Tenho horário na esteticista, então não perca o trem.

— Ah, sim. Pode deixar. Que boba eu.

Felix me encara de novo, e me sinto impelida a ir embora antes que Maria perceba que sou uma impostora.

Lá fora, na calçada, olho para a rua sem saída, silenciosa. Isso não parece ser Londres, pelo menos não algum lugar que eu conheça. *Onde raios eu estou?* O meu telefone vai saber. Quando abro o que parece ser um aplicativo de mapas, vem uma projeção 3D sobe da tela. *Uau, isso é incrível.* É como se estivesse olhando de cima para baixo de uma maquete gigante. Observando o mapa, vejo uma pequena versão digital minha, parada em uma pequena versão dessa calçada.

— Totó, acho que não estamos mais no Kansas — digo para mim mesma.

Quando diminuo o zoom, percebo que estou em Farnham, uma cidade em Surrey, a cerca de setenta quilômetros de Londres, o que poderia muito bem ser o Kansas.

Aperto o botão da chave prateada que seguro e o SUV prateado apita. É um carro bem diferente do velho Nissan March que eu tinha na faculdade. É umas oito vezes maior... ah, ele não tem volante. Ao me sentar no banco do motorista, ele se move e se ajusta ao meu tamanho. Uau, confortável demais. Não vejo nenhum câmbio, freio de mão ou mesmo lugar para colocar a chave.

— Dirija — digo a ele, mas nada acontece. — Por favor, dirija?

Nada. Sem botões para apertar, passo a mão pelo console liso e, depois de um apito baixo, algo começa a acontecer. Um painel de controle aparece e o console se abre, de onde um volante de desenrola na minha direção. *Uau, isso é maneiro.* Ao colocar a mão no volante, sinto o motor elétrico ligar. *É ativado pela palma da mão.*

E o carro começa a falar comigo.

— Bom dia, Lucy — diz uma voz sexy e americana parecida com o Stanley Tucci.

— Oi? — respondo.

— Lucy, o nível de álcool em seu sangue é alto demais para dirigir seguramente. Por favor, procure outro meio de transporte.

Acho que *é* o Stanley Tucci. O carro desliga e o volante volta para dentro. Não vai me deixar dirigir. Pela dor de cabeça que estou sentindo, provavelmente ainda tenho álcool no sangue por conta da noite de ontem.

Vamos de táxi então.

Felizmente, existe um aplicativo de táxi no meu telefone.

Alguns minutos depois, um carro elétrico preto e brilhante aparece. Ao entrar no banco de trás, uma voz diz:

— Lucy, você não tomou café da manhã. Seu nível de energia vai cair no meio da manhã se não começar o dia com uma refeição nutritiva. – *Uau, como o táxi sabe que eu não tomei café?* Mas quando a voz continua, percebo que está vindo do meu telefone. – Você só completou DUAS UNIDADES de exercício essa semana. Considere fazer um exercício intenso durante o seu horário de almoço para ficar em dia com suas metas. – O telefone pausa. – NATALIE está fazendo aulas de ioga na ACADEMIA SOHO às TREZE E QUINZE. Gostaria de se inscrever?

— Oh, isso é, uau… – *Nem sei quem é Natalie.* – O meu celular acabou de me chamar de gorda? – pergunto ao motorista do táxi.

— Bem-vinda ao futuro, meu bem – responde ele, balançando a cabeça.

— Obrigada – respondo, antes de perceber que ele devia estar sendo sarcástico. – Você sabe como desligar essa voz? – Faço uma pausa. – O meu celular é novo.

— Você vai perder todos os seus pontos se desligar a voz. A minha esposa adora isso, mês passado chegou ao nível Gold Fit Fabulosa. – O motorista me encara pelo retrovisor. – Você pode trocar para receber mensagens de texto, posso mostrar como fazer, mas daí não vai ganhar os pontos extra de Ouvindo e Aprendendo.

— Eu posso abrir mãos dos pontos extra com prazer.

Quando o táxi para no estacionamento da estação, o motorista indica para que eu passe o telefone a ele, e muda as configurações para mim.

— Se for de alguma ajuda, não acho que você precise dos pontos extra – diz ele, gentil.

Na estação, vejo um café. Ao analisar os preços, percebi que um latte custa 12 libras e 40 centavos. *Doze e quarenta?* Que raio de lugar é esse? É quatro vezes mais do que eu esperava pagar. Talvez eu esteja em coma, ou morta. Talvez o teto do meu quarto tenha caído na minha cabeça e esse seja o purgatório: viver no subúrbio com um café caríssimo. Na bilheteria, algumas pessoas estão passando cartão, enquanto outras apenas escaneiam a palma da mão. Encontro uma carteira cheia de cartões de crédito na bolsa, mas antes tento escanear minha palma e dá certo.

Quatro minutos depois, estou sentada no banco da janela, indo para Londres. Londres: segura, familiar e gloriosa. O trem parece me acalmar –

os bancos continuam feios, o cheiro ainda é de água sanitária e lixo. Achava que os trens do futuro seriam como os trens-bala do Japão. Então ou a linha de trem está sem dinheiro ou eu não estou tão no futuro assim. Mas me lembro dos acontecimentos da manhã e sinto um calafrio.

Ao pegar o celular, tento ligar para Zoya mais uma vez. Ainda nada. Enquanto estou pensando em quem mais poderia me ajudar, o número "Escritório" me liga. E um alerta do Fit Fun Fabulosa me diz que os meus batimentos cardíacos e o meu nível de estresse estão mais altos que o normal. Eu gostaria de começar um exercício de respiração guiada? Não, não gostaria. Enfio o telefone no fundo da bolsa e olho pela janela, atenta às árvores e casas que passam. Só preciso chegar em casa, voltar para a minha cama, dormir e acordar do que quer que seja isso. *Trem, casa, sanidade. Trem, casa, sanidade.* Repito as palavras como um mantra. Se eu começar a pensar em todo o restante, tipo a forma como cheguei aqui, ou quando *aqui* é, meu cérebro vai explodir.

7

Londres não está como eu me lembrava. Não existem catracas em Waterloo, apenas portais que emitem um leve som quando você passa. O saguão está mais claro, e quando olho para cima, vejo que o teto abobadado não existe mais – vejo apenas o céu azul. Isso parece uma impossibilidade arquitetônica, até que eu perceba banners de propaganda voando pelo céu, o que me faz pensar que deve ser apenas uma tela de TV ou projeção gigante. Aos meus pés, um ronronado, olho para baixo e vejo um aspirador robô polindo o chão do saguão. Parece detalhado demais para ser um sonho. Não consigo parar de pensar no que tudo isso pode significar. Eu só preciso chegar em casa.

Mas "casa" também não está como eu me lembrava. Quando saio em Vauxhall e vejo a luz do dia, passo por baixo da Kennington Lane e tudo parece subitamente diferente. Os indicadores amarelos e brancos da rua foram substituídos por indicadores eletrônicos brilhantes, coordenados com o semáforo. Nossa amada Vauxhall Tavern foi destruída, substituída por uma torre de vidro com apartamentos. *Como puderam destruir aquele pub? É um marco de Londres, uma instituição.* Se eu não tivesse problemas mais urgentes, escreveria um e-mail bem severo e direto ao meu representante no governo. Começo a correr, desesperada para saber se o meu apartamento ainda existe no mesmo lugar, saber se a minha antiga vida foi completamente obliterada. Eu só quero me arrastar para minha cama desconfortável e molhada, para que essa alucinação acabe.

Felizmente, o número 83 ainda segue firme. O prédio parece igual, só um pouco mais velho. A placa perto da campainha do terceiro andar diz "Graham" em vez de "ZoLu JuEm", mas toco mesmo assim. Ninguém atende, então seguro forte a maçaneta. É como se eu pudesse racionalizar tudo o que vi até agora, mas se o meu apartamento, a minha casa, o lugar onde eu durmo… se isso não existe mais… como vou fazer? Deveria ligar para Emily. Ela sempre está em casa. No celular, vejo três ligações perdidas do escritório. Emily atende depois de dois toques.

— Alô?

— Emily, ah, Emily, graças a Deus. Uma coisa completamente insana acabou de acontecer, eu preciso muito da sua ajuda. Você está em casa?

— Em casa? – repete ela. – Quem está falando?

— É a Lucy. Lucy Young.

— Ah, Lucy. Oi. – *Por que ela não tem o meu número salvo?*

— Olha, Em, isso vai parecer insano, mas acho que eu viajei no tempo. Ou foi isso ou estou tendo uma alucinação psicótica. Preciso entrar no apartamento.

— Ok – diz ela, bem devagar, como se estivesse falando com uma criança ou com um homem segurando uma faca.

— Ontem a gente era colega de apartamento em Vauxhall, brigando com o Fedidokley no andar de cima. Você tinha dormido com alguém chamado Ezequiel ou Zebadias, alguma coisa assim. Você lembra?

Emily faz um som de "uhum".

— E, hoje, acordei em Surrey na casa de um cara estranho, com um marido e dois filhos – digo com uma leve risada, para ilustrar o quão absurdo tudo isso deve soar.

— Ok – diz ela mais uma vez, e faz uma longa pausa. – Você usou drogas, Lucy? Onde você está?

— Não, não que eu saiba, e eu estou do lado de fora do apartamento, do nosso apartamento. Acabei de falar isso.

O celular emite um bip; ela pediu para trocarmos para uma chamada de vídeo. Aceito o convite e o rosto de Emily preenche a tela, mas ela não se parece em nada com a Emily que eu conheço. Os dreads sumiram do cabelo, agora cortado em um chanel. Em vez do macacão de sempre, ela parece estar usando uma camisa e um terno cinza. Está parecendo a Shiv de *Succession*.

— Emily? – É tudo que eu consigo dizer.

— Preciso olhar nos seus olhos pra saber se você está doidona ou de palhaçada – diz ela e me encara. Vejo o seu rosto relaxar. – Não é nenhuma das duas opções, então acho que você precisa procurar um médico, Lucy. Você bateu a cabeça?

– Acho que não, mas talvez possa ser isso. – Faço uma pausa. – Sei que parece doido, mas parece mais uma alucinação bem realista... ou... viagem no tempo.

– Ok – diz ela, mais uma vez, com a voz cética.

– Você está tão diferente do que me lembro – digo. – O que aconteceu com os dreads?

Um leve sorriso aparece na boca dela.

– Parei de usar há muito tempo. – Ela coloca uma mecha do cabelo ruivo atrás da orelha.

– E você ainda está fazendo gravuras em madeira?

Emily fecha os olhos brevemente, como se estivesse me concedendo aquilo. E diz:

– Trabalho como executiva agora. Moro em Kent, tenho três filhos.

– Ah, uau, que loucura.

– Olha, Lucy, sinto muito, mas se você está falando sério, acho que você precisa mesmo procurar um médico. – Ela faz uma pausa. – Você tem histórico de problemas mentais? Isso já aconteceu com você antes?

– Não preciso procurar um médico, Em, só preciso de uma amiga.

– Lucy, faz quinze anos que não nos falamos.

– Não nos falamos?

– Não, nós não mantivemos contato depois que devolvemos o apartamento. – Ela olha para baixo.

– E o Julian? Onde ele está?

– Acho que foi morar nos Estados Unidos. – Ela morde o lábio. – Olha, tem alguém que eu possa chamar para ajudar você? Alguém da família? O seu médico? Algum amigo da faculdade? Vou entrar em uma reunião já, já, mas agora que você me ligou, me sinto responsável.

Responsável? Ela não se parece em nada com a Emily que eu conheço, e não quero que ela ligue para pessoas dizendo que eu usei drogas ou fiquei louca.

– Não, não, obrigada. Estou bem, olha, provavelmente só estou de ressaca. Estava passando por aqui e pensei em você e... – *E o quê? Pensei que ela ainda morasse aqui? Pensei que ela pudesse precisar da minha ajuda?* – Foi só uma pontada de nostalgia, eu acho. Vou ficar bem. Boa sorte na reunião.

Ao desligar o telefone, me escoro na porta. De todas as coisas inacreditáveis que vi essa manhã, a Emily toda *hippie* que agora usa terno e trabalha como executiva é a menos compreensível. Uma sensação de solidão intensa me arrebata. Algo relacionado à reação de Emily... ela nunca acreditaria em mim. Quem *poderia* acreditar em mim? Se eu estivesse no lugar dela e alguém me ligasse contando essa história, eu não daria exatamente o mesmo conselho que Emily? Procurar um médico. Talvez eu esteja doente. Pego o meu celular de novo, me segurando nele como se fosse um bote salva-vidas.

ALERTA FIT FUN FABULOSA: SEUS NÍVEIS DE ESTRESSE ESTÃO MUITO ELEVADOS. POR QUE NÃO FAZER UMA CAMINHADA TRANQUILA?

— Foda-se — digo para a tela enquanto deleto o aplicativo. Penso em ligar para os meus pais, mas assim que procuro o contato "Casa" me vejo mais uma vez nauseada. Se eu estou mesmo com quarenta e poucos anos, meus pais devem estar na casa dos setenta. E se eles não souberem o que houve? E se...

Estou encarando o celular quando ele toca. "Escritório" de novo, e acabo atendendo, mesmo que seja só para me distrair da ideia horrível de que um dos meus pais, ou ambos, podem estar mortos.

— Lucy, é o Trey, onde você está? — pergunta uma voz masculina.

— Vauxhall — respondo.

— Teve algum problema no trem? Os executivos estão aqui. Já dei café para eles, mas não quero começar a reuniões de *pitching* sem você. Quando você vai conseguir chegar? — Quem quer que Trey seja, ele parece estressado.

— Ah, sim, isso, eu estou... doente.

Ainda que eu esteja curiosa para ver onde a minha Eu do Futuro trabalha, é óbvio que não tenho condições de participar de nenhuma reunião agora, eu não saberia nada. Pelo que Trey disse, presumo que eu ainda trabalhe com TV, mas a produção televisiva pode ser algo bem diferente agora. Pode ser que seja feita por robôs com câmeras 4D e projetores de cheiros. Contudo, como os trens pareçam iguais, pode ser que eu esteja dando crédito demais ao futuro.

— Você está doente? — repete Trey, assustado. — Achei que você estava em Vauxhall?

— Estou muito doente. Acho que foi algo que comi. Um arenque estragado. — *Arenque? Eu realmente disse arenque? Só homens de oitenta anos que amarram um lenço na cabeça como se fosse um chapéu e moram em asilos em Margate é que comem arenque.* — Você pode lidar com a reunião no meu lugar? — pergunto, esperançosa.

– Eu? Você quer que eu faça a apresentação? Tenho certeza de que Michael deveria fazer, não? – A voz de Trey está uma oitava mais alta.

– Sim, sim, Michael, claro. O arenque está acabando com a minha cabeça. Hum, preciso ir, acho que vou vomitar de novo. Boa sorte! – *Não é de todo mentira. Eu realmente passei mal hoje.*

Foi idiota da minha parte ter atendido o telefone.

Então, já que não posso ir para casa e não posso ir para o trabalho, para onde eu vou?

A banca de jornal. A máquina de desejos.

Foi lá onde tudo começou, tenho certeza. Se eu encontrar a máquina, talvez possa fazer um pedido para voltar ao normal. Se for isso mesmo que estou vivendo... algum tipo de realização pessoal? Mas onde era a banca? Depois de sair da casa do Dale, lembro de correr na chuva, mas não lembro para qual direção eu fui. Também não lembro como cheguei em casa depois. Talvez por que eu nunca tenha chegado em casa ou porque tudo isso aconteceu há dezesseis anos?

Fecho os olhos e tento visualizar o que estou procurando: um toldo azul, uma rua com um nome que começa com B; não deve ser muito longe daquele *pub*, The Falcon? Era esse o nome? Seleciono a área de Southwark no meu telefone e procuro "*pubs*". Muitos pontinhos aparecem na tela. The Rising Sun, o Huntsman & Hound, o Falkirk. *Falkirk*, era esse o nome. Ainda existe.

Sigo as indicações do mapa, com o otimismo renovado. Achar o *pub*, achar a banca de jornal, desejar voltar para casa, e tudo vai acabar; terei apenas uma história surreal para contar aos meus amigos pela manhã. Quando chego no *pub*, vejo que está completamente diferente, agora o prédio está coberto de vidro preto em uma arquitetura brutalista. Devem ter demolido o lugar e construído outro com o mesmo nome. *O que passa pela cabeça das pessoas para ficarem demolindo esses prédios em perfeitas condições?* Sigo o meu instinto e viro uma rua, depois outra e outra. Então vejo, na minha frente, uma rua conhecida, Baskin Road, uma cabine telefônica vermelha na esquina, sinto que já estive aqui. *É aqui.* Viro outra esquina e seguro a respiração, esperando o toldo azul e branco. Mas não vejo nada; apenas uma construção com a placa "Schwarz Engenharia" e um terreno plano onde a banca ficava. E assim minhas esperanças foram soterradas tão rápido quanto tinham aumentado há pouco.

8

Andei apenas quinze minutos para além de Vauxhall e não tenho mais para onde ir, a não ser voltar. Eu deveria voltar para Waterloo? Achar um jeito de chegar em Farnham? Pedir ajuda ao homem que acordou ao meu lado? Enquanto ando pelas ruas familiares, percebo que já estou em Kennington Lane. Como um pombo contundido que não sabe mais para onde ir, me pego novamente em frente ao meu prédio. Desesperada, aperto todas as campainhas em uma última tentativa de voltar para a minha antiga vida. Uma voz masculina responde.

– Pois não?

– Alô? – digo para o interfone.

– Quem é? – pergunta o homem.

– É a Lucy, Lucy Young, eu moro no apartamento 3… eu *morava* no apartamento 3.

– Hummmmm – murmura a voz, e é um murmúrio conhecido. *Fedidokley?*

– Senhor Finkley? É o senhor?

– Pode ser – responde ele.

Antes dessa manhã, eu não poderia imaginar um cenário onde ficasse feliz em ouvir a voz do senhor Finkley, mas aqui estamos.

– Ah, senhor Finkley, você ainda mora aqui? Não posso nem explicar como isso me deixa feliz. Você se lembra de mim? Lucy, eu morava no apartamento abaixo do seu, tivemos um problema com o banheiro, vazamento, lembra?

– Muitas pessoas moraram no apartamento de baixo. Muitas tiveram problemas com o meu banheiro.

— Você pode me deixar entrar? Estou tendo um dia estranho e adoraria ver um rosto conhecido.

Ele faz uma pausa, suspira e diz:

— Você vai me assaltar?

— Não, não vou roubar você.

— Porque não tenho nada de valor, a não ser os meus selos.

Com um zunido e um clique, a porta da frente se abre antes que eu possa assegurá-lo que não vou roubar selo nenhum. Subindo as escadas a dois degraus de cada vez, paro em frente ao apartamento 3, a minha casa por dois anos e meio. No chão perto da porta, vejo dois pares de pequenas galochas, uma bicicleta infantil e um capacho escrito "Bem-vindo à casa maluca" em uma fonte desenhada. Apoio a mão contra a porta, como se esse tipo de proximidade com a minha antiga vida tivesse propriedades calmantes. Não funciona.

O senhor Finkley está esperando no andar de cima, me olhando. Em uma primeira impressão, ele não parece ter mudado. O mesmo rosto anguloso, o mesmo cabelo capaz de desafiar a gravidade.

— Lembro de você. Foi você quem me deu aquelas plantas. — *Plantas?*

— Quem mora aqui agora? — pergunto, apontando a porta do apartamento 3.

— Um casal com uma criança barulhenta. — Ele estreita os olhos para a porta. Quando me encosto na parede e vou escorregando até sentar no chão, ele pergunta: — Você está bem?

— Isso vai parecer maluco, mas ontem eu tinha vinte e seis anos e morava nesse apartamento, e hoje acordei em outro lugar e dezesseis anos mais velha.

O senhor Finkley concorda com a cabeça, como se essa fosse uma explicação perfeitamente normal para que eu esteja aqui. Ele abre a porta do próprio apartamento e diz:

— É melhor você entrar. Mas não tenho nem café nem chá.

A sala do senhor Finkley é uma selva. Vejo plantas em *todos* os lugares. Vasos de cerâmica ocupam todas as superfícies, cestos suspensos pendem com folhas, e vejo gavinhas de folhagem subindo pelas molduras das portas. Escondidas em meio ao verde, vejo caixas e caixas de lixo, empilhadas ao lado da mobília marrom e cheia de pó. O ar tem o cheiro de roupa molhada, carpete comido por traça e jardim fechado.

– Posso te oferecer água ou presunto, ou ambos – diz ele enquanto tira uma planta do sofá para abrir um lugar na minha frente, depois pega uma xícara que parece ter um líquido bem parecido com café.

– Estou bem, obrigada. O senhor tem muitas plantas – digo. Quando estou nervosa, tendo a falar obviedades.

– Foi você quem me fez começar a coleção. Não se lembra?

– Eu? Sou péssima com plantas, e não, não lembro de nada, é por isso que estou aqui.

Sentamos em silêncio por um tempo. Não sei bem como espero que o senhor Finkley, dentre todas as pessoas, possa me ajudar, mas existe algum tipo de conforto em sentar-se com alguém que se parece com a lembrança que se tem dela, alguém que não me encara como se eu fosse completamente maluca.

Ele faz uma careta e diz:

– Então, você perdeu alguns anos.

Faço que sim com a cabeça e digo:

– Deve existir alguma explicação lógica, mas parece que eu pulei para frente no tempo, de alguma forma.

– Não é sempre que existe uma explicação lógica. Algumas coisas não fazem sentido, tipo buracos de minhoca e nanotecnologia. – Ele faz uma pausa, levanta o indicador no ar e me olha por cima da xícara de café, sem piscar. – Você pediu isso? Desejou uma nova vida? – O tom de voz é sério e me vejo caindo no choro.

– Sim, acho que sim – respondo, e estou me debulhando em lágrimas, o rosto todo molhado. – Mas eu não quis dizer isso, não queria envelhecer em uma noite, só queria comer *croissants* e não ter mais encontros horríveis.

O senhor Finkley se levanta por um momento e fico nervosa com a ideia de ele me abraçar, mas ele só me dá uma caixinha de lenços de papel. Todos os lenços de tal caixa parecem ter sido usados e substituídos, de toda forma pego um para ser educada, mas limpo as lágrimas na manga da minha camisa.

– Que situação difícil. – Ele suspira, tamborila no braço da cadeira e espera que eu pare de chorar. – E essa vida futura que você está tendo… como é? Boa?

– Não sei. Não tive tempo de pensar nisso. É uma vida com um marido bonito, dois filhos e belos sapatos. – Balanço a cabeça, percebendo o quão boba estou soando.

– Então não me parece tão ruim… se você gostar desse tipo de coisa. Não é a minha praia. Não gosto muito de crianças nem de sapatos. – O senhor Finkley se levanta, pega um regador enferrujado e começa a regar os cestos. Só agora percebo que ele não está usando sapatos nem meias.

– Mas se isso for verdade, eu perdi *anos* da minha vida. Não conheço os meus filhos nem o homem com o qual me casei, nem mesmo sei quem são os meus amigos agora. Além disso, não quero soar superficial, tenho certeza de que envelhecer não é tão ruim assim quando acontece de forma gradual, mas estou apavorada por ter sentido tudo de uma vez. – Paro e passo as duas mãos pelo pescoço, que está doendo de tanta tensão. – A pior parte é que ninguém vai acreditar em mim quando eu contar o que aconteceu. Estou sinceramente surpresa que o senhor acredite.

– Eu disse que acreditava? – pergunta ele, arqueando uma sobrancelha grisalha para mim. – Se eu aprendi algo na vida, é que é melhor manter a mente aberta e o vaso sanitário fechado.

– Então o que o senhor faria se estivesse no meu lugar? – pergunto, esfregando as mãos no rosto.

– Você não gostava da sua vida antiga. – Ele dá de ombros. – Eu aproveitaria a melhora. Já que você não pode descer do ônibus, é melhor aproveitar a viagem. Vi isso em um pôster na biblioteca da prisão.

– Você *trabalha* na prisão? – pergunto, nervosa.

– Não, passei algumas noites do xilindró. – Ele faz uma pausa, e depois continua: – Foi um mal-entendido. – Mais uma pausa, então ele tira os óculos e os limpa na blusa. – Eu daria tudo para ter quarenta e dois anos de novo. Nossa, os lugares que poderia visitar… – Ele aponta para um mapa-múndi empoeirado na parede, escorado na cornija.

– O senhor gosta de viajar, senhor Finkley?

– Na minha juventude, ia pra todo lugar. Mas agora não faço mais isso. – Ele bate os dedos do lado da cabeça. – Muita gente olhando. Toda essa coisa de reconhecimento facial… é como os reptilianos que mudam de corpo conseguem alcançar você.

Seeeei. Os olhos do senhor Finkley dançam pela sala, como se, agorinha mesmo, alguém pudesse estar ouvindo a nossa conversa. Talvez eu não devesse aceitar conselhos de um homem com ficha criminal e tendências paranoides.

– Obrigada por me ouvir, senhor Finkley. Não vou mais tomar o seu tempo. Foi, hum, bom ver o senhor de novo.

Ele concorda com a cabeça. Enquanto me acompanha até a porta, pega um pedaço de presunto do bolso e esfrega com os dedos antes de colocar na boca e mastigar devagar.

— Você é a primeira visita que recebo em seis anos. Pode voltar quando quiser. Posso mostrar os meus mapas pra você.

— É muito gentil da sua parte, obrigada — respondo, mesmo sabendo que é muito improvável que eu volte aqui para ver esses mapas.

Quando estou sozinha num corredor que se parece com o meu, começo a pensar que, por mais excêntrico que o senhor Finkley seja, ele pode estar certo. Não sei como voltar, então por que não aproveito para explorar?

Antes de qualquer coisa, preciso de café. Já vi como tudo é caro, então eu preciso olhar a minha conta bancária antes de qualquer coisa. Não estou em condições de enfrentar a indignidade de ver o meu cartão ser recusado hoje. Do outro lado da rua, vejo um caixa eletrônico. Ele nem pede a minha senha, só escaneia o meu rosto e acende uma luz verde. "Reconhecimento facial concluído." Quando aperto "Ver saldo", um número aparece na tela.

— Jesus amado! — exclamo, piscando sem acreditar.

Ontem eu estava no negativo, o meu cartão estava estourado. Olho para baixo a fim de conferir o número mais uma vez e não consigo acreditar. A Eu do Futuro é *rica*. E quem quer que diga que dinheiro não compra felicidade, não viveu os últimos seis anos com trinta e cinco libras por semana.

9

Onde uma mulher passando por uma crise de vida, com dinheiro na conta e uma carteira cheia de cartões de crédito pode ir? Para a Selfridges, claro. Comprinhas e uma passada no departamento de *croissants*. Ok, pode não ser chamado de departamento de *croissants*, é só a Praça de Alimentação, mas tem a maior seleção dos mais apetitosos *croissants*, com massa fininha e caríssimos. Compro um e também um *latte* com dose dupla de café, como tudo ali mesmo no balcão. Depois compro mais um e como ali também. Mas fico um pouco enjoada e me arrependo de ter comido o segundo. Foi totalmente desnecessário. Além disso, acabei de gastar trinta e sete libras em café e *croissants*, e mesmo que eu seja rica agora, ainda parece um valor obsceno.

No andar de roupas femininas, prometo a mim mesma que vou me segurar.

— Posso ajudar? — pergunta uma tripa de garota que está usando um lenço Hermès e um crachá com o nome "Linda".

— Pode, Linda. Pode sim — respondo, confiante. — Quero que você imagine um cenário onde eu sou uma pessoa que adora roupas, que sonha acordada pensando em sapatos e que basicamente nasceu para fazer compras, mas nunca teve a chance de comprar nada até agora. Nunca. — Linda franze o cenho. — Essa pessoa só conseguia comprar em lojas de segunda mão e outlets. — Linda agora está abertamente horrorizada. — Agora, imagine que essa pessoa ganhou muito dinheiro. Ela precisa compensar o tempo perdido, não acha? — Linda concorda com a cabeça, como se soubesse o que estou dizendo. — Você pode me ajudar a compensar o tempo perdido, Linda?

– Acho que vamos precisar de um pouco de champanhe – responde ela, com um sorriso conspirador. Nunca me senti mais vista por outro ser humano, e todos os meus votos de comedimento saem voando pelas janelas.

O que acontece a seguir é uma quantidade de compras que deixaria Carrie Bradshaw orgulhosa. Eu experimento tudo. *Tudo.* Linda pede mais champanhe. Descubro, para o meu alívio, que, mesmo com esse novo corpo, roupas bem cortadas ficam ótimas em mim. E sei, eu sei, sou superficial e vaidosa, mas, sinceramente, nada apaga um surto de depressão existencial como um par de saltos altos de arrasar e um terno roxo justinho com ombreiras épicas.

– Ficou incrível em você – diz Linda enquanto nós duas admiramos o meu reflexo no enorme espelho do provador. É um terno ousado e marcante, de um estilista cujo nome não reconheço. Com o corte elegante e forro de seda macia, ele é maravilhoso de usar.

– Ficou, não ficou? Também está me fazendo sentir melhor sobre a minha idade.

– Você não parece velha – diz Linda, com os olhos brilhando, o brilho inconfundível de um dia de bebedeira.

– Quantos anos eu pareço ter? – pergunto, e os olhos dela se arregalam de medo. Sei que é uma pergunta maldosa. É como perguntar a uma pessoa se ela acha que seu namorado é gato; não existe resposta certa.

– Trinta e poucos? – Linda está sendo gentil, mas eu aceito.

Olhando para mim mesma com o terno e os saltos altos, eu sei que vou comprá-los. Quem sabe quando vou usá-los, mas como toda essa experiência pode muito bem ser uma alucinação, é fácil racionalizar qualquer coisa. Dorothy ganhou novos sapatos vermelhos e brilhantes, por que eu não poderia ter um terno roxo novo?

– Quanto custa? – pergunto a Linda.

– Está em promoção – diz ela, animada. – Então, só dois mil e oitenta libras.

Depois de me engasgar brevemente com minha própria língua, calculei que provavelmente houve alguma inflação que precisarei contabilizar aqui. Como os cafés e *croissants* custam aproximadamente quatro vezes o que eu esperaria pagar, duas mil libras são provavelmente o equivalente a apenas quinhentas libras em dinheiro antigo. O que ainda é muito, eu sei, mas é como quando você vai a um festival e recebe vales para bebidas e não pode pensar nisso como dinheiro de verdade, do contrário não compra nenhuma bebida. Além disso, se não pode comprar um terno ridiculamente caro para se sentir melhor sobre ter viajado no tempo durante metade dos vinte anos através de todos os seus trinta, então vai poder comprar um quando?

– Vou levar, e também estes sapatos… e estas botas – digo a Linda, entregando-lhe as botas pretas até o tornozelo que parecem macias como manteiga. No caixa, Linda passa o terno e os sapatos. E também uma blusa e um paletó dos quais gostei. E também um broche brilhante, por que o que é um pouco mais quando se está gastando esse tipo de dinheiro? Quando entrego o meu cartão, o total faz com que eu me sinta fisicamente mal, mas isso deve ser algum efeito residual do *croissant*. Eu me asseguro de que ainda há muito na minha conta e que não se trata de dinheiro real, porque nada disso é real. Provavelmente.

Linda segura uma leitora de cartão em minha direção, mas não há um teclado ou scanner ocular.

– É um leitor de palma – diz ela, percebendo a minha confusão. Com cuidado, levanto minha mão para o leitor, que automaticamente pisca uma luz verde. – Você tem vinte e quatro dias para devolver qualquer peça, contanto que não tenha sido usada e ainda esteja com a etiqueta.

Ao observar Linda embalar com cuidado o terno roxo em papel seda, percebo como me sinto pior agora que não estou vestindo o conjunto. Talvez essa sensação pegajosa de culpa desapareça se eu o vestir de novo?

– Sabe, acho que vou usar esse terno pra ir para casa – digo.

– Ok – responde Linda, falando bem devagar, com um tom que me faz pensar que talvez ela não ache nada ok.

– Se foi ok a Carrie Bradshaw andar pelas ruas de tutu…

– Quem é Carrie Bradshaw? – pergunta Linda.

E simples assim, me sinto velha de novo.

Enquanto percorro a Oxford Street no meu novo terno do tipo posso-até-ter-perdido-uma-década-e-meia-da-minha-vida-mas-pelo-menos-ganhei-um-terno-fenomenal, percebo que não tenho ideia das horas. Coloquei o meu telefone no modo silencioso há algum tempo para que ele parasse de ficar apitando e tocando e me oferecendo formas de acabar com o estresse. Sento em um banco, pego o celular da bolsa e vejo que são duas da tarde.

Vejo uma mensagem de Emily: "Você está bem? Estou preocupada com você. Emily".

Respondo brevemente dizendo que estou bem e ela não precisa se preocupar. Penso em mandar uma selfie minha vestindo o terno novo, mas depois repenso. Compras caras podem não ser a definição universal de "estar bem".

Também vejo uma mensagem de Sam: "Promoção de azulejos na Tanbury se quiser comprar aqueles azuis que você gostou pro banheiro de baixo?". E junto vem uma foto de belos azulejos hexagonais, com um padrão geométrico turquesa. Posso não saber muito sobre a minha Eu do Futuro, mas sei que ela gostaria que eu dissesse sim para esses azulejos.

"Sim!", respondo. Mando um beijo? Ele não mandou na mensagem dele. Rolo nossa conversa para cima e vejo que costumo mandar beijo. Leio mensagens sobre a mochila de natação de Felix, sobre comprar o queijo *cheddar* suave que ele gosta para o lanche na escola, qual trem vou pegar, e se Sam não precisa pedir ao Lenny para dar uma olhada no vazamento da pia do banheiro das crianças. Em resumo, é tudo bem banal. Imaginava que um WhatsApp marital pudesse conter um pouco mais de flerte, algumas fotos de pinto, mas a única foto recente na conversa entre Sam e eu é da já mencionada pia vazando e mais detalhes dos azulejos da Tanbury. Ah, eles são lindos. Mando uma mensagem mais entusiasmada: "Amo esses azulejos! Bjs".

O meu celular começa a tocar enquanto o seguro. Michael Green está ligando, quem quer que Michael Green seja. Pode ser por conta do terno novo ou das duas taças de champanhe, mas agora me sinto equipada para aceitar ligações de qualquer pessoa.

– Oi, Michael – digo, cheia de confiança.

– Você está se sentindo melhor? – pergunta ele. Se ele acha que estou doente, deve ser o meu colega de trabalho, aquele que Trey mencionou.

– Estou sim, obrigada.

– Não queria incomodar você estando doente, mas achei que gostaria de saber que a reunião foi muito boa. Sky amou a sua ideia. Eles se comprometeram em nos dar dinheiro pra desenvolver um piloto.

Eles amaram a minha ideia. Sinto que estou me enchendo de orgulho. Ainda que não tenha sido a *minha* ideia, foi a ideia de alguma versão de mim, e isso ainda conta.

– Que ótimo! – digo.

— Agora foque em melhorar. Todo o resto pode esperar até segunda, mas eu sabia que você gostaria de ouvir essas boas notícias.

Rapidamente, penso nas minhas opções. Posso ir até a estação, pegar um trem de volta para aquela casa e me esconder embaixo do edredom macio e luxuoso até que tudo isso desapareça. Ou, como disse o senhor Finkley, posso explorar esse Novo Mundo enquanto ainda tenho chance. Essa pode ser a minha única oportunidade de ver o que o meu futuro me reserva. Não conheço as regras; pode ser que isso só dure vinte e quatro horas e amanhã eu acorde na minha antiga realidade. Se me ofereceram a chance de ver o meu futuro, talvez eu deva aproveitar. Além disso, o pico de dopamina gerado pelas compras está começando a diminuir, e esse tal de Michael parece amigável o suficiente. Já estou vestida a caráter, o que mais tenho a perder?

— Michael, estou me sentindo melhor. Vou pro escritório.

10

Assim que desligo o telefone, percebo que não sei onde fica o escritório. Não posso ligar para Michael e perguntar o endereço. Mas então me lembro, Trey me ligou de um número fixo. Retorno para aquele número e uma voz masculina me responde:

– TV Texugo, boa tarde?

Desligo logo. Rá! Eu sou uma detetive extraordinária; Poirot ficaria orgulhoso de mim.

O Google me diz que a TV Texugo fica na Beak Street, perto da Carnaby Street. Como as pessoas lidavam com idas para o futuro antes dos smartphones e da internet? Pego um táxi (dois táxis no mesmo dia, que ostentação) e passo todo o caminho pesquisando sobre a empresa.

"Incorporada há oito anos pelos executivos do entretenimento Michael Green e Lucy Rutherford." Lucy Rutherford? Essa sou eu? Esse é o meu nome de casada? O sobrenome do Sam? Tento dizer em voz alta, Lucy Rutherford, mas parece estranho e errado. Sou a Lucy Young, sempre serei a Lucy Young. Balanço a cabeça e continuo a ler. "A produtora independente veio se fortalecendo mais e mais, moldando a própria especialidade: programas de televisão inovadores para crianças." *TV para crianças?* Nunca me imaginei trabalhando em programas infantis, ainda que eu suponha que crianças precisem de bons programas de TV assim como qualquer outra pessoa. Um artigo de jornal revela que a TV Texugo foi comprada há um ano pelo enorme conglomerado holandês Bamph, e está marcada para "mudanças estruturais significativas", o que quer que isso signifique. E é nessa hora que o meu táxi chega ao endereço indicado e esse foi todo o tempo que tive para fazer o meu trabalho de detetive.

Ao passar por portas giratórias, me vejo em uma recepção bem iluminada, sei que devo estar no lugar certo porque as paredes estão decoradas com papel de parede de texugos. A área da recepção não tem muitos móveis, mas vejo alguns sofás prateados, uma mesa branca longa e uma sala de reunião com paredes de vidro. Do outro lado do ambiente, vejo as portas dos elevadores e uma escada, presumo que levem aos escritórios de cima. Um recepcionista loiro usando óculos de armação tigrada tira os olhos da tela do computador, fina como um papel, quando chego.

– Oh, oi, Lucy. Uau, que terno lindo. Para onde você está indo?

– Nenhum lugar em especial – respondo, um pouco abalada por essa pessoa saber o meu nome.

As sobrancelhas dele se juntam em uma expressão confusa, mas ele continua sorrindo.

– Então, é aqui que eu trabalho... – digo, esperando que talvez o moço me dê um pouco de informação sobre o que eu faço, mas ele não me diz nada. – Tem algum assistente ou outra pessoa que você possa pedir pra vir aqui conversar comigo?

– Você quer que eu chame Callum? – pergunta o recepcionista.

– Ótimo, isso. Chame Callum.

O recepcionista faz uma ligação, e eu fico andando de um lado para o outro em frente à mesa dele. Não tenho nenhum plano. Bem, o meu plano era: "Vá! Apenas vá! Veja o que acontece!", mas isso não se parece tanto com um plano agora que estou aqui e me sinto mais sóbria. Não posso contar a verdade para os meus colegas. Eles sentiriam pena de mim, me mandariam para casa ou me diriam para ver um médico. Eles olhariam para mim da mesma forma que Emily, como se eu tivesse ficado louca. Se eu quero ver como é a minha vida no futuro, é preciso ter a experiência como Lucy Rutherford, e não como a perdida Lucy Young.

Depois de alguns minutos, um homem magro na casa dos vinte anos com cabelo castanho arrepiado e piercing no nariz desce as escadas. Ele é bonitinho e tem cara de quem "provavelmente toca ukulelê e faz a própria cerveja".

– Oi, Lucy – diz ele, os olhos arregalados enquanto olha para o terno roxo. – Achei que hoje você estava em casa por estar doente?

– Eu estava, mas estou me sentindo melhor. Podemos conversar? – Entro na sala de reuniões com paredes de vidro que fica à nossa esquerda e faço sinal para que ele me siga. – Olha, Callum, posso chamar você de Callum?

– Pode – responde ele, o olhar preocupado.

– São sempre os assistentes que sabem tudo em uma empresa de produção. Então como você se sente com a possibilidade de ser os meus olhos e ouvidos esta tarde?

– Ok – responde ele, os olhos que me encaram estão arregalados e não piscam.

– É o conceito para um novo programa – digo, sem pensar muito. – Você conseguiria guiar um impostor por um trabalho que eles não sabem fazer? Apenas me siga para todos os lugares, e discretamente me diga quem cada pessoa é e qual trabalho eles fazem.

– Já não temos um programa assim? *Fala trabalho* na ITV – diz Callum, as palmas das mãos juntas como se estivesse rezando de nervoso.

Quem faria uma coisa dessas para um programa de TV? É uma péssima ideia.

– Sim, sim – respondo enquanto desabotoo o meu terno. – Mas estou com uma versão diferente na cabeça.

– Ah, é?

– Ainda não bati o martelo no formato, só estou testando o princípio na vida real. Mas você quer me ajudar ou não?

Ele faz que sim com a cabeça como se fosse um cachorrinho animado, então abro a porta da sala de reuniões e ele me segue para fora.

– Comece me fazendo uma lista de todas as pessoas que trabalham aqui, toda a hierarquia do escritório, o Quem é Quem da TV Texugo.

– Até Ravi?

– Quem é Ravi?

– Ele. – Callum aponta para o recepcionista e depois me olha, confuso, até que começa a sorrir. – Esse foi o teste?

– Exato, foi um teste. Presuma que eu não sei *nada*.

Percebo que ainda estou segurando todas as minhas sacolas da Selfridges, então pergunto se Ravi pode cuidar delas, e ele gentilmente as guarda embaixo da mesa. Quando subimos as escadas, adentramos um escritório todo aberto, repleto de mesas brancas e funcionários que parecem impossivelmente descolados. Um dos caras está usando uma blusa com babado no pescoço tão chamativo que faz o guarda-roupa do Harry Styles parecer conservador.

– Agora, só a equipe de desenvolvimento está no escritório, já que estamos entre produções – diz Callum. – Mas essa é a Dominique, a assistente de produção. – Ele aponta para uma garota de macacão de couro. – Trey, o produtor. – O cara do babado. – Leon, o pesquisador. – Óculos, cabelo impossivelmente vertical. – Era isso que você queria?

– Perfeito – respondo, e isso só deixa o garoto mais animado. Ele faz com que eu me lembre do antigo cachorro dos meus pais, o Maçã, que sempre estava pulando animado.

– Aqui temos Michael, cofundador da TV Texugo. – Callum aponta para uma porta fechada com uma placa prateada escrita "Rei Texugo". As pessoas acenam para nós enquanto sigo Callum pelo escritório. Todos parecem surpresos em me ver. Nas paredes, pôsteres de programas que a TV Texugo deve ter produzido: *Como cresce o seu jardim?* Tem imagens de crianças plantando vegetais; *Os mistérios nojentos de Lizzy* tem a foto de uma jovem segurando uma lupa.

– E a minha mesa fica…

– Aqui. – Callum aponta para um escritório enorme no canto. A placa na porta diz "Rainha Texugo".

– E a reunião de hoje de manhã foi para…

– *O urso Arco-Íris e seus amigos* – responde ele, parecendo mais confuso a cada segundo que passa. – É um programa para crianças em idade pré-escolar. O urso Arco-Íris faz um amigo a cada episódio. Alguém que tem algum problema ou insegurança que o urso é capaz de resolver com amor e compreensão.

– Parece um pouco fofo demais – digo, sorrindo.

Callum ri, mas depois cobre a boca com as mãos, incerto em pensar se isso foi uma brincadeira. A cadeira da minha mesa é uma daquelas grandes, ergonômicas, com muitas regulagens para o maior conforto possível. De um lado do meu computador vejo uma foto de Sam com as crianças, do outro, o cartão de parabéns que Zoya desenhou para mim, eu segurando uma TV. *Eu coloquei num porta-retrato, guardei isso esse tempo todo.* Ao pegar esse porta-retrato, vejo que atrás existe uma foto minha com Michelle Obama.

– Eu encontrei com a Michelle Obama? – Solto um gritinho, examinando a foto para saber se é real.

Callum parece ainda mais perplexo.

– Acho que tiraram essa foto no prêmio Mulheres nos Negócios. Ela era apresentadora.

Eu conheci a Michelle Obama, eu tenho uma empresa de produção, tenho o meu próprio escritório e uma cadeira com mil regulagens. Isso é muito melhor do que eu poderia ter imaginado.

Depois de dar uma batidinha na porta, um homem que presumo ser Michael entra na sala. Ele é mais velho que todo o mundo, possivelmente no final da casa dos quarenta, com o cabelo grisalho e crespo em estilo afro, e olhos inteligentes e gentis. A roupa dele é impecável, camiseta e casaco com calças que tem uma prega bonita na frente. Ele parece o grande Gatsby, se o Gatsby fosse interpretado pelo Danny Glover quando jovem.

— Achei que você estava doente — diz ele.

— Acabou sendo uma coisa de uma ou duas horinhas só. Vomite tudo o que você pode no banheiro da estação de trem e você fica bem. Melhor do que bem.

— Em quatro anos você não tirou um dia por estar doente, não vai começar agora, né? — diz ele, com um sorriso sabichão. — E qual é a desse terno? É um *look* bem diferente para você.

— Tenho um compromisso… Mais tarde — respondo, e de repente me sinto menos confiante em minha habilidade de segurar esse *look*. Talvez ele grite Margaret-Thatcher-vestida-em-uma-caixa-roxa mais do que profissional-descolada-que-tem-a-vida-feita. — Então, a reunião foi boa?

— Mandamos pra fora do estádio, Luce. — Michael balança um taco de beisebol imaginário e faz um som com a garganta, como se estivesse batendo em uma bola. — Eles querem encomendar mais programas com diversidade, então é a mensagem certa para eles. — Michael bate uma palma. — Até pediram um orçamento para vinte episódios em vez de doze. Quer bater os números agora? Podemos mandar uma projeção atualizada para eles.

Orçamento? Eu não saberia nem começar a fazer um orçamento. Enquanto tento pensar em uma desculpa válida para não fazer aquilo, o restante da equipe saiu das mesas e agora está atrás de Michael, que ficou na porta.

— Só queríamos dar os parabéns — diz alguém. — Você está numa boa toada.

Então todos começam a bater palmas. Nossa, a minha Eu do Futuro é brilhante. Sou a Rainha Texugo, extraordinária produtora de TV, com uma equipe que me dá uma salva de palmas sem que eu precise pedir.

— Bem, foi um trabalho de equipe — respondo, graciosa. Mesmo que não tenha sido um trabalho de equipe, normalmente as pessoas em um time acham que foi.

— Lucy, já que estamos todos aqui, agora seria uma boa hora para atualizar todos sobre a situação da Kydz Network? — pergunta Michael. Procuro pelo meu tradutor, Callum, mas ele está no meio da multidão e não pode me ajudar. Com todos aqueles olhares esperançosos virados para mim, o radar do Submarino Lucy começa a apitar um alarme frenético. Então tenho uma luz de inspiração.

– Ou, já que é sexta-feira, podemos sair mais cedo e tomar um drinque? – digo, batendo as mãos. Se Melanie Durham pode comprar *croissant* para todo mundo, eu posso ser melhor e pagar bebida para todo mundo. Além disso, vai ser muito mais fácil para mim descobrir a dinâmica da empresa se estivermos bebendo informalmente. As pessoas se olham e depois me encaram. – Qual é o sentido de ser a chefe se você não pode sair às... – Olho meu relógio. – ...três e meia de vez em quando?

Todo mundo comemora. Sou a melhor chefe.

Conforme as pessoas se despedem para ir buscar as bolsas e casacos das mesas, animados com a minha ideia dos drinques, Michael fica por ali e se senta de frente para mim.

– Fico feliz que esteja se sentindo melhor, Lucy, mas não acha que deveríamos ter um tempo para falar sobre a Kydz Network? Sei que você está animada, e com razão, mas não temos muito tempo.

A minha fonte de informações, Callum, está parado na porta, sem saber se vai ou se fica.

– Callum, qual é a sua opinião sobre a questão da Kydz Network? – pergunto, e Michael olha de mim para ele, totalmente confuso.

– Hum, acho que é ruim – diz Callum, mas quando ele me olha e vê o quanto não está sendo útil e continua: – Ou bom, óbvio. Pode ser bom.

– Que *insight* profundo. Muito obrigado, Callum. – E ele segue a deixa e sai da sala, o que eu não queria.

– Olha, quanto mais cedo você dividir o que está pensando com a equipe, mais tempo teremos para nos preparar – diz Michael.

– Sei que temos muito o que fazer. Talvez eu tenha me deixado levar pelas boas notícias. Só acho que um pouco de tempo com a equipe vai ser favorável para o bem-estar.

Michael se levanta, a expressão de preocupação em seu rosto diminui um pouco.

– Você tem razão, temos que fazer coisas assim pela equipe de vez em quando. Podemos lidar com a Kydz Network na segunda.

– Perfeito, segunda.

Rá! Eu provavelmente estarei de volta na minha vida real até segunda. E se eu não estiver, com certeza não estarei aqui, no trabalho, pelo menos não até que eu consiga me inteirar de qual essa situação misteriosa com a Kydz Network.

Cinco horas depois, estamos em um bar na Carnaby Street, e eu estou tendo a melhor noite da minha vida. O meu cartão corporativo está com garçom (*sim, eu tenho um cartão corporativo, nem preciso gastar o meu próprio dinheiro*) e estou conversando com a minha brilhante equipe. Devo ser uma ótima empregadora, pois todo mundo que trabalha na TV Texugo é muito sagaz e hilário. A não ser que os drinques da tarde estejam enevoando a realidade.

Leon estava me contando uma história engraçada sobre uma celebridade que eu não conheço que estava namorando outra celebridade que eu também não conheço. Ainda que eu não pegue nenhuma das referências, consigo dar risada porque a forma como ele conta é hilária. Michael começou um pouco travado, mas depois de algumas cervejas ele ficou mais relaxado com a ideia de se entrosar com a equipe e tem presenteado a todos com seus pensamentos sobre "por que beisebol é superior ao futebol em termos de quem assiste". Pela expressão no rosto das pessoas da equipe, suspeito que o tópico já foi abordado antes.

Estamos no *happy hour* pelas últimas cinco horas, e eu estou me sentindo bastante feliz. Com certeza estou me sentindo muito melhor em relação a esse salto na vida do que estava pela manhã.

– Lucy, queria pedir o seu conselho – diz Trey, escorregando para o assento vago ao meu lado. Trey tem vinte e muitos anos e uma aparência bonita de uma forma meio felina. O cabelo dele está arrumado com gel demais para o meu gosto, o babado no pescoço é um pouco excessivo, mas ele tem os olhos sinceros e o rosto anguloso a ponto de machucar.

– Conselho? – pergunto, incapaz de pensar em qual tipo de conselho posso oferecer a qualquer pessoa.

– Exato, estava pensando em pedir Clare em casamento. – Os olhos dele parecem sinceros enquanto me encaram esperando a minha reação.

– Bem, você acha que ela é a pessoa certa?

– Ah, sim, ela é tudo pra mim.

– E me lembre há quanto tempo vocês estão juntos?

– Seis anos, desde a faculdade.

– Então sim, o que você está esperando?

– É que, bom, o meu emprego está por um fio, né? Os pais dela são da velha guarda sobre a segurança do trabalho, a possibilidade de conseguir um financiamento imobiliário e essas coisas. Fiquei preocupado que essa pudesse não ser a melhor hora para pedi-la em casamento. – *Por que o emprego dele estaria por um fio?* – A minha irmã acha que primeiro tenho que pagar os meus empréstimos, esperar até que eu tenha um contrato mais seguro.

– Esperar nada – digo, chacoalhando a cabeça de um lado para o outro de um jeito que me faz perceber que posso estar um pouco mais bêbada do que percebi. – Só compra um anel pequeno. Você só precisa de amor. – Não sei nada sobre essa Clare, o que ela pensa sobre joias, ou do relacionamento com Trey, mas esses drinques estão fazendo com que eu me sinta a favor do romance, a favor de jogar tudo pelo ar. Trey parece estar tentando não franzir as sobrancelhas quando Michael aparece para se juntar a nós.

– Sinto que não vou poder ficar muito mais por aqui. Os Cardinals vão jogar hoje – diz Michael.

– Beisebol – respondo, lembrando de tudo o que ouvi.

– Você me conhece, me importo com três coisas na vida: a minha esposa, o meu trabalho e beisebol, ainda que não necessariamente nessa ordem. – Ele dá um sorriso e se vira para apertar um pouco o meu ombro. – Bem, *adieu* a todos – diz, acenando para todos no nosso ladinho do bar, depois, dá uns tapinhas na barriga. – O lanche da Jane pra dias de jogo não espera.

Os que estão por perto dão "tchau" para Michael, enquanto Trey se vira para mim e sussurra em tom conspiratório:

– Jane.

– Jane – repito. Quando estava na escola, a minha professora de francês um dia me disse: "Se você está enrolada em uma prova oral, copie o examinador". Mas sinto como se estivesse tentando resolver um assassinato sem saber quem foi assassinado e sem poder perguntar nada.

– Jane – diz Trey mais uma vez, com ainda mais veneno, desta vez ele também dá um soquinho na sua outra mão. Antes que eu seja forçada a começar um longo jogo de tênis chamado Jane, sou salva por Dominique que chega com outra rodada de drinques e faz com que Trey peça licença para ir ao banheiro.

– Amei a sua roupa, Lucy. É tão *mara* da sua parte vir para o escritório com uma roupa assim – diz Dominique enquanto se senta ao meu lado. *Mara? Existem novas palavras que eu não conheço?*

– Obrigada – respondo, aceitando o drinque que ela me oferece. – Nunca tive nada de tanta qualidade assim antes, então achei que era melhor usar mesmo.

– Como assim? O seu guarda-roupa é maravilhoso – diz Dominique, e depois de uma pausa, ela revira os olhos e lança um braço mole pelo meu ombro, antes de continuar: – Não leve a mal, mas me sinto um pouco intimidada por você. Você é ótima no seu trabalho e está sempre tão, sei lá, centrada. – Ela se vira para me encarar e percebe a surpresa nos meus olhos. – Desculpa, estou bêbada. – Ela balança a cabeça e ri.

Alguma coisa na forma como ela se mexe me lembra de Zoya e, automaticamente, quero ser amiga dela. Ela tem uma tatuagem de glitter no ombro, que é a coisa mais descolada que eu já vi. *Talvez eu devesse fazer uma tatuagem de glitter também?*

– Normalmente não saímos juntos? – digo, em tom meio de pergunta meio de afirmação.

– Em comemorações de encerramento, claro, mas você costuma ir embora mais cedo.

– Parece que eu sou superchata – respondo e então caio numa onda de gargalhadas. Me sinto muito bêbada, o que é estranho, porque bebi apenas três martinis e normalmente consigo beber pelo menos quatro antes de começar a ficar meio tonta.

– Vamos dançar! – digo, sentindo uma necessidade repentina de me mover. Pego a mão de Dominique e a puxo para a pista de dança. Callum e Ravi estão no bar, enquanto estamos dançando, pergunto para Dominique: – Sou só eu, ou o Callum é gato? – Tenho que gritar para que ela me escute com toda aquela música.

– Callum? – Ela balança a cabeça. – E eu?

– Não, eu – grito como resposta. – Vou chamar ele pra dançar.

Ele é totalmente o meu tipo, cabelo escuro, pernas longas e olhar de cachorro perdido. Olha para mim como se também gostasse do que vê. Pelo menos acho que ele está, é difícil ter certeza quando tudo parece ficar meio borrado. Disparo em direção ao bar e pego a mão dele.

– Vem dançar com a gente! – digo, sorrindo e puxando Callum. Ele fica corado, parece com vergonha, mas ainda assim me segue.

Sinto como se eu tivesse 13 anos no bailinho da escola quando dançamos lado a lado. Dominique desapareceu, então somos só nós dois agora, e me viro para dançar de frente para ele. Nossos olhos se encontram. *Parece que ele quer me beijar. Talvez essa seja uma excelente ideia. Uma ideia realmente mara.* Enquanto tento me aproximar um pouco, sinto as mãos de Callum no meu pulso, me puxando para longe. Ele está me levando de volta para onde estava sentada. Ele parece mortificado. *Eu quase beijei um empregado, na pista de dança, na frente de todo mundo?*

— Você não é casada? — sussurra Callum, os olhos arregalados de surpresa e vergonha.

Ah, merda. Eu *sou* casada, esqueci completamente. E estou aqui, agindo como se estivesse uma noitada superdivertida, com novos colegas atraentes, mas eu não estou… Pelo menos não mais.

— Que horas são? — pergunto, engolindo uma onda de náusea com gosto de martini.

— Nove. Vamos beber um pouco de água?

O assistente de vinte e poucos anos está tentando me deixar mais sóbria. Isso é péssimo. Isso é muito péssimo. Talvez eu devesse estar de volta em casa para cuidar daquelas crianças há horas atrás? *Merda.* Talvez a minha Eu do Futuro não tenha a mesma tolerância a álcool que a antiga eu tinha.

— Você quer que eu chame um táxi, meu bem? — pergunta Dominique, dando tapinhas simpáticos no meu braço, e eu consigo concordar com a cabeça.

No táxi, finalmente pego o meu telefone. E vejo muitas mensagens e ligações perdidas, principalmente de Sam. Enquanto estou olhando para todas elas, ele liga mais uma vez.

— Onde raios você está? — pergunta ele, a voz cortante.

— Hum, tive uma coisa do trabalho. Perdi a noção do tempo. — Faço uma careta, pensando se vou vomitar no meu belo terno.

— Você não me disse que ia sair. Recebi uma ligação da Maria dizendo que você não apareceu. Estou trabalhando da Reading hoje, e ninguém conseguia falar com você. Ela teve que esperar até eu chegar em casa. Maria perdeu o compromisso.

— *Zinto* muito — balbucio.

– Você está bêbada – diz ele, mas não parece impressionado.

– Um pouco – admito. Ter um marido se parece muito com ter um pai. Talvez eu não queira um marido. Talvez eu prefira ser rica e solteira, e ficar com homens que tenham metade da minha idade, como a Brigitte Macron. Mas então eu lembro como Sam é gato e como ele tem razão em estar bravo, dada a situação. Pelo menos quando se está casada, o seu marido tem que amar você incondicionalmente.

– Só entra no trem das nove e quarenta, vou mandar um táxi pra buscar você – diz Sam, não parecendo nem um pouco com uma pessoa que me ama, incondicionalmente ou não.

11

Quando acordo, vejo que estou no meu quarto de adulta com as cortinas chiques e o edredom supermacio. Ainda estou usando a calça roxa do terno, e estou com uma dor de cabeça quase tão ruim quanto a de ontem. Coloco o braço para fora da cama e alcanço um copo de água, que bebo de uma vez.

O fato de eu ter acordado aqui, e não em Kennington Lane, me faz pensar que esse pulo de vida, ou o que quer que seja, possa ser mais permanente do que eu esperava. Não que eu tenha formação em viagem no tempo ou uma tese sobre o contínuo espaço-tempo, mas ir dormir e acordar aqui de novo faz com que isso se pareça menos com um sonho. Uma fumaça difusa me diz que devo desculpas à minha Eu do Futuro, por agir de forma inapropriada com os colegas de trabalho. Eu... tentei beijar o Callum? Ah, não posso pensar nisso, é horrível demais.

Não vejo sinais de Sam ou das crianças no andar de cima, então tomo um banho rápido e encontro um conjunto bege de moletom. Pelo menos é sábado; uma manhã de comida de ressaca e TV vai fazer com que eu me sinta melhor. No andar de baixo, paro na porta da cozinha e observo a cena. Sam está brincando com Amy, escondendo o rosto atrás da caixa de cereal, e ela está soltando uma risada muito gostosa. Felix está usando uma capa vermelha por cima do pijama de dinossauro, e alinhou vários pedacinhos de cereal como se fossem dominó pela mesa da cozinha.

– Oi – digo, e solto um aceno tímido.

Sam olha para mim e responde com o "Oi" mais frio que já ouvi. Parece vindo do ártico. Não, é mais frio que o ártico, é da temperatura de um daqueles planetas que estão na ponta mais distante no Sistema Solar, com 400° negativos.

— Sinto muito por ontem à noite — digo, enquanto entro na cozinha e me sento. — Ontem foi um dia estranho para mim.

— Não quero falar sobre isso na frente das crianças — diz Sam. Vejo um músculo saltar em seu maxilar, e ele se vira de costas para mim e liga a máquina de café. *Hummm, seria bom tomar café.*

— Você voltou a ser a mamãe? — pergunta Felix.

— Bom dia, Felix — respondo, ignorando a pergunta.

Escuto um barulho alto, como um liquidificador, enquanto os grãos de café são moídos. Amy tapa as orelhas com as mãos. Quando o barulho por fim termina, Sam pergunta a Felix:

— O que você quis dizer com essa pergunta?

— Ontem a mamãe não era a mamãe. Ela era um alienígena — explica Felix.

Sam olha para mim e eu dou de ombros como se não tivesse ideia do que ele está falando. Neste momento, com meu marido irradiando toda essa energia gelada de Netuno na minha direção, não me parece a hora certa para tentar explicar viagens no tempo baseadas em pedidos.

— Às vezes os adultos bebem demais, e isso faz com que pareçam pessoas diferentes. Não significa que eles tenham sido possuídos por alienígenas — diz Sam enquanto me passa o café. Depois, ele pega uma banana, descasca e entrega para Amy, tudo em um mesmo e sutil movimento.

— Obrigada — digo ao segurar a caneca.

— Se eu beber muito, vou agir de um jeito diferente? — pergunta Felix.

— Não, só acontece com álcool, e você não bebe álcool — explica Sam.

O meu café tem um cheiro tão bom que tenho vontade de chorar, então respiro longa e lentamente. Quando olho para cima da caneca, vejo Felix me observando.

— Qual é o meu nome do meio — pergunta Felix.

— Há?

— Estou tentando pensar em perguntas que só a mamãe saberia responder, que os alienígenas não saberiam.

Droga, esse garoto é inteligente. Quantos anos ele disse que tinha mesmo?

— Engraçadinho — digo, bagunçando os cabelos dele do jeito que já vi as pessoas bagunçarem os cabelos das crianças na TV. Sam se volta para a máquina de café para fazer um para ele.

— Eu ficaria surpreso se a mamãe conseguisse lembrar o próprio nome esta manhã.

– Qual é o seu número favorito? – Felix não está desistindo.

– Hum, oito – digo, tirando um número do nada.

– Rá! O número favorito da mamãe é onze! – Felix abre bem os braços, como se isso provasse o seu ponto.

– Você se lembra de ter chegado em casa? – pergunta Sam. O tom é leve, mas ele não olha para mim.

– Talvez não de todos os momentos – admito.

– Felix, você quer ligar a TV pra sua irmã? – pede Sam enquanto tira Amy do cadeirão e a coloca no chão. Ela imediatamente vem em minha direção e tenta abraçar minha perna com as mãos sujas de banana. Eu saio de perto para que ela não passe a banana na minha calça limpa e macia.

– Você pode limpar as mãos dela? – pergunta Sam ao jogar um pano na minha direção, mas eu não consigo pegar e ele vai até a parede atrás de mim, fazendo um barulho alto.

– A mamãe teria conseguido pegar isso – diz Felix, o tom de voz dele é baixo e surpreso.

Ao pegar o pano, tento limpar as mãos do bebê da melhor forma possível, mas ela ainda fica tentando me abraçar, então resolvo bloqueá-la à distância com um braço, enquanto uso o outro para a limpeza da bagunça. Quando levanto o olhar, Sam e Felix estão me encarando, como se suspeitassem de algo.

– Eu avisei – diz Felix, balançando a cabeça, e depois pega a irmã pela mão e vai para outro cômodo.

Logo que as crianças não podem mais nos ouvir, Sam me entrega uma torrada com manteiga, o que faz com que eu me pergunte se não vou passar por mais nada constrangedor pelo fato de todos estarem irritados comigo. Ele está vestindo uma camiseta cinza e jeans desbotados, e o cabelo castanho ondulado está um pouco bagunçado na lateral. Sam realmente é muito atraente. Se eu conseguir me recuperar dessa ressaca, fico imaginando se rolaria da gente transar. Tenho certeza de que esse é um dos benefícios do casamento – você não precisa se arrumar, se preocupar com o delineador, nem mesmo sair de casa; consegue se dar bem vestindo pijamas. *Será que dormir com ele seria trair a mim mesma?* Pensar isso me dá ainda mais dor de cabeça.

– Então você não se lembra de dormir no trem? Nem do fato de eu ter sido obrigado a colocar as crianças no carro e buscar você na estação? – pergunta ele, e seu tom de voz me faz perceber que sexo matinal está fora de questão.

– Ah, merda. Eu fiz isso? Sinto muito.

– O que aconteceu ontem, Luce? Nem vamos falar sobre o estado que chegou em casa, eu recebi uma notificação da nossa conta conjunta e você gastou quase três mil libras na Selfridges. Você ficou maluca?

– Eu, hum… queria me mimar. Nunca saio para fazer compras.

– Nunca sai pra fazer compras… Lucy, o seu guarda-roupa está cheio! Não podemos gastar tanto dinheiro assim, você sabe disso.

– Parece que a gente está se saindo muito bem – respondo enquanto faço um gesto para mostrar a bela casa, a ótima máquina de café e a geladeira do tamanho de um pequeno país.

– Sim, nós temos muita sorte, mas você sabe que a gente está no limite. Precisamos de cada centavo para pagar a hipoteca, o financiamento do carro, o salário da Maria, o novo revestimento, a nossa aposentadoria. Semana passada você reclamou comigo porque comprei um par de tênis de corrida e nós precisávamos pagar a nova caldeira ecológica, e depois disso você sai e gasta dez vezes o que eu gastei em uma só visita numa loja?

Quando ele fala desse jeito, parece que sou irresponsável. Talvez eu tenha confundido um pouco a quantidade de dinheiro que temos.

– Você tem razão. Sinto muito – digo enquanto me encolho na cadeira.

Essa conversa está me deixando deprimida. É uma coisa para se pensar: você enfim consegue um salário decente e tem algum dinheiro no banco, só para ter que gastar com coisas chatas, como caldeiras e revestimentos, e daí não sobra nada para umas passadinhas divertidas no *shopping*.

– O que está acontecendo com você? – pergunta Sam e, ao se sentar à mesa da cozinha, a irritação se transforma em preocupação. Preciso contar a verdade para ele. Honestamente, afinal se a minha preocupação é que ele pode me achar louca… Ele já está me olhando como se eu fosse mesmo.

– Sam, preciso contar uma coisa pra você. Uma coisa estranha.

Num primeiro momento, Sam arregala os olhos como se não estivesse acreditando, mas conforme continuo, ele se apoia para a frente na mesa, franze as sobrancelhas de tanta concentração, as mãos entrelaçadas com tanta força que os dedos chegam a ficar brancos. Conto a ele sobre como fui para o meu velho apartamento, depois para a TV Texugo, mesmo sem me lembrar que era lá que eu trabalhava. Ele escuta com atenção, sem dizer uma palavra, a ruga em sua testa fica cada vez mais pronunciada a cada vez que admito alguma coisa.

Quando termino de falar, ele se levanta da mesa e me puxa para um abraço. *Será que ele acredita em mim, ou acha que estou inventando tudo isso para distraí-lo da quantidade de dinheiro que eu gastei?* Quando Sam se afasta, vejo que os seus olhos azuis se transformaram em piscinas de compaixão. Ele acredita em mim, e não está mais irritado.

– Vamos entender o que aconteceu, não se preocupe – sussurra ele ao me puxar para perto mais uma vez.

Existe algo de incrivelmente reconfortante na sensação dos braços dele ao meu redor, o cheiro amadeirado e limpo daquele pescoço. Eu seria feliz passando horas aqui. Bons abraços não são apreciados o suficiente. Não sei se qualquer um dos meus ex-namorados foi bom de abraço, todos pareciam protocolares ou rápidos demais. Com Sam, parece que os braços estão criando um campo de forças ao meu redor. É como se o corpo dele estivesse me dizendo que ele pode, e vai, absorver toda a minha preocupação e toda a minha dor. Quando por fim se distancia, pega o celular da mesa e diz:

– Tenho que fazer algumas ligações. Fique aqui, relaxe, não se exceda. – E assim ele desaparece de vista.

Bem, isso saiu muito melhor do que eu esperava. Tinha certeza de que Sam estava achando que eu enlouqueci, que iria me levar correndo para o médico para fazer alguns exames no cérebro. Talvez em um casamento seja normal que você acredite na outra pessoa, sem fazer perguntas.

Enquanto estou sozinha, dou uma olhada na primeira página do jornal, que consigo enxergar no *tablet* à minha frente. Vejo fotos de uma guerra em algum lugar, uma manchete sobre a seca, notícias sobre um político americano que eu não conheço, e uma entrevista com Harper Beckham sobre o seu novo cargo como embaixadora da ONU. Ao ler essas notícias, a minha pele se arrepia com mais um medo, então eu rapidamente fecho a tela e empurro o *tablet* para longe. O meu cérebro já está tendo dificuldades de entender o que perdi na minha própria vida, não sei se ele consegue absorver o que eu perdi do restante do mundo. Se eu abrir essa porta, pode ser que eu não consiga voltar.

Quando Sam ressurge na cozinha, ele me encara com simpatia, um sorriso preocupado, como se tivesse medo de dizer a coisa errada e eu entrasse em combustão espontânea, bem aqui na cozinha.

– Estou me sentindo bem, não me sinto doente. Sinceramente, é como se eu tivesse viajado no tempo até aqui. Você já viu o filme *Te amarei para sempre*? Talvez seja isso.

Ele se abaixa e me dá um beijo na testa.

– O que acha de eu fazer um café da manhã de verdade para você?

Assim que ele diz as palavras, percebo que estou morrendo de fome. Não fiz uma refeição correta ontem. E a torrada com manteiga ajudou, mas eu realmente poderia comer algo mais substancioso.

– Seria ótimo, obrigada.

Observei enquanto ele quebrava os ovos e tirava o bacon da embalagem.

– Ovos pochê, como você gosta – diz ele enquanto coloca uma panela no fogo. Ele tem razão, ovos pochê são os meus favoritos. Que estranho que Sam saiba disso.

Enquanto eu o observo pegar os pratos no armário, percebo que ele não me fez nenhuma pergunta sobre a minha história. Se a situação fosse inversa, acho que eu teria muitas perguntas.

Os ovos são incríveis, os melhores que já comi; claras sólidas, gemas perfeitas, polvilhadas com um delicioso tempero picante e flocos de bacon crocante. Sam insiste em lavar toda a louça, ele não me deixa levantar um dedo. *Talvez eu possa me acostumar a ter um marido*, penso, assim que a campainha toca. Sam se levanta para atender e volta acompanhado de Maria com cara de preocupada.

– Perguntei à Maria se ela poderia cuidar das crianças por algumas horas – diz Sam, olhando para mim com aqueles olhos de "por favor, não entre em combustão espontânea".

– Olá, querida – diz Maria, com o rosto em um sorriso de simpatia. – Como está se sentindo?

Sam deve ter dito a ela que eu estava com uma ressaca terrível e que não poderia cuidar das crianças hoje.

– Nada mal, obrigada. Tenho certeza de que estarei bem em algumas horas.

– Vamos sair um pouco – diz Sam. – Consegui uma consulta de emergência com o dr. Shepperd.

– Um médico? – *Ah*. Sam e Maria trocam olhares.

– Precisamos que você faça alguns exames. A perda de memória pode ser sintoma de outra coisa.

Lá se vai a ideia de Sam acreditar em mim. Talvez ele esteja planejando me internar. Ou vai me fazer morar no sótão como a senhora Rochester, e depois arrumar uma nova esposa, mais jovem, mais Jane Eyre.

– É melhor prevenir do que remediar – diz Maria, dando um tapinha no meu braço.

Tudo bem. Eu vou à porcaria do médico. Mas não vou mencionar a viagem no tempo ou a máquina dos desejos, ou quanto dinheiro gastei na Selfridges. O que quer que esteja acontecendo aqui, não pretendo virar a senhora Rochester.

12

Sam abre a porta do carona para mim e depois vai para o lado do motorista.

– Stan, por favor nos leve ao consultório médico em Lodge Hill Road – diz ele para o carro, enquanto os bancos se ajustam aos nossos corpos.

– Por que o nosso carro se chama Stan? – pergunto.

Sam olha para mim e ri, como se eu tivesse feito uma piada. Depois ele percebe que estou séria.

– STAN significa Self-Taught Auto-Navigation, um sistema de auto navegação com aprendizado próprio – explica ele. – O carro aprende os caminhos que costumamos fazer e nos leva até os lugares de forma quase automática.

– Ah, sim, achei que ele se chamava Stan porque a voz dele parece a do Stanley Tucci.

– Foi isso que você disse quando compramos esse carro. Você realmente não lembra de nada?

Balanço a cabeça e vejo o rosto de Sam ficar ainda mais preocupado, como se cada coisa que eu não lembre faça a situação se tornar mais real. Ele me pega olhando para ele e se força a sorrir.

– Acho que também não se lembra dessa funcionalidade então – diz ele, já mais alegre. – Stan, o que eu devo cozinhar pra minha linda esposa hoje?

– Você tem ingredientes suficientes para salmão ao molho tailandês, uma receita que você e Lucy deram cinco estrelas. Nota para o supermercado: a geleia e os lenços umedecidos estão quase acabando.

– Você poderia encomendar mais, Stan? – diz Sam para o carro e em seguida me olha.

– Uau, o que mais ele faz? – pergunto, ele conseguiu fisgar meu interesse.

Sam faz uma demonstração das "palavras diárias de afirmação". Escutar Stanley Tucci me dizer "Estou orgulhoso de você e da pessoa na qual se tornou" pode até não resolver o meu problema, mas quando chegamos ao consultório, o meu humor está bem melhor.

O dr. Shepperd parece ter a idade de Sam, e os dois parecem se conhecer. Pela conversa, entendo que jogam alguma coisa juntos, talvez façam trilhas de bicicleta ou lutem na lama, de qualquer forma, é alguma coisa que envolve lama.

Depois de uma longa conversa sobre terra, é a minha vez de contar a minha história, *de novo*, e dessa vez não menciono viagem no tempo, máquinas de desejos, donzelas escocesas ou qualquer outra coisa que possa figurar na estante de "fantasia" de uma biblioteca. Me atenho aos fatos. Acordei e não me lembro dos últimos dezesseis anos da minha vida. O dr. Shepperd disse que quer fazer alguns exames. Ele me marca uma ressonância magnética, uma tomografia computadorizada da cabeça e uma lavagem de ductos mamários. Não sei o que essas coisas significam, mas com certeza são muitas coisas.

– Tudo isso parece caro – digo, tentando impressionar Sam com o meu pensamento consciente em relação ao dinheiro depois do Compragate. Este é um consultório médico particular e, em um mundo em que um café custa muito, não consigo nem imaginar quanto uma tomografia cerebral pode custar.

– Não se preocupe, o seu plano de saúde vai cobrir – diz o dr. Shepperd.

– Acabaram com a saúde pública? – pergunto, nervosa. *Por favor, não me diga que acabaram com a saúde pública.* Não tenho certeza se conseguiria lidar com a descoberta de algo muito sombrio sobre o futuro, como o fim do sistema universal de saúde, o aumento do nível do mar cobrindo metade da Grã-Bretanha ou Piers Morgan como primeiro-ministro. Se eu quiser entender que estou casada, tenho dois filhos e perdi um terço da minha vida, não sei se conseguirei lidar com isso num cenário infernal distópico também.

– Não, mas você tem plano de saúde particular por conta do trabalho – explica Sam.

– Já acharam a cura do câncer? – pergunto ao dr. Shepperd.

– Receio que não. Você tem medo de estar com câncer?

– Não. Eu só esperava que já tivessem achado uma cura.

Sam e o médico trocam olhares preocupados.

Ao final das varreduras cerebrais, testes de refluxo, exames de sangue, amostras de urina, um exame oftalmológico e um estranho esfregaço nasal, tenho vontade de gritar porque sei que não vão encontrar nada. E, claro, não encontram. Uma segunda médica, uma mulher chamada dra. Flynn, é chamada para dar uma olhada nos resultados da tomografia cerebral.

– Não vemos nada com que se preocupar, senhora Rutherford – diz ela. – Não há sinais de sangramento ou de qualquer crescimento suspeito. A senhora parece estar em excelente estado de saúde.

O dr. Shepperd acena com a cabeça sagazmente.

– Não há sinais de trauma e, considerando o seu estado de saúde, só podemos presumir amnésia global transitória, uma perda súbita e temporária de memória e incapacidade de se lembrar do passado recente.

O dr. Shepperd olha para a dra. Flynn, que concorda com esse diagnóstico. Levanto a mão.

– Mas dezesseis anos não parecem tão recente assim, não é? – digo. – Talvez se estivermos considerando o grande esquema das coisas, as mudanças nas placas tectônicas e os dinossauros andando pela Terra, mas na escala da minha vida, parece diferente de algo recente.

– Cada caso funciona de um jeito. Receio que exista muito que ainda não saibamos sobre o cérebro – diz a dra. Flynn, me observando e batendo a caneta contra o resultado dos exames. – A boa notícia é que provavelmente não é permanente.

Provavelmente?

E se eles estiverem certos se eu realmente tiver amnésia? É o que penso enquanto voltamos para casa de carro. Seria uma explicação mais racional, mas o *timing* de tudo isso tendo acontecido logo depois que fiz o desejo… E alguma coisa sobre aquela máquina, aquela mulher, os olhos dela sabiam de alguma coisa.

Sam estica o braço e coloca a mão no meu joelho.

– Sinto muito que isso esteja acontecendo com você. Não consigo acreditar em como está se controlando.

– Bem, eu gastei milhares de libras na Selfridges e fiquei tão bêbada que dormi no trem, então não estou *exatamente* me controlando. – Sam sorri. – Você acha que o plano de saúde vai cobrir o terno caro que comprei enquanto estava sob a influência da perda de memória?

– Acho que não – ele responde e me encarando, os olhos cheios de afeto. É o mesmo olhar de um outro cachorro dos meus pais, o Banana, costumava me dar quando eu passava pela porta de entrada, ele sempre ficava tão feliz em me ver. Isso faz com que o peso no meu estômago mude, porque não me lembro de já ter sido olhada assim por outro ser humano.

– Como nos conhecemos? – pergunto.

– Tenho certeza de que vai se lembrar – responde ele e volta a encarar a estrada.

– Talvez, mas me conta mesmo assim…

Ele morde o lábio e depois passa a mão pela parte de trás do pescoço.

– Eu poderia te dizer qualquer coisa e você não ia ter certeza de ser verdade. Poderia dizer que nos conhecemos no Kilimanjaro, ou que eu fui seu professor de pole dance.

– Não acho que sofri um transplante de personalidade. Eu nunca escalaria o Kilimanjaro por vontade própria; odeio fazer trilha.

E então ambos falamos ao mesmo tempo:

– A não ser que tenha um *pub* no final. – E isso faz nós dois cairmos na gargalhada.

– A gente se conheceu em um bar de karaokê na Shoreditch High Street, no seu aniversário de 31 anos. Eu tinha 33, estava em uma despedida de solteiro horrível, e aquele era o único bar que deixaria um bando de caras com camisetas combinando entrar.

– Eu estava cantando no karaokê? – pergunto, surpresa. – Isso parece quase tão improvável quanto a escalada.

– Por quê? Você tem a voz linda. Você tinha saído com Zoya, Faye e Roisin, e subiu no palco, estava usando um vestido dourado curto e lindo, então cantou "The Promise of You" com essa voz perfeita e grave. Foi amor à primeira vista e a primeira ouvida, pelo menos da minha parte.

– E eu? – pergunto, e percebo que estou sorrindo ao ouvir a história, tentando imaginar a cena.

– No começo, você não quis falar comigo porque estava com as suas amigas, mas me passou o seu número e eu liguei no dia seguinte.

Nos encontramos para comer umas enchiladas no Borough Market. Oito meses depois, pedi você em casamento.

– Isso foi um pouco exagerado – comento, fazendo uma careta fingida de desaprovação.

– Você sabe quando é a hora certa.

Ele estava olhando para mim de novo e, naqueles olhos, consegui sentir a história de nós dois, mesmo que a minha mente não soubesse. Um ronronar cálido ressoou em mim. Eu queria chegar na parte boa... Será que Sam é a parte boa? Pelo que percebi, tive sorte de acabar com alguém como ele. É bonito e bondoso, um pai presente. Agora, se eu pudesse, voltaria no tempo e diria para minha Eu de vinte e seis Anos que tudo vai ficar bem e que ela só precisa se acalmar, deletar todos aqueles aplicativos e esperar que Sam apareça.

Quando chegamos em casa, paramos na calçada por um momento, nenhum dos dois parece ter pressa em sair do carro.

– Obrigada – digo, sem saber muito bem o porquê o estou agradecendo. Por me levar ao médico? Por ser tão compreensivo? Por casar comigo? Por tudo isso? Sam tenta pegar a minha mão, então olha para ela.

– Você não está usando sua aliança – diz ele.

– Ah – respondo, seguindo aquele olhar e vendo a marca de sol deixada pelo anel na minha mão esquerda.

– Você costuma deixá-la na mesinha de cabeceira à noite – diz ele enquanto desvia o olhar.

– É, eu não sabia.

Sam aperta a minha mão.

– Ela disse que seria temporário. Com sorte, vai voltar a ser você mesma amanhã.

Faço que sim com a cabeça, tentando ser otimista, mas não consigo deixar de pensar que voltar a ser eu mesma significa coisas muito diferentes para ele e para mim.

Ao entrarmos em casa, Amy bamboleia até mim com os braços esticados. Ela não está coberta por uma maçaroca de banana nem por baba, então não me importo em pegá-la no colo. Ela é bem fofinha quando não está chorando, com as bochechas coradas e o cabelo cacheado e desarrumado.

– Como foi? – pergunta Maria, encarando os meus olhos como se fosse capaz de ver ali qual era o problema.

– Bem, estou bem – respondo. *Eu não me lembro de dar à luz essas crianças, mas fora isso, está tudo perfeitamente bem.*

– Você vai ficar bem com as crianças? Vou levar meia hora para levar Maria para casa – diz Sam.

– Claro. Vamos ficar bem – respondo com a voz animada demais.

– Eles comeram o espaguete à bolonhesa que estava congelado, e levamos o patinete de Felix até o parque, então conseguiram pegar um pouco de ar fresco e fazer exercício.

– Ótimo, obrigada – digo, mas agora me sinto em pânico por ser deixada sozinha. Eu saberia qual comida dar a eles ou quanto de exercício eles precisam fazer? E se Amy fizer cocô de novo? O Felix consegue ir ao banheiro sozinho? E se *eu* precisar ir ao banheiro? Posso deixá-los sozinhos por dois minutos ou preciso levar Amy para o banheiro comigo? Eles vão escutar quando eu disser o que precisam fazer? E se eles não escutarem? Não acho que esse é o tipo de pergunta que posso fazer sem deixar as pessoas assustadas.

Quando Sam está para sair, ele me dá um beijo, na boca. É só um selinho, mas o meu corpo deve ter memória muscular porque me pego fechando os olhos, me entregando, os meus lábios o seguem depois que ele se afasta. Maria me olha de um jeito estranho, como se eu tivesse esquecido como dar um beijo de despedida e ela estivesse vendo isso como um sinal claro de insanidade.

– Estou bem. Tudo vai ficar bem – digo a eles, tentando confortá-los.

Depois que eles saem, Amy começa a puxar o meu cabelo com as suas pequenas mãozinhas. É irritante então a coloco no chão.

– O que você quer fazer? – pergunto para Felix, que agora está me olhando como se eu fosse uma alienígena.

A sala de estar é um ambiente amplo, com portas de correr no meio. De um lado vejo almofadas e luminárias elegantes, do outro, um quarto de brincar cheio de estantes repletas de brinquedos e quebra-cabeças. Acima da lareira, vejo uma aquarela que me chama atenção: é uma montanha multicolorida numa moldura grossa. Amy engatinha até a parte dos brinquedos. Comparada à sala de estar do meu antigo apartamento, esse cômodo parece um exagero. O apê da Kennington Lane estava sempre cheio de varais e bicicletas. Além de estar sempre cheirando a sacos de lixo que estavam ali aguardando para serem levados para fora e roupas que tinham ficado molhadas na máquina por muito tempo. Talvez as pessoas de meia-idade raramente saiam porque a casa delas é gostosa demais.

Me sento no chão ao lado de Amy, e jogamos um jogo de equilibrar copos. É um conceito simples que envolve a ideia de eu empilhar os copos e Amy derrubá-los. A forma como ela pressiona os lábios quando está concentrada para bater na torre faz com que eu me lembre da minha mãe.

– Ei, Amy, sabe o que deixaria isso ainda mais interessante – digo, enquanto pego a tampa de uma caneta e a escondo em um dos copos. – Encontre a tampa! – Exclamo e misturo os copos. – Melhor de três! – mas ela não gosta desse jogo, só quer derrubar tudo mesmo. Enquanto olho para o lado pensando no que mais podemos jogar, Felix aparece na entrada da sala com o escorredor de macarrão na cabeça e uma armadura feita de papel alumínio.

– Oh, vamos brincar de cavaleiro e dragão? – pergunto.

– Não é um jogo. É para me proteger das suas ondas alienígenas.

– Tá – digo lentamente. – Olha, Felix, o médico acha que provavelmente é uma perda de memória temporária. Devo voltar a ser eu mesma amanhã. – Quer eu acredite nisso ou não, parece a coisa responsável a se dizer a uma criança de sete anos assustada que se cobriu com vários rolos de papel-alumínio.

– O que os médicos sabem sobre alienígenas? – pergunta Felix, o rosto franzido em confusão.

– Eu não sou alienígena. Eu sou... Não sei o que aconteceu comigo.

Felix faz uma pausa, ajustando o escorredor de macarrão que escorregou sobre seus olhos.

– Mas você quer voltar para o lugar de onde veio? – pergunta, apontando uma colher de pau para o meu peito.

Eu quero voltar? Sim, claro. Por mais interessante que esse vislumbre da minha vida futura possa ser, não posso *ficar* aqui. Claro, esta casa é incrível e o meu trabalho parece incrível e aquela estante no andar de cima é mais do que um sonho, mas eu não posso perder o que resta dos meus vinte anos, os meus trinta inteiros; não posso *ser* essa versão adulta de mim mesma para sempre.

– Sim, eu quero. – Eu me ouço dizendo a Felix.

– Então precisamos encontrar o portal – diz ele, sentado de pernas cruzadas à minha frente no chão da sala de jogos enquanto Amy bate uma boneca contra a cesta de brinquedos de uma forma alarmantemente violenta.

– Portal?

– Como você chegou aqui. Por qual portal você passou? – Felix atravessa a sala de jogos e pega um livro de ficção científica da prateleira. Ele vira para uma página e aponta para um grande buraco branco. – O espaço é grande demais para viajar em um foguete normal, mesmo que seja enorme. Se quiser viajar por um longo caminho precisa de um portal ou de um buraco de minhoca, mas eles são difíceis de encontrar.

– Já pensei nisso – admito. – Não acho que vim do espaço sideral, acho que posso ter viajado no tempo até aqui, do passado – algo na expressão intensa de Felix me faz querer ser honesta com ele agora. – Havia uma máquina, uma máquina dos desejos, em uma banca de jornal em Londres. Eu pedi para pular para a parte boa da minha vida e então acordei aqui.

– Então é isso, esse é o portal! – diz Felix, tirando o escorredor de sua cabeça.

– Mas ele se foi.

– Se foi?

– Procurei por ele ontem. A banca não está mais lá, virou um canteiro de obras.

Felix fecha o livro no momento em que Amy cai e bate com a cabeça no balde de brinquedo. Ela começa a uivar, então eu dou um pulo e tento reconfortá-la. Ela bate os braços como um polvo furioso, o rostinho corado de dor e frustração.

– Ah, coitadinha da Amy, você está bem? – pergunto, tentando distrai-la com um brinquedo de pelúcia, mas ela o afasta.

– Talvez você estivesse olhando para o lugar errado – sugere Felix.

Amy ainda está gritando e é um som tão intenso que não consigo pensar em nada além de fazê-la parar. Tento dar tapinhas na cabeça dela como se estivesse consolando um cachorro, mas isso só a deixa ainda mais nervosa.

– Ela gosta quando você balança de um lado pro outro e assopra o nariz dela – diz Felix, revirando os olhos. Faço o que ele sugere e, obviamente, Amy se acalma na hora e o suficiente para que eu possa abraçá-la. – Ou, só porque não tem mais a banca, não quer dizer que não tem mais máquina. Eles podem ter mudado ela de lugar. Como ela era? – Felix pula de um lado para o outro como se estivesse se preparando para uma corrida.

– Felix, eu procurei. Não existe mais e... – Faço uma pausa, preocupada em dar atenção demais a essa história de portal sendo que nem sei mesmo se é verdade. – Só porque a última coisa que me lembro é daquela máquina, não significa que ela seja um portal.

Felix parece murchar, e a colher de pau cai no chão.

– Mas eu preciso da mamãe. Preciso que ela me ajude com o projeto da escola.

– Talvez *eu* possa ajudar você? O que precisa que eu faça?

Mas antes que eu consiga falar mais, uma sensação quente se espalha pela minha mão e um cheiro horrível preenche a sala.

– Ela fez cocô *de novo*! – digo, enojada.

Amy gorgoleja em resposta, depois diz "cô-cô", com aquela voz fofa de bebê que faz isso parecer encantador, quando na verdade não é nem um pouco.

– Ela faz muito isso. – Felix me diz, com um tom de resignação na voz.

De todas as coisas com as quais não me sinto preparada para lidar neste admirável mundo novo, limpar o traseiro de outro ser humano está bem no topo da lista.

Armada com um prendedor de roupa no nariz, luvas de lavar louça nas mãos e um avental para proteger as minhas roupas, consigo tirar a Amy de suas leggings, desarmar a sua fralda pestilenta e limpar a sujeira com quantidades copiosas de lenços umedecidos. Basta dizer que é uma das coisas mais nojentas que já fiz e olha que uma vez vasculhei uma sacola de lixo de uma semana no trabalho à procura de um anel que Melanie achava ter perdido. (No fim, estava na gaveta de anéis na casa dela.) Como as pessoas conseguem fazer essa coisa de fralda, cinco ou seis vezes por dia? Será que elas não percebem o quanto isso é nojento? Ou simplesmente se acostumam, da mesma forma que os prisioneiros se acostumam com a comida da prisão e a dormir com um olho aberto?

Depois de ensacar três vezes a bomba de mau cheiro, levo Amy de volta para a cozinha, onde ela imediatamente começa a chorar de novo.

– Ah, e agora? – pergunto a ela, exasperada.

A jornada emocional de uma criança pequena parece uma daquelas bolas de *pinball*: para cima, para baixo, bam, ping! Feliz, triste, bam, ping! Rir, chorar, bam, ping! É exaustivo, e eu realmente precisava ter um tempo de descanso, uma chance de me recompor sem ninguém chorando ou precisando de mim para fazer coisas.

A campainha toca. Com Amy nos braços, corro para atender, mas quando abro a porta, tomo um susto tão grande que quase a deixo cair. Pairando na altura dos meus olhos está um robô voador. Ele examina o meu rosto com um feixe de luz, como algo saído de *Minority Report,* e o meu primeiro pensamento é que ele foi enviado aqui para me matar. Então me abaixo para me proteger, grito e jogo um braço protetor sobre a cabeça de Amy. Mas o robô simplesmente deixa um pequeno pacote na soleira da porta e sai em disparada. Eu me viro para ver Felix atrás de mim no corredor.

— Por que você tá gritando?

— Vi um robô voador!

— Um drone de entrega – diz Felix, balançando a cabeça. Ele passa para pegar o pacote na soleira da porta e o entrega para mim. É uma pequena caixa da Amazon com "Geleia e Lenços Umedecidos" escrito na etiqueta do conteúdo.

— Ah – digo, me sentindo boba. — Pensei que fosse um robô do mal, não um robô bom.

— Você é tão estranha – diz Felix, voltando para a cozinha.

Enquanto eu estava trocando a Amy, Felix se acomodou na mesa da cozinha com uma bandeja cheia de rolos de papel higiênico, papel de seda e outros itens de artesanato. Enquanto eu desempacoto a caixa de entrega, ele se levanta da cadeira e entrega a Amy uma girafa macia do aparador.

— Pescoçuda. É a favorita dela.

— Pescoçuda – repito. — Obrigada, Felix. — Amy começa a mastigar a orelha do bicho.

— Ela adora girafas – ele diz, encolhendo os ombros. Esse detalhe parece importante de alguma forma, e eu o coloco na minha lista de coisas que as crianças precisam: comida, ar fresco, fraldas limpas, brinquedos especiais chamados Pescoçuda.

— Então, do que você está fazendo? Esse é o projeto da escola?

— Um coração humano – diz ele, mordendo o lábio, concentrado, enquanto corta um pedaço de papelão.

— Um coração humano feito de rolo de papel higiênico? Uau!

— Você pode usar qualquer coisa – diz ele, dando de ombros outra vez. — A mamãe é ótima em trabalhos manuais.

Eu *sou*? Não posso deixar de me sentir orgulhosa. Então me lembro que ele tem sete anos. O nível de habilidade artística dele provavelmente é muito baixo. Sento Amy e a girafa na cadeira alta, e me sento ao lado de Felix.

— Então, como posso ajudar? Devo procurar uma imagem de um coração no meu celular? O que você precisa que eu faça?

Felix fica quieto por um momento. Então ele abaixa a cabeça e diz:

— Preciso que você encontre o portal. Preciso da minha mamãe de volta.

13

Quando Sam chega em casa, faz o jantar das crianças e as coloca para dormir. Ofereço ajuda, mas ele insiste que eu devo "ir com calma" e "relaxar". É como se ele achasse que se eu me esforçar, posso perder mais memória. Mas hoje o dia foi exaustivo, então fico agradecida pela chance de ir para o sofá da sala e finalmente me sentar.

Não consigo encontrar o controle remoto para a TV enorme que fica na parede. Não quero incomodar Sam, então me contento em observar as estantes da sala. Na prateleira de baixo encontro um álbum de fotos de casamento, o *nosso* álbum de casamento. É uma sensação curiosa, ver fotos de você fazendo algo do qual não se lembra, ainda mais quando todos os seus amigos e familiares também estão na foto. O casamento parece ter sido um dia muito alegre e divertido. As pessoas estão radiantes nas fotos, principalmente eu. *Ah, eles realmente fizeram a cerimônia ao ar livre, debaixo da copa de uma árvore enfeitada com pisca-pisca, que fofo*. Nunca tive um *moodboard* para casamento, mas, se eu tivesse, seria exatamente assim.

Em uma das fotos, Sam está sentado ao piano, em um terraço, usando um chapéu panamá. Estou encostada no piano, olhando para ele em adoração enquanto ele me encara, as mãos nas teclas. É uma imagem impressionante porque capta esse olhar entre nós, uma faísca que sai da fotografia. Eu sempre tive uma queda por homens musicais. Não vi nenhum piano na casa. Mas me pergunto se ele ainda toca. Então me dou conta de que além do fato de ele ser extremamente bonito, de que nos conhecemos em um bar de karaokê e que ele cozinha ótimos ovos, eu não sei quase nada sobre esse homem com quem aparentemente estou casada.

Quando Sam desce as escadas, ele me encontra olhando um álbum de férias, uma viagem a Portugal quando Felix era bebê.

– Parece uma ótima viagem – digo, quase culpada, como se ele tivesse me pegado espionando as coisas dele.

– O álbum faz parecer que foi, né? – diz ele, passando a mão pelos cabelos espessos e desarrumados. – Você não colocou nenhuma foto das duas noites que passamos no hospital porque Felix pegou alguma virose e não parava de vomitar, ou de quando você ficou três horas no telefone com a companhia aérea porque eles perderam a sua mala.

– Acho que álbuns nunca mostram tudo – respondo, fechando o álbum e observando a família perfeita e feliz na capa. – O nosso álbum de casamento também teve uma curadoria assim?

– Aquele foi um dia ótimo. Não precisou de curadoria. – A afeição toma conta dos olhos de Sam quando ele diz isso. – Vou preparar algo para comermos. Está com fome?

Aceno com a cabeça e o sigo até a cozinha, observando enquanto ele coloca as coisas em uma panela. Ele logo prepara uma deliciosa tigela com legumes ao estilo tailandeses, salmão apimentado, arroz e molho de soja. *Então ele também sabe cozinhar.*

– Dia estranho, hein? – digo enquanto ele me entrega uma tigela e nos sentamos à mesa.

– Foi mesmo – diz ele, com um sorriso irônico. – Embora eu provavelmente já tenha passado por dias mais estranhos.

– Mais estranho do que esse? – pergunto, e ele acena com a cabeça.

– Quando eu tinha quatorze anos, estava caminhando sozinho. Caí e fraturei o tornozelo em um pântano de turfa, a quilômetros de qualquer lugar. Não conseguia andar e demorou oito horas até meu pai chegar e me encontrar.

– Ai – digo, estremecendo em solidariedade.

– Essa parte foi tranquila. Foi quando uma galinha começou a falar comigo que as coisas ficaram estranhas. O nome dela era Sheila. Ela me contou de todos os seus problemas familiares, do pai superprotetor e do medo de armas. Não parava por aí. – Sam tenta segurar o riso. – Eu devia estar alucinando por causa da desidratação ou exposição ao sol, mas nunca mais olhei para galinhas silvestres da mesma forma.

– Não tenho ideia se você está brincando ou não – digo, rindo.

– Você sempre disse que sabe quando estou mentindo. Eu tenho um tique óbvio, o que me torna um péssimo jogador de pôquer.

– Você não vai me dizer o que é? – pergunto, sustentando o seu olhar.

Ele se inclina na minha direção e não tenho certeza do que ele vai fazer, mas, então, ele me dá um leve tapinha na minha cabeça.

– Acho que que está aí dentro. Vou esperar que você se lembre disso.

A confiança suave da voz dele é tão tranquilizadora.

– E se eu não estiver curada quando acordar amanhã? – pergunto, a minha voz subitamente calma e séria. Sam pega a minha mão, mas não consigo ler a expressão do seu rosto. – Eu estava pensando em ligar pros meus pais, mas… – Eu me demoro, mordendo o lábio. – Eu queria checar se eles estão… – Não consigo nem formular a pergunta.

– Eles estão bem – diz Sam, movendo a mão para acariciar a minha bochecha. Ele gosta tanto de me tocar, o tom da voz dele é tão familiar. Esse tipo de intimidade silenciosa é algo que eu nunca tinha experienciado antes. Apesar dos meus pensamentos anteriores sobre dormir com Sam, agora até mesmo um toque inconsequente na bochecha me deixa nervosa. Sou uma impostora, recebendo carícias na bochecha que não são para mim, carícias que não mereci. Olhar todos esses álbuns não ajudou em nada, só fez com que eu me sentisse mais distante dessa vida que estou ocupando.

– Seu pai teve uns problemas cardíacos há alguns anos – diz Sam. – Ele colocou marca-passo. Sua mãe tem catarata. Fora isso, ambos têm boa saúde. – Ele faz uma pausa, depois acrescenta suavemente: – Ligue para eles se quiser. Mas sua mãe vai estar no carro a caminho daqui antes de você desligar o telefone.

– Talvez amanhã – respondo, me afastando um pouco. – Ontem, quando falei com a minha antiga colega de apartamento, Emily, ela disse que não éramos amigas, que não mantivemos contato.

– Você nunca falou dela para mim. Ainda não acredito que você foi para Londres e tentou continuar como se nada tivesse acontecido, Luce. O que você disse para os seus colegas?

A lembrança de ter ficado bêbada e atacado o assistente de vinte anos de idade me fez sentir um arrepio.

– De quem sou amiga agora? Por favor, diga que ainda sou próxima de minha turma da escola, Faye, Zoya, Roisin? – O olhar de Sam recai sobre o próprio colo. – O quê?

– Vamos ver como você está amanhã, o médico disse…

– O médico não sabe o que está acontecendo comigo – digo, e minha voz está falhando de emoção. – Eu concordei com todos aqueles exames porque, bem, é a única explicação lógica, não é? Mas nada disso parece lógico. Por favor, só me diga que ainda tenho amigos.

– Você tem muitos amigos. Faye mora há vinte minutos daqui; vocês se veem o tempo todo. Podemos convidá-la para vir aqui amanhã, se você quiser.

Isso me deixa aliviada.

– E Zoya? Roisin? Não consegui falar com ninguém.

Sam apoia as duas mãos na borda da mesa antes de dizer:

– Que tal nos sentarmos pela manhã e eu conto tudo? Vamos pensar em como contar às pessoas o que está acontecendo. – O rosto dele fica sombrio, toda a leveza desaparece. – O dia de hoje foi muito difícil de assimilar. Acho que você não deve tentar falar com mais ninguém esta noite.

Não tenho certeza se ele quer dizer muito difícil para mim ou para ele, mas faço que sim com a cabeça. Acho que não posso esperar que dê para relembrar dezesseis anos em apenas um dia.

– Você vai me contar mais sobre você? – pergunto.

– Sobre mim? – Sam parece tímido de repente.

– Isso, não sei nada sobre você. No que você trabalha? De onde é? Você tem irmãos? Algum *hobby* estranho ou predileção que eu deveria saber? Além de relações turbulentas com galinhas? – Ele sorri. – Vi no álbum de casamento que você toca piano.

Ele balança a cabeça e incha as bochechas, talvez ainda incapaz de entender que eu realmente não sei de nada disso. Então respira longa e lentamente, como se estivesse se preparando para responder.

– Bem, sou originalmente da Escócia, uma cidade pequena chamada Balquhidder. Tenho duas irmãs, Leda e Maeve. Leda ainda está na Escócia, Maeve foi para os Estados Unidos, não vemos as duas tanto quanto gostaríamos. Trabalho como compositor, então sim, toco piano todos os dias. Eu tinha *hobbies* antes, mas agora passo meus finais de semana correndo atrás das crianças e buscando a minha esposa bêbada na estação de trem. – Essa última parte me faz esticar o braço e dar um soquinho de leve no braço dele.

– Compositor? Que impressionante. O que você compõe? Onde está o seu piano?

– Isso é tão doido – diz ele, entredentes. Depois se vira para mim e continua: – Eu costumava escrever músicas, agora faço mais trilha de filmes e programas de TV. Tenho um estúdio ali no jardim. Nós dois construímos juntos quando compramos a casa.

— Não sei o que me surpreende mais, o fato de eu ter ajudado você a construir um estúdio ou ser casada com uma estrela pop.

— Definitivamente não sou uma estrela pop. Escrevo músicas para outras pessoas, nunca sou eu quem toca.

— Você nunca quis?

— Não, não gosto de me apresentar. Você acha que é porque eu sou tímido, mas não é isso. Eu amo escrever músicas e isso não significa que eu tenha qualquer vontade de estar em um palco.

— Tem uma foto sua tocando no nosso casamento.

— Aquilo foi diferente. Foi pra você, pra família e amigos. — Ele baixa o olhar para a mesa. — Além disso, a minha perna estava tremendo tanto que eu quase não consegui usar os pedais.

— Parecemos muitos apaixonados naquela foto — digo, e sinto o meu rosto corar.

— E estávamos. Estamos — os olhos dele encontram os meus, e uma sensação de calor se espalha por todo meu corpo.

— Você escreveu alguma música que eu possa ter ouvido? — pergunto de repente, irritada com essa energia entre nós. Ele faz uma pausa. — O quê? Por que está sorrindo?

— Eu escrevi a música que você estava cantando no karaokê, onze anos atrás, na noite em que nos conhecemos.

— Então, foi "amor à primeira vista" por que eu estava cantando a *sua* música?

— Não foi por isso — diz ele, segurando o sorriso.

— Aposto que usa essa cantada o tempo todo… "Ei, você ouviu essa música tocando na rádio? Eu que escrevi". — *Estou flertando com ele? Parece que estou.* Sam cruza os braços. É adorável, essa timidez. Ele limpa a garganta.

— Esse não é o meu estilo.

— Era o que eu faria se tivesse escrito uma música famosa.

— Eu sei. — Os olhos de Sam parecem dançar de tanto divertimento. — Você sempre fala para todo mundo no bar: "O meu marido escreveu essa música!". Fico com vergonha.

Trocamos olhares e eu solto uma risada, porque isso se parece com algo que eu faria.

– Quero ouvir, a música… a razão pela qual nos conhecemos. Você pode cantar pra mim?

Ele saca o celular e procura algo.

– É melhor você ouvir um profissional cantando.

Depois de alguns toques, a música sai de caixas de som invisíveis que devem estar embutidas nas paredes. Estou prestes a me opor, a insistir que quero ouvi-lo cantar, mas a batida me cativa e paro para ouvir. A voz masculina profunda e cheia de alma é acompanhada por uma batida eletrônica e o som vibrante de cordas clássicas – é uma combinação única.

– Quando você escreveu isso?

– Há alguns anos. Não escrevi nada tão bom depois.

O refrão começa:

Like an imprint on a slept-in bed,
Like words that are felt but never said,
Somehow, I always sensed, I always knew,
That I had the promise of you.

A minha pele fica arrepiada enquanto as palavras passam direto por ela. Em seguida, a batida volta e os violinos crescem, dando à música uma qualidade etérea, quase religiosa.

– Adorei – digo, e quando os meus olhos encontram os dele, sinto arrepios outra vez. Há algo no olhar dele que não consigo traduzir; tristeza por eu não me lembrar, orgulho por gostar da música, outra coisa intangível que me faz sentir desejo.

– Foi um sucesso? Você ficou rico?

– Foi um sucesso para a cantora, Lex. – Sam balança a cabeça. – Eu era jovem e ingênuo, assinei um contrato que não deveria ter assinado, então não, infelizmente não fiquei rico.

– Você escreveu outras músicas depois de ficar mais velho e sábio?

Ele interrompe a música com um toque no relógio.

– Não escrevo mais esse tipo de música. – Ele se levanta, estendendo a mão para pegar a minha tigela vazia. Eu estava gostando da nossa conversa, mas sinto que disse algo errado, porque ele diz: – Foi um dia longo. Vamos para a cama?

Ir para cama? Juntos? Conversar com Sam essa noite pareceu o encontro perfeito, e não tinha um assim há algum tempo. Gosto dele e sei que me sinto atraída por ele, mas agora, ao pensar em dormir junto, mesmo que seja lado a lado, parece algo mais complicado do que posso aguentar.

— Hum, tem um quarto extra? – pergunto, incerta.

— Claro – diz ele. A voz dele é gentil, mas vejo que a rejeição o machucou. – Eu posso dormir no quarto extra.

— Eu não me importo de dormir lá. Eu só… só preciso entrar nos eixos, com uma boa noite de sono. Isso tudo é tão… diferente.

— Claro. Os médicos disseram que você precisa descansar, evitar estresse. – Ele lança um sorriso para mim, mas agora tudo está estranho entre nós, a energia de diversão e flerte acabou. Até agora, Sam estava me tratando como sua esposa, uma esposa que perdeu a memória. Agora, é como se ele finalmente tivesse entendido que existe uma possibilidade de eu não ser ela.

Subimos as escadas e Sam me segue até o nosso quarto compartilhado para pegar a escova de dentes e um livro. Então me dá um beijo no rosto. Quando ele se inclina, inspiro o cheiro quente e amadeirado dele e as minhas mãos se levantam, quase em reflexo, como se estivessem acostumadas a se enrolar em suas costas. Mas eu as impeço bem a tempo, puxando-as com força para atrás de mim.

— Então, boa noite, Sam – digo, com a voz embargada.

— Boa noite – diz ele, indo para o *hall* e fechando a porta suavemente atrás de si.

Finalmente estou sozinha. Recostada na cama, olho para o teto limpo, branco e seco e me lembro do que a velha senhora da banca de jornais disse: "Cuidado com o que você deseja". Nada nesta vida parece ser meu: as roupas bonitas, a casa limpa, o marido atraente e os filhos queridos, tudo isso pertence a outra pessoa. Eu sei, metaforicamente, que se colocar no lugar de outra pessoa deve ser uma coisa boa, mas, na realidade, parece um pouco nojento. Foi isso que eu pedi, não foi? Mas não consigo me livrar da sensação de que fui enganada de alguma forma, que isso é justiça poética por todas as minhas reclamações. Apesar dos muitos confortos desta vida, neste momento, tudo o que eu quero é acordar de volta na minha antiga cama, com os meus problemas antigos e controláveis. Deitada sozinha no escuro, me pego sussurrando uma oração para quem quer que esteja ouvindo.

— Entendi, aprendi minha lição. Se eu pudesse voltar agora… por favor, seria ótimo.

14

Quem quer que esteja lá em cima não me escuta, porque acordo com o som do choro de Amy. Caio para fora da cama e vou até o quarto reconfortá-la. Ela precisa da mãe e, por agora, tenho que assumir esse papel. Não importa o quanto eu seja inepta com crianças, preciso aprender a lidar com isso pois a expressão no rosto de Felix ontem quando me disse que queria a mamãe dele de volta rompeu algo dentro de mim. Ao abrir a porta do quarto, vejo que Sam já está lá. Ele está de cueca, ninando Amy em um dos ombros e cantando.

– Ah, oi, eu...
– Eu cuido disso, pode voltar pra cama – sussurra ele.

Quando me viro para sair, paro na porta e observo os dois. Sam está sussurrando uma música e o sotaque escocês fica mais aparente quando ele canta. Os braços fortes e torneados são gentis embalando aquele pequeno corpo, o movimento ritmado do seu tórax enquanto ele a balança suavemente para cima e para baixo. Ele sabe instintivamente como acalmá-la de uma forma que eu não sei.

– Volte para a cama, está tudo bem, ela está quase dormindo – diz ele, mais uma vez.

Deitada na cama, ouvindo os sons de Sam no quarto ao lado, fico perturbada por ter achado a cena atraente. "Homem segurando bebê" não é algo que eu colocaria na lista de coisas que me atraem. Homem de uniforme? Com certeza. Homem pulando do carro e parando o trânsito para uma velhinha atravessar? Definitivamente sim. Homem correndo de um prédio em chamas depois de resgatar um cachorro? Sim, sim, mil vezes sim.

Mas homem segundo bebê? Não. Nunca. Nem uma vezinha isso apareceu na minha biblioteca interna de "coisas que acho atraentes".

Estou tentando me distrair desses pensamentos confusos e me viro para a minha mesa de cabeceira. Dois anéis estão em um prato de prata em forma de folha. Ambos são de ouro, um com uma faixa de pequenos diamantes em toda a volta, e o outro é um simples solitário de diamante. Ao pegá-los, admiro o bom gosto. Eu os coloco no meu anelar; eles se encaixam. Uma velha superstição me incomoda: nunca se deve usar a aliança de outra pessoa. Além disso, parece errado, elas não foram dadas para mim. Eu as tiro rapidamente e as condeno à gaveta, depois pego o meu celular.

Vejo uma mensagem de Michael Green.

Espero que o happy hour com o time tenha sido bom, desculpa ter ido embora cedo. Marquei uma reunião na sua agenda segunda para discutirmos o e-mail Gary/Kydz Network. Sei que você está confiante de ser a coisa certa, mas, sendo sincero, passei a semana toda enjoado por conta disso. M.

Qualquer que seja o assunto desse e-mail, parece importante. Vou precisar ser sincera com os meus colegas. Mas a ideia de contar tudo a eles me deixa triste. Amei ir trabalhar na sexta, ver o que a minha Eu do Futuro construiu. Ao contrário de toda essa coisa de esposa e mãe, ser produtora de TV não é algo difícil de imaginar. Eu *quero* ser a Rainha Texugo, a produtora extraordinária. Assim que os meus colegas ficarem sabendo da verdade, vão descobrir que não pertenço àquele lugar.

Desanimada, passo por vários grupos do WhatsApp até que me deparo com um que reconheço: Fairview Forever. Depois de ver a transformação de Emily, fico nervosa sobre descobrir o quanto as minhas amigas podem ter mudado. Com cautela, dou uma olhada nas mensagens recentes. Faye enviou algo há alguns dias, recomendando um maiô de manga comprida para um banho de mar selvagem. Antes disso, houve uma cónversa em que eu estava envolvida, sobre ser aceitável que Roisin fosse convidada para o casamento do ex dela, Paul. *Paul e Roisin terminaram?* Ainda que sejam cinco da manhã, clico na mensagem. Sei que Sam pediu para esperar, que ele me contaria tudo pela manhã, mas a ideia de me sentir menos sozinha é forte demais.

> **Lucy**
> Alguém acordado? Estou tendo dias estranhos.
> Seria legal ver vocês.

> **Faye**
> Claro. Barney NÃO DORME.

Quem é Barney? O filho dela? A ideia de Faye fazer todo esse périplo de troca de fraldas, meleca de banana e cuidados com crianças me faz sorrir. Com a *vibe* relaxada de mãe-natureza que ela tem, seria ótima nisso.

Roisin está digitando.

> **Roisin**
> Estou acordada. Em LA. Viagem de trabalho.
> Bêbada. gawwllaladhifuhj.

A mensagem tem tanto a cara de Roisin que sinto como se tivesse ganhado um abraço da minha antiga vida pelo celular.

> **Faye**
> Por que dias estranhos? Como foi a reunião de
> pitch para o programa do urso? Barney quebrou
> a tela do meu celular de novo,
> então estou lendo as mensagens agora.

Não pretendo contar a elas o que aconteceu por mensagem de texto às cinco da manhã, mas é bom sentir a companhia delas através do telefone.

> **Lucy**
> A reunião foi boa, obrigada.
> Nada de mais, só preciso ver vocês.
> Alguma chance de virem aqui em casa
> alguma noite dessa semana?

> **Roisin**
> Situação crítica. A última vez que pedi uma reunião
> misteriosa do grupo foi para anunciar o meu divórcio.
> Não me diga que é isso, Luce…

> **Lucy**
> Não! Nada disso. Só preciso ver vocês.

> **Roisin**
> Infelizmente vou ficar em LA até o próximo fim de semana.
> Conferência legislativa blá-blá-blá.

> **Faye**
> Não é blá-blá-blá, você é uma das principais conferencistas!
> Sinto falta do trabalho, sinto falta de viajar,
> sinto falta de usar calças sem elástico na cintura.

Tantas perguntas, nenhuma que eu possa fazer.

> **Faye**
> Posso ir quando quiser, se você não se importar
> que eu leve o rebento.
> Alex está fora, fim de semana de rapel.
> Eu sei, credo. Com quem fui me casar!?

Com quem *raios* ela se casou? Alex. Quero saber mais sobre Alex. Uma nova dor de perda me atinge quando percebo que não foi apenas a minha vida que perdi, mas também a vida de todas as minhas amigas. Roisin se casou e se divorciou e agora está dando uma palestra em Los Angeles; Faye é casada e tem um filho. Quem sabe o que Zoya está fazendo? Não há nada que eu ficaria chocada em ouvir. Ela poderia ser a CEO de uma grande corporação, ou uma pintora descalça que vive no Himalaia.

> **Lucy**
> Quais as chances de Zoya conseguir vir?

Não sei onde ela mora, será que é demais pedir para vir a Surrey passar o dia, ou se seria mais fácil encontrá-la em Londres? Quando ninguém me responde, penso se elas foram cuidar das crianças ou, no caso de Roisin, ir ao bar, mas é então que meu telefone pisca: Faye está ligando. Atendo com um sussurro:

– Alô.

– Isso não foi engraçado – diz Faye, brava. – Por que você diria isso?

– Diria o quê?

– Zoya. – A voz dela parece chorosa, e percebo que dei uma baita bola fora.

– Faye, não queria falar isso por mensagem mas… – Escolho a explicação racional. – Estou tendo problemas graves de memória. Sei que vai parecer dramático, mas acordei ontem e não lembro de nada dos últimos dezesseis anos. – Silêncio. Faye não responde. – Estou bem, não tenho um tumor no cérebro nem nada, os médicos já olharam. É só que esse período enorme desapareceu. Me disseram que pode ser apenas temporário.

– Você está brincando comigo? Como assim? – diz Faye, a voz agora parece preocupada. – Por que você não me ligou?

– Eu tentei. Passei a maior parte do dia de ontem fazendo exames. – Faço uma pausa. Há algo estranho nessa conversa. Quero saber por que a Faye teve essa reação quando mencionei a Zoya. Tirando o telefone do ouvido, volto ao grupo do WhatsApp e olho para a lista de membros. Há apenas três: eu, a Roisin e a Faye. O que Zoya poderia ter feito para ser excomungada da Fairview Forever? – Por que Zoya não está mais no grupo?

– Porque a Zoya morreu, Lucy. – Faye respira fundo de um jeito dramático. – E agora estou realmente preocupada com você. Está falando sério sobre isso?

– Zoya morreu? – pergunto, cobrindo a boca com a mão para impedir um grito.

– Você está falando sério. Ok, estou indo praí agora.

As minhas mãos estão tremendo quando desligo a chamada. *Zoya está morta. Zoya está morta?* Passou pela minha cabeça que eu poderia descobrir que um dos meus pais havia morrido nos últimos dezesseis anos, mas não a minha melhor amiga. Isso não pode ser verdade, deve haver algum engano.

Sam me encontra chorando na cozinha.

– O que houve? – pergunta ele quando se senta ao meu lado.

– Zoya.

– Você lembrou? – pergunta ele, a voz cheia de pesar e esperança.

– Não. Falei com a Faye. Ela está vindo para cá.

– Sinto muito, Lucy. Eu estava pensando na melhor maneira de contar essas coisas. Já há tanta coisa para você entender, sem…

– Como ela morreu? – pergunto.

Sam pega as minhas mãos.

– Um aneurisma cerebral, há oito anos. Surgiu do nada. – Ele esfrega uma das mãos em um movimento circular nas minhas costas, como se estivesse acalmando uma criança. O meu corpo se afunda na cadeira da cozinha e eu levo as mãos ao rosto para enxugar os olhos.

– Você a conheceu? – pergunto.

– Conheci. Vi por que todas vocês a amavam.

Penso na última coisa que disse a ela, a última coisa de que me *lembro* de ter dito a ela, da nossa discussão estúpida sobre ser agente imobiliário. *Não pode ser assim que vai terminar.* Sinto uma dor forte no peito, como se o meu coração estivesse se partindo. Não consigo acreditar. Não vou acreditar. Mordo o meu lábio inferior.

– Onde... como... – Tento pensar no que perguntar. – O que ela acabou fazendo da vida?

– Ela tinha uma agência de viagens, levava artistas para outros países para pintar. A aquarela que temos em cima da lareira é dela.

Empurro a cadeira para trás e corro até a sala, como se pudesse encontrá-la lá.

– É a montanha colorida, no Peru – diz Sam, que me seguiu. Ao olhar para ela, vejo a pequena assinatura no canto, ZKhan. – O primeiro grupo que ela levou para fora da Europa. Você sempre foi a principal cliente dela.

Odeio que ele saiba de tudo isso e eu não.

Escuto uma batida na porta e me seguro para atender. E se Faye tiver mudado? E se não formos mais próximas? E se tudo que eu amo tiver sumido?

Mas assim que abro a porta, lá está Faye, segurando uma cadeirinha de carro com um bebê dormindo dentro. Ela a coloca no chão e me envolve em um grande abraço. Depois de apertá-la de volta, eu me afasto para dar uma boa olhada nela. Sinto uma onda de alívio quando vejo que está do mesmo jeito. Seu rosto está um pouco mais vivido, há uma pitada de cinza nas têmporas, mas ela ainda é intrinsecamente a Faye. A mesma postura de bailarina, a mesma luz nos seus olhos. Na verdade, a luz parece apenas mais brilhante.

– Então, o que aconteceu? – pergunta ela, segurando a cadeirinha e passando por mim, em direção à cozinha. – Você realmente não lembra de nada?

Balanço a cabeça.

– Tentei ligar pra você – diz Sam, cruzando a sala para dar um beijo na bochecha de Faye.

– Desculpa, Barney quebrou o meu celular de novo – responde ela antes de se virar de volta para mim. Agora estou encarando o bebê dela. *Não acredito que Faye tem um filho.* – Não se preocupe, ele dorme como um anjo na cadeirinha.

– Vou dar uma olhada nas crianças – diz Sam. Faye dá um tapinha nas costas dele e depois faz um carinho no ombro. Vejo uma afeição sincera entre eles, como se se conhecessem há muitos anos.

Depois que Sam se vai, Faye pergunta:

– O que você quer saber?

– Tinha algo que podia ser feito?

Ela balança a cabeça.

– Não. Disseram que foi um sangramento enorme, mesmo se ela tivesse chegado no hospital mais cedo… – Faye se perde. – Estávamos na França. Fomos todas para Cannes comemorar o noivado dela. Você, eu e Roisin voltamos para casa depois do final de semana. Ela ficou lá com o noivo, Tarek. Dois dias depois, ele nos ligou para contar o que tinha acontecido. Ele quase não conseguia falar.

Os olhos dela estão cheios de lágrima agora, e me sinto mal por fazê-la reviver tudo isso.

– Eles disseram que tudo foi muito rápido, ela não percebeu nada – Faye aperta minha mão, e depois pega a sua bolsa. – Trouxe um pouco de ginseng e chá de camomila, vamos fazer? – Faço que sim com a cabeça, reconfortada por ver que a minha amiga ainda acha que o chá perfeito pode curar qualquer coisa.

– Não sei se é realmente amnésia – confesso baixinho, as mãos firmes na mesa da cozinha. – Parece que eu viajei no tempo até aqui. Sei que parece maluquice, mas fiz esse pedido de pular para a parte boa da minha vida e então acordei aqui.

Ela me encara, e leva algum tempo para identificar o que estou vendo em seus olhos: pena.

– Isso deve ser só alguma coisa que você se lembra, Luce. Não quer dizer que é uma relação de causa e efeito. – Ela faz uma pausa, a cabeça um pouco de lado. – A banca de jornal em Southwark? – pergunta ela, e eu concordo. – Lembro que você nos contou sobre isso aquela noite. Quando você morava em Kennington Lane. O cara que ficou pelado, os seus sapatos se desfizeram na chuva, a velhinha escocesa doida que ofereceu a máquina de desejos para você de graça. Você se refastelou nessa história por meses. Foi uma clássica travessura sua.

Uma sensação de frio e perda de sentidos desce pelas minhas costas, pegando cada um dos membros, até os dedos, e fecho as minhas mãos em punho. *Ela se lembra que eu contei a ela sobre aquela noite de quinta-feira.* Me sinto enjoada. A lógica da minha narrativa começa a se desfazer, porque Zoya está morta, como que isso pode ser a parte boa da minha vida? E se esses anos aconteceram e eu me esqueci deles, eles não vão voltar. Me apaixonar, me casar, ter filhos, nunca vou passar por nada disso. E o pior de tudo, Zoya realmente estará morta, nunca vou vê-la de novo. Não vou poder me despedir. Não vou poder dizer que sinto muito.

15

O Google me mostra os cinco estágios do luto. Um: negação. Feito. É claro que isso não está mesmo acontecendo. Dois: raiva. Eu senti raiva? Acho que não. ARRRGGGHH. Devo ter pulado esse estágio. Talvez eu esteja confusa demais para ficar com raiva, ela deve aparecer mais tarde. Três: barganha. Feito. Ontem à noite, fiquei deitada na cama rezando a qualquer deidade que pudesse ouvir, dizendo que nunca mais reclamaria sobre o meu apartamento úmido, ou sobre o senhor Finkley, ou sobre não ter dinheiro, *nunca mais*, se eu pudesse voltar para a minha vida real, voltar para quando Zoya estava viva. O quarto é a depressão. Acho que é onde estou agora, porque estou de cama há três dias, me escondendo desse novo e assustador mundo sem Zoya. O quinto estágio, aceitação, parece estar muito distante.

Confinada à minha cama, os dias e as noites começam a se confundir em um longo e contínuo período de tempo. Acabo dormindo muito. Sam e os médicos acham que eu preciso de "tempo para me recuperar", como se eu estivesse me recuperando de uma concussão e o meu cérebro só precisasse de um tempo em silêncio em um quarto escuro. Mas é o meu coração, não o meu cérebro, que está partido.

Quando acordo de um período de sono, o meu peito está doendo em pânico, os lençóis molhados de suor. Preciso ligar para Zoya. Preciso encontrá-la. Onde ela *está*?

O meu celular é o único lugar onde posso olhar. Quando passo pelos anos, encontro o primeiro vídeo que tenho dela: nós quatro aos dezesseis anos, nos preparando para a festa de final de ano na minha casa.

Sou eu que estou filmando. Zoya está maquiando Faye na cama, e Roisin está fazendo a barra de um vestido mini para ficar ainda mais mini. Ela colocou penas no cabelo, o que tira de mim um sorriso, porque tinha esquecido que penas no cabelo já estiveram na moda.

– Gente, estou filmando. Temos que guardar esse momento. – A fala vem da minha voz de dezesseis anos por trás da câmera.

– O que tem de tão importante nesse momento? – pergunta Faye. Ela parece tão jovem, com o rosto redondo e aparelho nos dentes. Ela está usando uma franja de lado, e está sempre mexendo ali, como se estivesse desesperada para que o cabelo crescesse.

– Nós, nos formando no ensino médio – respondo de trás da câmera, me aproximando de Zoya, que acena.

– Nossa formatura para a vida de mulheres adultas – diz Roisin, com a voz fingidamente dramática. – Nossa última noite de pureza antes do sacrifício das virgens. – Quando a Câmera se fixa nela, vejo como ela parece mais madura que o restante de nós. O corpo dela se desenvolveu primeiro, e ela era a mais alta. Não me surpreende que conseguisse álcool em um bar com quinze anos. De todas nós, Zoya é quem parece ter mudado menos. O mesmo cabelo longo, o mesmo corpo miúdo. Ela tem algumas espinhas, suas bochechas estão um pouco mais cheias, mas para além disso, é exatamente como me lembro dela.

– Qual virgem vai ser sacrificada? – pergunta Faye, franzindo o cenho, sempre levando Roisin a sério.

– Espero que Will Havers sacrifique a minha virgem – responde Roisin, correndo de encontro à câmera e tentando lamber a lente.

– Que nojo! Pode parar, é o telefone do meu pai – grito.

– Então para de filmar – diz Roisin, a mão tapando a câmera. – Pervertida.

– Ah, deixa ela – intervém Zoya. – Ela precisa praticar para começar a incrível carreira dela no *show business*. Você pode me entrevistar.

Roisin vai para o lado, e a câmera foca em Zoya. Ela para de maquiar Faye e se senta na cama.

– Muito bem, perguntas padrão – começo a dizer, a voz de uma entrevistadora séria, e a câmera se mexe enquanto procuro as perguntas que estão no nosso livro de formatura. – Quando formos mais velhas, tipo com trinta anos, vamos assistir essa gravação e ver o que conseguimos. A primeira pergunta: quem de nós é a mais provável de ficar rica?

Zoya pensa por um instante.

— Faye. Ela vai ser uma daquelas boas bruxas, que faz as próprias poções. E elas vão fazer muito sucesso on-line e se transformarem em produtos de culto.

— Já fiz o meu próprio perfume uma vez — responde Faye, esticando-se na cama e enrolando os longos braços ao redor de Zoya em um abraço desajeitado. Sempre abraçávamos uma à outra, subíamos uma na outra, sentávamos nos colo das outras. Não havia noção de espaço pessoal.

— Uma *boa* bruxa — eu digo.

— Boa bruxa — continua Zoya, dando um beijo na bochecha dela.

— Quem tem mais chance de se casar? — pergunto, a câmera se mexe de novo enquanto consulto o nosso livro de formatura mais uma vez.

— Zoya — Roisin e Faye respondem ao mesmo tempo, e então gritam ao mesmo tempo: — Pega no verde!

— Sem chance — diz Zoya. — Acho que você, Luce, é mais romântica.

— Eu teria que beijar alguém primeiro, mas tudo bem. Ah, quem tem mais chance de se divorciar?

— Roisin! — Zoya diz com um sorriso, e a câmera foca em Roisin, que está mostrando o dedo do meio para Zoya. — Que foi? Você vai ser tipo a Elizabeth Taylor.

— Quem tem mais chance de virar freira? — continuo.

— Faye! — grita Roisin.

— Então, eu sou freira *e* bruxa? Não estou gostando dessa brincadeira — diz Faye.

— Quem tem mais chance de se tornar primeira-ministra? — pergunto.

— Zoya — Roisin e eu dizemos ao mesmo tempo. Essa pergunta me deixa muito abalada porque ela poderia ter sido, ela poderia ter sido qualquer coisa que quisesse.

— Quem tem mais chances de ter filhos primeiro? — pergunto, o livro voltando à cena.

— Você — responde Zoya. Ela olha com tanta intensidade para a pessoa atrás da câmera que parece que está falando comigo, aqui e agora. — Você vai se casar com um homem muito legal e ter filhos tipo os das séries de televisão. E vai dividir o seu tempo entre um pequeno chalé em Devon e um apartamento glamuroso em Hollywood.

— E onde vocês ficam no meio de tudo isso? — pergunto. — Não quero morar em Hollywood se nenhuma de vocês estiver comigo.

– Não se preocupe, todas nós teremos nossas carreiras. Eu serei uma artista, viajando o mundo em uma van abarrotada. Depois, quando estivermos velhas, vamos largar os nossos maridos e viver as quatro em uma comuna – diz Zoya, o sorriso dela ilumina a tela. Então escuto a voz do meu pai a distância:

– Lucy, meninas, estão prontas?

O foco da câmera vai parar nos meus sapatos.

– Estamos indo! – grito. Esse é o fim do vídeo.

Ver as coisas em retrospecto pode ser algo muito cruel. Vendo o meu quarto de criança, penso em todas as horas da vida que passei com Zoya: na escola, na casa dos pais dela, na casa dos meus pais, as noites em que saímos juntas, quando ficamos em Kennington Lane. Como é possível que toda essa vida compartilhada simplesmente tenha acabado? Para onde foram todas as memórias *dela*?

Enquanto estou procurando mais vídeos de momentos que consigo me lembrar, o rosto de Sam, cheio de preocupação, aparece na porta do quarto.

– Quer alguma coisa? Café? Companhia?

Balanço a cabeça e me viro na cama para encarar a parede. Não consigo conversar.

Mando uma mensagem para Michael:

Estou doente de novo. Não consigo ir ao escritório.

Durmo. Sam traz comida para mim como se eu fosse uma inválida. Lá embaixo, escuto a vida continuando sem mim.

Decido ligar para os meus pais. Ninguém atende o telefone fixo, então ligo para o celular da minha mãe. Enquanto espero que ela atenda, um pensamento me ocorre: posso pedir que eles venham me buscar e me levem para o meu quarto de criança. A minha mãe pode cuidar de mim, fazer um mingau de chocolate como fazia quando eu era criança. O meu pai pode acender a lareira da sala enquanto conta tudo sobre o seu périplo diário com a horta. O pensamento traz uma onda tão grande de nostalgia que preciso travar a mandíbula para não chorar.

– Oi, Lucy. – A voz da minha mãe parece distante. – Você sabe que estamos na Escócia? Estamos na rua, se você ouvir alguma coisa. Está ouvindo o vento?

– Escócia? – pergunto, a vontade de chorar diminuindo.

– Ganhamos aquele *voucher*, lembra? Estamos no Balmoral. É muito bem pensado. Os escoceses sabem fazer hotéis.

Escuto a voz do meu pai ao fundo.

– Estão tratando a gente como se fosse da realeza. Diz pra ela que vamos levar aquele doce de passas ao rum que ela gosta.

– Ela não gosta de doce de passas ao rum, Bert, é você que gosta – diz a minha mãe. – Francamente. Ah, o ônibus está chegando. Não, aquele lá, Bert, o 57. Isso! Isso mesmo, pode fazer sinal! Desculpe, Lucy, estamos na correria. Está tudo bem aí? Vamos nos ver em breve, não é?

– Sim, tudo bem. Não perca o ônibus. Ligo para vocês mais tarde.

Ouvir a voz deles foi o suficiente.

Faye nos visita sempre. Ela traz infusões herbais feitas em casa e o meu biscoito favorito. Na maioria das vezes, sentamos juntas na cama e assistimos *Poirot*.

– Você já deve ter assistido todos os episódios tantas vezes, não é possível que ainda exista algum mistério – diz Faye. Eu digo a ela que, pra mim, a questão não é essa.

Sam está me dando espaço, dorme no quarto extra e ocasionalmente vem para esse quarto pegar roupas, deixar um pouco de luz entrar e perguntar se eu preciso que ele troque os lençóis. Esse pode ser um jeito cuidadoso e adulto de me dizer que estou fedida e que deveria levantar para tomar um banho. Eu ignoro.

Roisin faz uma chamada de vídeo comigo de Los Angeles. Faye deve ter contado o que aconteceu.

– Você está fingindo para fugir de alguma coisa? – pergunta ela, o tom provocador de sua voz é familiar. – Lembro que você sempre fingia ter cólicas para fugir da aula de natação.

– Aham. Estou fingindo ter amnésia para fugir do trabalho – respondo, ríspida. – E do cuidado com as crianças. – Ela ri e minha vontade é de entrar no telefone e abraçá-la. A risada dela continua a mesma.

– Vou visitar você assim que eu voltar – diz ela, a voz agora mais doce. – Sinto muito que isso esteja acontecendo com você, meu bem. – Eu preferia que ela tivesse continuado a me provocar porque quando Roisin leva alguma coisa a sério, você sabe que deve ser realmente sério.

Durante o dia, quando todo o mundo está fora, fico sozinha em casa, passo horas inspecionando o meu rosto no espelho, procurando por sinais que indiquem que isso é temporário, que a minha eu de verdade ainda está aqui em algum lugar. Essas horas na frente do espelho não ajudam na minha sanidade mental, ainda mais quando encontro vários pelos no meu queixo. *Pelos no queixo!* Não estamos falando de uma penugem, estamos falando de pelos longos, grossos, como se eu fosse uma velha caquética. De onde eles vêm? O meu pescoço também me incomoda. Posso lidar com as linhas de expressão e as rugas, mas o meu pescoço parece uma lona que não tem estrutura suficiente para ficar de pé, o colágeno desapareceu. Faço um experimento e puxo a pele para trás e para cima, tentando encontrar o contorno que me é familiar.

Um corpo jovem, onde tudo é bonito sem esforço, é algo que eu percebo não ter dado o devido valor. Nunca me exercitei regularmente, nem tive uma dieta saudável, mas com o meu corpo de vinte e seis anos, sempre podia pular direto da cama, mesmo de ressaca. O meu rosto parecia bonito o suficiente mesmo sem maquiagem, e todos os meus músculos funcionavam exatamente como eu precisava. Agora, quando acordo, não é exatamente dor o que eu sinto, mas uma sensação de que preciso me esforçar para começar. As minhas costas estão tensas, o meu cérebro leva um minuto para realmente engajar com o dia. Provavelmente, ficar o tempo todo na cama não está ajudando, mas a ideia de que eu possa nunca mais me sentir jovem e disposta faz ter vontade de chorar. Eu realmente choro, muito. Por Zoya, pelos anos que perdemos, pelos contornos do meu maxilar.

E eu sei que se isso fosse um filme eu estaria reclamando: "*Não* gosto da protagonista, ela é muito autocentrada e derrotista, além de passar tempo demais chorando na cama. Estava esperando uma heroína mais determinada". E mesmo que ninguém, nem Sam nem Faye, reclame do nível de autopiedade ao qual cheguei, julgo a mim mesma e a minha falta de resiliência. Ainda assim, não consigo parar. Tudo o que quero é ficar sozinha e comer chocolate na minha caverna da piedade.

As barras de chocolate são menores agora, e isso também me irrita.

Acho que é o meu quinto dia presa na cama, na minha festa de auto-comiseração, quando Faye entra no quarto e abre as cortinas.

— Acho que você deveria levantar, Lucy. Isso não está ajudando, você precisa de luz do Sol. — A minha resposta é colocar um travesseiro em cima do rosto e grunhindo. — Alex e Barney estão lá embaixo. Por que você não desce para cumprimentá-los? Eles querem ver você.

Conhecer o marido dela é a última coisa que me sinto capaz de fazer.

— Não acho que vou deixar uma boa impressão — murmuro, a cabeça ainda enfiada no travesseiro.

— Ei, Lucy! — alguém chama na porta. Quando levanto o olhar, vejo uma mulher com longas tranças castanhas e grandes olhos escuros, parada com um bebê nos braços.

— Quem é? — pergunto para Faye, confusa.

— Alex, a minha esposa — responde Faye, balançando a cabeça.

— A sua *esposa*? Você é lésbica? Desde quando? — Jogo o travesseiro para longe e sento na cama.

— Ah, verdade, você não se lembra dessa parte.

— Vou dar um tempinho pra vocês — diz Alex, me olhando de um jeito simpático antes de voltar ao corredor com o filho gorgolejante.

Faye se senta na minha cama, olhando para baixo, as mãos no colo.

— Desde quando você gosta de mulher? — pergunto, e ela olha para o teto.

— Parte de mim sempre pensou que seria possível, mas nunca tinha conhecido uma mulher com quem eu quisesse ficar — diz Faye, os olhos dela começam a sorrir. — E aí conheci Alex nesse curso para fazer estofados, e foi como se tudo que eu estivesse sentindo falta na minha vida fosse contemplado de uma vez.

— Por que você nunca me contou que gostava de fazer estofados?

Faye me olha de um jeito curioso.

— Não sei. Todo mundo se descobre em momentos diferentes. — Ela franze o cenho. — Ela vai ficar chateada por você não se lembrar dela. Vou lá ver se ela está bem.

— Será que eu devo ir pedir desculpas? — pergunto, mas Faye balança a cabeça. — Estou feliz por você, Faye. Sinto muito por não ter dito a coisa certa. Quando eu acho que entendi como as coisas estão diferentes, mais alguma coisa muda. — Faço um gesto na direção dela.

– Eu não mudei, Lucy. Apenas conheci alguém e me apaixonei. – Faye toca os meus cabelos. – Por que você não toma um banho e coloca uma roupa? Podemos fazer uma caminhada. O dia está bonito e as flores estão a toda.

– Talvez amanhã.

– Você não pode se esconder aqui em cima pra sempre. Em algum momento, você vai ter que enfrentar a vida. – Ela se vira para a porta, e depois diz com mais firmeza: – As pessoas precisam de você, Lucy.

Quando ela vai embora, tento amortecer a sensação de culpa pegando o celular. Vejo uma nova mensagem de Michael.

Lucy, sei que você não está bem, mas realmente precisamos conversar. O *pitch off* é daqui três semanas e ainda não ouvi a sua ideia. tem algo que você possa mandar pra cá? Qualquer coisa que a equipe possa fazer enquanto você está ausente? M.

Pitch off? Uma nova sensação de ansiedade toma conta de mim. Coloco o telefone na gaveta da mesinha de cabeceira e puxo o edredom para cima da cabeça.

Alguém me balança para que eu acorde, e quando abro os olhos vejo Sam sentado na cama ao meu lado, recolhendo o meu livro que caiu no chão.

– Lucy, por favor. O médico disse que você precisava descansar, mas isso não está te fazendo bem. Pelo menos desça um pouco para comer junto com as crianças. – Ele faz uma pausa, os olhos cheios de preocupação. – Você pelo menos lembra que dia é hoje?

– Quarta?

– É sexta, Lucy.

– É que estou tão cansada. E com uma dor de cabeça terrível. – Ambas as frases são verdadeiras, mas provavelmente é porque fiquei até de madrugada lendo *Amanhecer* e procurando no Google "Quando as barras de chocolate ficaram tão pequenas?", então estou fora de sintonia com o mundo.

A expressão de Sam fica séria enquanto ele estica a mão para colocá-la na minha testa.

– Por favor, só me deixe dormir – digo, já exausta com essa conversa.

Deve ser na manhã seguinte que acordo com uma leve batida na porta.

– Oi? – digo, enquanto fecho os olhos por conta da luz que está chegando do corredor.

– Posso entrar? – pergunta Felix, parado na soleira.

– Claro – respondo enquanto me sento e puxo a camiseta para baixo para me certificar de que estou vestida. Agora, quando não estou de sutiã, meus seios ficam caídos. Eles não ficam exatamente onde eu acho que estão, por isso quando alguém aparece, tento me certificar de que está tudo bem.

– Por que você está na cama? É hora de comer – diz Felix, ligando a luz. Fecho os olhos com mais força por conta da luminosidade.

– A mamãe não está muito bem – respondo, canalizando a energia de Beth de *Mulherzinhas*.

– Você não parece doente.

– Não é algo que se possa ver, é uma doença lá dentro. Você sabe o que significa saúde mental?

– Sei. Temos aula de saúde mental na escola. – Ele faz uma pausa. – Você não quer achar o portal e ir para casa?

– Felix, a mamãe estava confusa quando disse aquilo. Ela não acha que exista um portal mágico. – Tento dar um sorriso maternal, agora canalizando a energia de Marmee de *Mulherzinhas. Por que* Mulherzinhas *é minha única referência de expressão facial?* E por que estou falando na terceira pessoa? Odeio quando fazem isso. Tento mais uma vez: – Ainda estou aqui, Felix, ainda sou a sua mãe. Só me esqueci de algumas coisas.

– Eu tava pensando, se você me falar como é a máquina, podemos encontrar quem construiu. As pessoas colecionam esse tipo de máquina velha, não é? Pode ser que exista mais de uma.

Antes que eu possa responder, ele joga um iPad na minha mão, e a tela se ilumina com perguntas de resposta múltipla escolha, abaixo de um banner que diz "Achando o Portal".

– Você que fez isso? – pergunto, impressionada.

– Estou no clube de programação da escola. Estamos estudando *flow charts* e resolução de problemas visuais. A mamãe disse que não seria difícil para mim, e não é.

A confiança dele é contagiante, e sinto uma breve lufada de esperança. Talvez a máquina *esteja* lá em algum lugar. Talvez nós *possamos* encontrá-la. Mas é então que o meu cérebro racional entra em cena.

– Ainda que eu *acreditasse* que existe um portal, o que eu não sei se acredito, as chances de encontrá-lo e de alguma forma ser capaz de voltar no tempo... São muito baixas – respondo com um suspiro. Felix brinca com um sapato que está no chão, o braço solto na lateral do corpo.

Além do choque de descobrir sobre Zoya, acho que o motivo pelo qual eu não consegui sair da cama nesses últimos dias é essa dúvida sobre como vim parar aqui. Se eu não acreditar mais que existiu um portal, então preciso aceitar que não tem como voltar.

– Então você vai ficar na cama para o resto da vida? – pergunta Felix, com raiva na voz.

– Não, eu... – começo a responder, mas me perco porque não sei o que dizer. – Só estou triste, Felix.

Ele se vira e vai em direção à porta, abraçando o *tablet*. Mas, antes de sair, ele me olha e diz:

– Lembra quando eu não quis ir pra escola porque Tom Hoskyns estava implicando comigo por ainda gostar de *As aventuras no planeta do Cachorro-Quente*? – Ele balança a cabeça. – *Você* disse: "Você precisa levantar e enfrentar o dia, porque todo dia é uma dádiva, e você não pode deixar Tom Hoskyns nem ninguém roubar um dia sequer de você".

– Eu disse isso?

– Disse, sim – responde Felix, com um suspiro. Então antes que eu possa dizer qualquer coisa, ele sai correndo pelo corredor, os ombros curvados naquele corpo pequeno.

Para a minha surpresa, esse é o tipo de conversa que eu precisava para conseguir sair desse episódio depressivo. Ele tem razão. Não vou conseguir consertar nada se ficar deitada aqui sentindo pena de mim mesma, vendo fotos antigas, assistindo incontáveis episódios de *Poirot* e sofrendo pelo tamanho das barras de chocolate. Qualquer que tenha sido a forma que cheguei aqui, aqui estou. Pedi uma grande parte da minha vida, uma das minhas melhores amigas está morta, e nunca mais vou poder sair em público sem sutiã, mas é isso. Com uma clareza dolorosa, percebo que por mais estranha que essa vida me pareça, será mais do que Zoya teve. Aquele garotinho precisa de uma mãe, mesmo que seja uma não muito qualificada, que não saiba nada sobre ele e nem mesmo sobre *As aventuras no planeta do Cachorro-quente*, mas acho que é para isso que serve a internet.

Então me levanto. Tomo banho. Lavo os cabelos e troco os lençóis. Depois arrasto as cortinas e abro as janelas. Maria está lá embaixo quando apareço limpa e meio humana. Ela atravessa a sala para me dar um abraço.

— Ah, Lucy, pobrezinha. Como está se sentindo?

— Estou sentindo que é hora de levantar.

Amy tenta me alcançar sentada no cadeirão.

— Mamã!

— Precisa trocar a fralda dela — diz Maria enquanto volta a atravessar o cômodo.

— Eu troco.

— Tem certeza?

— Sou a mãe dela, não sou?

E é então que agradeço a Maria pela ajuda, e a mando para casa. Ela já fez hora extra o suficiente essa semana e tenho certeza de que tem a própria vida. Se vou aprender a fazer isso, preciso ser capaz de fazer sozinha. Maria parece dividida, mas depois confessa que tem horário no esteticista e que já teve que remarcar.

Quando ela vai embora, Amy se mexe nos meus braços e olha para mim com expectativa.

— Bem, Amy, como minha avó costumava dizer: "A vida é uma marmelada de merda", então vamos acabar logo com isso.

16

Quando termino de trocar a fralda de Amy (quase vomitei só duas vezes), uma luz acende no meu telefone. O nome "Coleson Matthews" aparece na tela. Coleson? Coleson, o assistente da When TV? A gente manteve contato? Somos amigos? O meu dedo para antes de recusar a ligação, aquilo aguçou minha curiosidade.

Atendo com um alô incerto e coloco Amy no chão, ela logo sai pela sala de estar em busca de Pescoçuda que está do outro lado. Ela pode até fazer coisas nojentas na fralda, mas é muito fofinho vê-la se mexer, parece um pinguim bêbado, indo de um lado para o outro como se andasse em gelo.

— Lucy, Lucy, Lucy — diz Coleson. É como se ele soubesse de algo que eu não sei o que é.

— Coleson, Coleson, Coleson.

— Sabe o que tenho pensado nesta manhã?

— O quê?

— Como o meu nome vai ficar bem na porta do seu escritório.

O tom é suavemente ameaçador, então fico em silêncio, esperando que ele continue falando e me dê mais pistas sobre a natureza do nosso relacionamento. Depois de uma pausa estranhamente longa, ele diz:

— Dizem por aí que você tem uma *grande* ideia para o *pitch off*. Ou tudo isso é parte do seu jogo para atrapalhar a concorrência?

— Dizem por aí? — pergunto, imaginando quanto tempo posso conseguir continuar na conversa só ecoando.

— Bem, aquele *coworking* no Caffè Ritazza, perto do London Studios — Coleson ri, uma risada lenta que não se parece em nada com o garoto magrelo e fraco que conheci –, está apostando alto com essa coisa de tudo ou nada, Rutherford. Você deveria ter aceitado a fusão. Olhe os números, tivemos oito pedidos novos esse ano. E vocês? Quatro? Você realmente quer arriscar a sua empresa toda por causa de uma ideia?

Estou arriscando minha empresa toda por causa de uma ideia? Parece exagerado.

Se Coleson é a minha competição, não posso deixar que ele saiba que a TV Texugo atualmente está sem liderança. Então faço o melhor que posso para usar o mesmo tom convencido dele.

– Estou bastante confiante, Coleson. Essa minha grande ideia é bem boa.

– Só porque fui o seu assistente todos aqueles anos, você ainda acha que é melhor que eu – diz ele, sinto uma pontada de amargura. – Não sou mais Koleston.

– Nunca te chamei de Koleston.

– Mas também nunca corrigiu quem me chamava, não é? – Ele quase cospe as palavras. – Agora vou pegar o seu trabalho, a sua equipe e o seu escritório. Toda aquela decoração de texugos vai ser coberta por furões.

– Não se eu escolher o papel de parede do seu escritório – digo, atiçada pelo tom agressivo.

– Bem, você não vai poder porque eu não *tenho* um escritório – declara Coleson, cheio de si. – A Furões Produções não tem lugar marcado para ninguém. Rá!

– Sério? Você gosta de trabalhar assim? Não é irritante não poder guardar as suas coisas no mesmo lugar?

– É, é bem irritante. Gosto da minha cadeira em determinada altura e as pessoas não param de mexer no apoio do encosto.

– Odeio quando as pessoas mexem no apoio do encosto.

Ambos paramos de falar, cientes de que nossa rivalidade verbal fez uma pausa.

– Então, você ligou só para um ataque verbal ou tem algo que eu possa ajudar, Coleson?

– Só ataque verbal, obrigado. Tchauzinho.

Ele desliga e eu balanço a cabeça sem entender nada. Coleson Matthews é o meu rival e a minha nêmesis no trabalho? O mesmo Coleson Matthews que mal sabia usar a máquina de xérox, fazia chá no micro-ondas e não sabia que dava para pausar TV ao vivo? Faço uma careta para mim mesma no espelho do banheiro, e então o choro de furar os tímpanos de Amy penetra o meu canal auricular, me forçando a remarcar essa reunião comigo mesma.

Amy, estou aprendendo, não é muito boa em se distrair sozinha. Sentada no chão do quarto de brinquedos, uso uma mão para ajudá-la com o quebra-cabeça de fazendinha enquanto uso a outra para passar pelos meus e-mails, tentando resolver um outro tipo de quebra-cabeça. Procuro "Gary" e "Kydz Network" Encontro um e-mail de algumas semanas atrás. Quando clico nele, quase derrubo o meu celular porque um holograma tridimensional muito realista de um homem sobe do aparelho. O brilho inesperado e o incrível realismo da tecnologia me pega de surpresa, então deixo escapar ruído de surpresa. Amy para de brincar com o quebra-cabeça e começa a balançar as mãos no ar, tentando pegar o holograma.

– Bom dia, Coleson, Lucy – diz o homem, e uma plaquinha de "Gary Snyder, CEO", aparece no chão do lado dele. – Como vocês sabem, desde que incorporamos ambas as empresas na nossa família Bamph, estamos tentando otimizar os orçamentos de desenvolvimento. Duas equipes competindo pelo mesmo horário não é, e vocês devem saber disso, eficiente. Já conversei com os dois separadamente, e nenhum de vocês parece satisfeito com uma fusão. Então, vamos acatar a sugestão de Lucy, um bom e velho *pitch off*. O meu coração chega a disparar só de falar isso. A Kydz Network precisa de um novo programa para o horário nobre de sábado; é uma comissão alta. Ambos vão fazer o *pitch* diretamente para o canal e a equipe que tiver a melhor ideia vai poder manter o seu departamento intacto. Boa sorte aos dois.

O holograma desaparece. Abaixo do e-mail de Gary, vejo a minha troca de e-mails com Michael.

De: michael@tvtexugo.com
Para: lucy@tvtexugo.com
L.,
Você realmente acha que essa é a melhor forma de resolver as coisas? É apostar a vida de muitas pessoas em uma ideia. A Kydz Network está trocando todo o time de comissões, não vamos saber com quem estamos lidando.
M.

De: lucy@tvtexugo.com
Para: michael@tvtexugo.com
Não quero perder nenhum membro da minha equipe, e não vou trabalhar com os minions de Coleson. Não se preocupe, tem uma ideia ótima de que é perfeita para aquele horário. Acredite em mim.
L.

Acredite em mim.

Ótimo. Então, a minha Eu do Futuro apostou o trabalho da equipe toda em uma "ideia maravilhosa" que ninguém mais sabe qual é, muito menos eu. Preciso ligar para o Michael e contar a ele que por mais que pense que estamos ferrados, estamos infinitamente mais ferrados porque não existe ideia nenhuma, seja pequena, grande ou média. Enquanto estou remoendo o *timing* horrível de tudo isso, um pequeno pensamento começa a tomar conta de mim. *Não foi isso que eu pedi, para que minhas ideias fossem ouvidas, fossem levadas a sério?* Se Coleson Matthews pode fazer esse trabalho, com certeza eu posso – com ou sem memória. O quão difícil pode ser ter uma ótima ideia? Nesses últimos dias, o luto me deixou sem ação. Mas, agora, com a perspectiva de fazer alguma coisa útil, algo em mim engata a primeira marcha. Sempre amei um desafio.

Felix está no quarto dele fazendo a lição de casa. Ofereço ajuda, mas ele diz que não está fazendo nada relacionado a estudos alienígenas. Grosso. Mas ele pergunta o que vamos comer, e já que Maria foi embora, acredito que essa seja minha responsabilidade agora. *Ah, eu poderia fazer o meu prato especial: bolinho de risoto, todo mundo ama meus bolinhos de risoto.*

Mas cozinhar com uma bebê a tira colo se revela muito mais difícil do que cozinhar sozinha. Acabo tendo que jogar toda uma fornada fora porque queimou, e me resigno a deixar que Amy assista desenhos no meu telefone para que eu possa acertar a segunda fornada. Quando termino, sinto que usei todas as panelas da cozinha, e tanto a minha paciência quanto a de Amy foram testadas. Largo tudo na pia e levo Amy para o corredor, onde ficamos jogando uma bola de uma para outra alegremente por exatos dois minutos antes que ela decida que prefere mastigar a bola.

— Você não está na cama. — A voz de Sam me pega de surpresa, e me viro para vê-lo na entrada nos observando, um sorriso enorme nos lábios.

– É. Desculpe por ter ficado lá tanto tempo – respondo, levantando.

– Tudo bem – diz ele, atravessando o corredor para pegar Amy, que gorgoleja de felicidade quando ele a levanta acima da cabeça. – Faça o que for preciso para ficar bem.

– Não sei se ficar na cama estava ajudando. Acho que preciso tentar voltar à minha rotina normal, se se você puder me contar como ela é.

– Bem, aos sábados, normalmente recebemos alguns amigos em casa para um joguinho de polo com mochilas voadoras no jardim – diz Sam, enquanto balança Amy.

– Sério?

– Não – responde ele, os olhos expressivos com um ar travesso.

– Ok, vamos estabelecer algumas regras, sem mais piadas desse tipo, não é justo fazer isso com uma mulher com amnésia – digo, fazendo uma careta fingida. – Nós realmente temos mochilas voadoras?

– Sem mochilas voadoras. Sinto muito – diz ele, e então coloca Amy no chão e vem até mim para um abraço. – É ótimo ver você de pé.

Ele se inclina para me beijar, mas percebe como eu fico tensa pois para e me dá um beijo na testa.

– Desculpa, esqueço que sou um estranho para você.

Balanço a cabeça, me sentindo estranha.

– Tudo bem, sinto muito, é só que…

– Não precisa se desculpar – diz ele, enterrando o pedacinho de rejeição com um enorme sorriso.

– Sei que isso deve ser difícil para você também, e para as crianças – digo, então faço uma pausa, coloco as mãos atrás do corpo sem saber muito bem o que fazer com elas. Ver Sam de novo, à luz do dia, me lembra do quão alto ele é, da presença imponente que tem, de como a calça jeans fica perfeita nele, o cós na altura ideal. – Deixa eu perguntar: você sabe algo sobre um *pitch off* que vai acontecer no meu trabalho? – pergunto desviando o olhar dos quadris dele.

– Você não pode se preocupar com o trabalho agora. A sua saúde deve ser prioridade.

– Por acaso eu não mencionei uma ideia maravilhosa para você?

Ele balança a cabeça e diz:

– Receio que não. Se você escreveu algo, deve estar no seu escritório.

– Eu tenho um escritório?

— Segunda porta à direita — ele aponta pelo corredor.

— Ok, obrigada. Pode ser que eu dê uma olhada depois — respondo, sorrindo para ele, enquanto coloco uma mão no quadril, mas depois a movo para as costas. Como uma pessoa normal se comporta? Parece que eu esqueci.

— Vou fazer o jantar das crianças, tá? — pergunta ele, e estica o braço para colocar uma mecha de cabelo atrás da minha orelha.

— Eu já cozinhei. Bolinho de risoto. A gente só precisa esquentar.

— Bolinho de risoto? Uau. É a primeira vez. — Sam parece impressionado e eu dou de ombros, como se não fosse nada. Então ele olha para mim e diz: — Oi, estranha!

— Demoro um tempo para entender que é uma piada sobre o fato de eu não cozinhar normalmente, mas a forma como ele diz isso faz com que eu sinta que ele está falando comigo, *a minha eu de verdade.*

— Oi — respondo, segurando aquele olhar. Então sinto o meu estômago se remexer, uma faísca, uma explosão de energia. Percebo que Sam também sente, porque o corpo dele está parado e ele não desvia o olhar. O que quer que seja esse sentimento é, ao mesmo tempo, irritante e estranhamente familiar. Não sei o que fazer com ele, ou como responder, então me viro para ir embora. — Ah, preciso falar com Felix, se você puder olhar a Amy — digo, indo em direção às escadas, de repente autoconsciente demais da forma como ando. *Estou pisando duro? Esse é o meu jeito normal de andar?*

— Claro — responde Sam, expirando ruidosamente antes de pegar Amy do chão.

Enquanto subo as escadas, preciso me segurar no corrimão para firmar o corpo, porque ele parece estar todo tomado por uma tensão indescritível. Por que estou agindo de forma tão estranha e esquisita? E aí cai a ficha. *Isso acontece quando fico a fim de alguém.*

17

Felix está sentado na cama, lendo uma enciclopédia. Sei que o deixei chateado e preciso dar um jeito nisso.

— Vou seguir o seu conselho, não vou deixar nem Tom Hoskyns nem ninguém roubar mais nenhum dia meu — digo, com um sorriso tímido — Tem comida lá embaixo se estiver com fome.

— Agora você pode olhar o que eu fiz sobre o portal?

— Claro — respondo, para agradá-lo. Sento na cama dele e ele logo me passa o *tablet*. A primeira página pergunta "Como era o portal?", e depois sou presenteada com uma série de perguntas sobre o tamanho da máquina, a cor, as luzes e as funcionalidades. Depois que respondo a última pergunta, uma imagem aparece: um rascunho automático de uma máquina de desejos. Parece que foi desenhado por uma criança. E foi mesmo, é claro.

— Ela era assim? — pergunta Felix, pulando na cama.

— Era — respondo, tentando ser diplomática.

— Agora só preciso deixar o desenho online. Alguém vai ver, e alguém vai saber onde encontrar. — Ele faz uma pausa. — Fiz uma lista de sites que podem ajudar, fóruns que colecionadores de jogos antigos usam. — Ele abre mais uma aba no *tablet*. — Mas você precisa ter mais de dezoito anos para postar.

— Obrigada por fazer tudo isso, Felix, mas eu posso olhar a lista hoje à noite, quando vou ter tempo de pesquisar certinho? — Não quero jogar um balde de água fria nele, mas duvido que mesmo o colecionador mais entusiasmado conseguisse identificar a máquina a partir daquele desenho. — Você quer a minha ajuda para o projeto da escola? — Aponto para o coração de papelão na mesa.

– Quero que ele funcione. Como você vai fazer funcionar?

– Não sei se eu vou conseguir fazer um coração que bate com rolos de papel higiênico, mas provavelmente a gente consegue fazer com que ele fique mais realista. – Os meus olhos escaneiam o quarto, encontro uma bola vermelha perto da porta. – Olha, esse pode ser o meio do coração, depois a gente pode cortar e colar os rolos para que os tubos fiquem mais finos, então seria mais proporcional.

Puxo um pufe e me sento ao lado da mesa dele.

– Também precisamos de uma artéria pulmonar, a aorta, a veia cava superior e a inferior – diz Felix ao puxar sua cadeirinha.

– Estou impressionada por você conhecer todas essas palavras.

– Elas estavam na enciclopédia que você me deu de Natal.

Na gaveta da mesa dele, procuro em meio à confusão de material de artesanato até desenterrar cola e tesoura sem ponta. Felix observa enquanto trabalho, cortando os rolos ao meio para que sejam menores e depois dando forma às pontas para que se encaixem na bola.

– Você sempre recebe muita tarefa de casa assim? – pergunto. Ele dá de ombros outra vez, mas agora está me observando com atenção e não protesta quando eu coloco a tesoura perto da bola vermelha.

– Temos uma feira para os projetos de final de ano – ele me diz. – Os melhores projetos ficam em exposição para a escola toda. Temos jurados e tudo. No ano passado, eu e a mamãe fizemos um vulcão épico, mas quando levei para mostrar para a classe, não consegui fazer a lava borbulhar do jeito que fizemos em casa. – Ele puxa a manga do casaco para que cubra suas mãos.

– Bem, nós podemos apenas fazer o melhor possível – digo, percebendo que acabei de usar uma frase que o meu pai falava para mim. Esse tipo de frase fica dormente na nossa cabeça, só esperando para ser utilizada quando viramos pais?

Felix segue as minhas instruções e me ajuda a colar todas as partes. Quando terminamos, limpo as mãos grudentas na minha calça jeans e me distancio para admirar o nosso trabalho. É uma bagunça de bola e papelão, mas acho que consigo identificar um coração.

– Pronto, o que você acha?

Felix encara o objeto, e não consigo adivinhar a expressão dele. Quando ele finalmente olha para mim, imagino que ele vá me abraçar e me agradecer por não ter perdido minhas ótimas habilidades artesanais, me dizendo que era aquilo mesmo que ele queria. Mas não faz isso. Ele não diz nada. Ele só se levanta, pega o coração e joga na lata de lixo enquanto sai do quarto.

As minhas habilidades na cozinha também não são muito apreciadas. Felix se digna a experimentar um bolinho de risoto, depois diz que "tem um gosto estranho" e que "está muito apimentado" e pergunta "Por que não podemos comer *nuggets*?". Amy nem experimenta o bolinho. Ela amassa um com um tapa e depois o joga do outro lado da cozinha, onde ele aterrissou fazendo "plá!" perto da porta da geladeira.

— Eu demorei horas pra fazer — digo, desapontada. Uma vez, fiz bolinhos de peixe para os meus colegas de apartamento, eles ficaram secos e estavam cheios de espinho, mas pelo menos as pessoas tiveram a decência de *fingir* gostar deles.

— Delicioso — diz Sam, pegando um bolinho e colocando na boca.

— Eles costumam gostar do que eu cozinho? — pergunto para ele, baixinho.

— Desculpa falar a verdade, mas não. Amy normalmente experimenta, mas Felix está bem comprometido com "comida congelada cor bege". A exploração alimentar dele parou no pé da montanha.

Uma discussão começa entre Felix e a irmã porque Amy quer a caneca verde que Felix está segurando. A briga acaba levando o conteúdo da caneca para a mesa.

— Vou pegar outra caneca pra você, Felix — digo, revirando os olhos.

— Você sempre fica do lado dela! — grita ele, enquanto vê Amy tentar morder a caneca que agora está vazia.

— Não estou ficando do lado de ninguém. Ela babou em tudo, você quer pegar de volta mesmo assim? — Uau, crianças brigam pelas coisas mais ridículas.

— Você sempre deixa a Amy pegar as minhas coisas! — exclama Felix. *Talvez ele esteja certo, era mesmo a caneca dele*. Tento pegar a caneca de Amy, mas ela segura com a força descomunal de uma gigante sanguessuga cor-de-rosa.

Tento negociar com ela.

— Vou pegar outra caneca pra você, Amy, uma melhor. — Eu então sinto uma dor aguda no dedo que me faz soltar a caneca. — Ela me mordeu! — grito, indignada, segurando o indicador.

– Amy, não é pra morder – diz Sam, tentando ajudar, mas Amy começa a chorar por conta do tom de voz severo e então ele a pega no colo, tentando reconfortá-la. Ao olhar para o meu dedo, vejo *marcas* de dente.

– O papai *sempre* fica do lado dela – continua Felix enquanto dá tapinhas no meu braço em sinal de simpatia.

A pia está cheia de panelas, o chão está coberto por uma massa de bolinhos de risoto e Amy não para de uivar. Como uma simples refeição pode trazer tanto drama e bagunça?

Enquanto estou lamentando o fracasso da minha primeira tarde como mãe, escuto um barulho do lado de fora e Sam atravessa a cozinha para espiar pela janela.

– Tem alguém aí – diz ele. – Merda, são os seus pais.

– Papai! – exclama Felix.

– Desculpa. Quer dizer, meleca, são os seus pais, Lucy.

– Os meus pais? – pergunto.

– Com tudo o que está acontecendo, esqueci... Eles vão passar a noite conosco, estão voltando da Escócia e indo para algum festival literário.

Sam olha para o calendário digital que está na parede, e abaixo da data de hoje, escrito bem grande: "M&P vem para cá".

Vou ver os meus pais. Sam fica ao meu lado na pia e vemos o meu pai sair do banco do carona. Ele parece menor, mais atarracado. Está de boné, então não consigo ver o rosto.

– Margot vai ficar chateada porque não liguei para contar a ela o que aconteceu – diz Sam, mordendo os lábios.

– Liguei para eles faz uns dias. Não queria preocupá-los.

– Sabe que a sua mãe vai querer se mudar para cá se ela achar que você está tendo uma crise.

– Mas eu *estou* tendo uma crise.

A minha mãe sai do outro lado do carro. Ela está vestindo o capuz do casaco esportivo, mas tem o mesmo andar, a mesma postura. O meu coração se enche de gratidão pelo fato de ambos ainda estarem aqui, ainda com saúde.

– Eu sei. – Sam passa a palma da mão pelo queixo. – Só não sei se consigo lidar com os seus pais passando mais de uma noite aqui, não agora.

– Então não vamos contar pra eles. Não quero que eles cancelem a viagem. Vamos contar quando eles voltarem, se eu ainda estiver... você sabe.

Sam passa o braço em volta do meu ombro e me beija na cabeça. Sinto uma breve e inebriante adrenalina com o aperto daquela mão, depois ouço a voz familiar da minha mãe me chamando pela caixa de correio.

– Oiiiiiii!

A mamãe entra na cozinha e faz um aceno largo antes de ir direto para a chaleira.

– Oi, oi, oi, não se preocupem comigo, vocês sabem que eu gosto de fazer o meu próprio chá. Minha nossa, que bagunça. É hora do jantar no zoológico, é?

O cabelo dela está curto, então não consigo parar de olhar. Ela sempre me disse que nunca cortaria o cabelo curto, que isso era "envelhecer mal", e que cortar o cabelo "seria o mesmo que desistir". Por quase toda vida ela usou cabelos longos, com luzes feitas no salão, e os enrolou de noite antes de dormir para manter o volume. Agora o cabelo dela está curto, grisalho e bagunçado. E existe algo familiar nesse novo visual, e é então que percebo: ela está igualzinha à mãe dela, a minha avó.

– Você cortou o cabelo. – Não consigo me segurar quando ela tira o casaco e me cumprimenta com um beijo em cada bochecha.

– Cortei? Não, só está todo emaranhado. Não vou ao cabeleireiro há meses – diz ela.

– Ele está curto, foi o que quis dizer. – Mas ela já está distraída com as crianças, se curvando para falar com Amy e vendo que Felix está debaixo da mesa.

Parte de mim está esperando que ela me olhe, que perceba a diferença e comece a gritar. Mas não faz isso, ela não me vê. Ao olhar pela janela, vejo o meu pai mostrando para Sam um arranhado no capô do carro. Sam concorda com a cabeça em um gesto de simpatia, e depois dá um tapinha nas costas do meu pai.

– Chegamos numa hora ruim? – pergunta a mamãe. – Eu disse pro seu pai que deveríamos ter saído mais cedo, pegamos a M25 no pior horário. É impossível tirar ele de casa esses dias, tivemos que voltar duas vezes pra ver se ele tinha fechado a porta da garagem.

O meu pai aparece pela porta da cozinha e tira o boné. Dou a mim mesma um tempo para absorver as mudanças que vejo nele. O cabelo não está mais grisalho, está totalmente branco. O rosto está mais castigado e suave. Ele parece um vovô, e é então que percebo que, claro, ele é um vovô agora. Apesar de todas as sutis mudanças na aparência dele, a voz e o sorriso continuam os mesmos e irradiam familiaridade, um conforto próprio de pai.

— Trouxemos doces da Escócia – diz ele e me entrega uma sacola de papel.

— Vou colocar o pijama nas crianças – diz Sam, com uma criança em cada braço, fazendo com que ambas deem gritinhos animados ao serem giradas para saírem pela porta. – Depois disso, talvez o vovô e a vovó possam ler uma história para vocês.

Agora que ambos estão aqui, corro pela cozinha e abraço os dois ao mesmo tempo.

— É tão bom ver vocês. Estou tão feliz que estejam aqui, amo tanto vocês dois.

Não somos uma família afeita a demonstrações de carinho. A minha explosão de emoções faz com que a minha mãe se distancie e me olhe com desconfiança.

— Qual é o problema? Você está doente? – pergunta ela.

— Não estou doente. Só estou feliz em ver vocês – respondo enquanto limpo os olhos com as costas da mão.

— As crianças estão doentes? – pergunta ela, agora em um sussurro nervoso. – Você não vai se *separar*, vai? – E coloca a mão no peito, mas eu faço que não com a cabeça.

— Parecia que você ia nos dar péssimas notícias. Não tenho certeza se aguento mais notícias ruins essa semana. – Ela cruza os dedos enquanto faz um movimento espiral com a mão, um gesto que devo ter visto milhares de vezes. – Ontem, o jardineiro disse que toda cerca de faia está condenada, vamos ter que tirar tudo. Depois descobrimos que os Grievesons vão se mudar. Aparentemente preferem um "lugar menor", o que eu não sei se seria preciso se fizessem menos cruzeiros por aí. Que chatice, se mudar na nossa idade. Se você vai para um lugar menor, faça isso aos sessenta e poucos, todo mundo sabe disso. Que comportamento fora do comum.

— Fora do comum – diz papai enquanto me joga uma piscadela.

O meu pai pede licença para usar o banheiro, e assim que ele sai da cozinha, minha mãe começa a sussurrar para mim:

— É uma depois da outra. Estou *extremamente* preocupada com o seu pai.

— Ah, é?

– Está tendo problemas de memória – diz ela, batendo numa têmpora. – O meu lado da família sempre foi lúcido até bem depois dos oitenta, mas o lado do seu pai tem histórico de perda das faculdades mentais. Ele está se esquecendo de tudo, Lucy. Semana passada, deixou as chaves do carro no setor de vegetais do supermercado. Foi sorte ninguém ter saído dirigindo o Peugeot. Eles teriam encontrado uma bela parte superior de alcatra no porta-malas. Depois, na quinta, perguntei pra ele onde estava o livro que eu estava lendo, o vigésimo do Richard Osman, edição especial ainda por cima, e Bert me diz que levou o livro pra biblioteca. Eu mesma tinha comprado aquele livro! E o que eu posso fazer? Você sabe como ele é com médicos. Existem alternativas hoje em dia, suplementos, terapia de eletro-convulsão, mas ele não admite que está ficando gagá.

– Nada disso parece grave, mãe – digo, devagar. – Acho que é normal ficar um pouco aéreo na idade de vocês.

– Você pode conversar com ele? Ele te escuta. – Ouvimos o barulho dos passos do meu pai no corredor, e a minha mãe logo muda de assunto. – O jardineiro acha que deveríamos colocar uma cerca normal, diz que vai ser mais fácil de manter, mas você sabe o que penso sobre cercas. O que os vizinhos vão pensar? Não ia combinar com o tom do bairro. Não, não, vamos ter que replantar tudo, e vai ser caro. Já vamos ter morrido quando tudo estiver bonito, mas pelo menos não deixaremos ninguém na mão.

– Você ainda está falando de cercas? – pergunta o meu pai. – Honestamente, parece que foi uma pessoa que morreu, de tanto problema que essa cerca viva tem causado.

– Quando se mora numa área de beleza natural extraordinária, você tem obrigação de manter alguns padrões – diz a mamãe. – O nosso jardim pode ser visto da rodovia. Lembra quando Tilda Stewart-Smith começou a inventar moda com gnomos de jardim? Foi a situação mais delicada que o bairro já passou, teve comitê e tudo. Pobre Tilda, tão sensível, mas sem o menor senso estético.

– Não vejo problema com a cerca comum. Achei uma baratinha *online*. Eu mesmo posso instalar – diz papai.

– Lá vem o papagaio – digo e dou um cutucãozinho no meu pai, um sorriso cheio de expectativa, mas ele me olha sem entender. *Ele não pode ter esquecido isso, pode?*

– Pai? A nossa piada, lembra?

– Ah, claro. Muito boa. – Ele sorri para mim, mas os seus olhos estão vazios. A minha mãe vira a cabeça para o meu lado, como se dissesse "viu só o que eu disse", e agora eu sei que não posso deixá-la ainda mais preocupada contando do meu problema.

Enquanto levo os dois para a sala de estar, estou meio que esperando que eles comentem sobre a casa, a decoração, como tudo estiloso, como é melhor do que Kennington Lane, mas é claro que eles não falam nada.

– Querida, ainda estamos pensando em fazer… um evento? – A minha mãe faz uma pausa, a expressão de repente sombria. – Para Chloe, mês que vem. – *Quem é Chloe?* Não faço ideia, então balanço a cabeça tentando não me comprometer. – Porque estamos dispostos a ajudar a marcar a ocasião, não importa o quão difícil seja. – Ela faz mais uma pausa, estica o braço para que a mão toque o meu joelho.

– Quem é Chloe? – pergunta o meu pai, e quero dar um beijo nele por fazer a pergunta que eu não posso. Olho para minha mãe esperando a resposta, e vejo que ela está com lágrimas nos olhos. A minha mãe nunca chora.

– Sinto muito, Lucy. Ele está terrivelmente confuso.

– Não estou confuso – diz meu pai, brigando com ela.

– Olha, sei que ninguém gosta de falar dessas coisas, mas acho que é melhor deixar as coisas claras. Se não consegue se lembrar de informações básicas, isso vai afetar a todos nós – diz mamãe, bem quando Sam entra na sala.

– Você contou pra eles? – pergunta ele, surpreso, e antes que eu possa responder, a minha mãe se empertiga, a cabeça indo de um lado para o outro como um guarda em alerta.

– Contou o quê?

– Sobre a memória de Lucy – responde Sam.

– A memória de Lucy? Eu estava falando sobre Bert. Qual é o problema com Lucy?

– Ah – diz Sam, baixinho, olhando para mim como se pedisse desculpas.

– Lucy? – chama minha mãe, exibindo os dedos e os pressionando sobre os lábios.

– Não queríamos deixar vocês preocupados sem motivo… – digo, mas minha mãe me interrompe,

– Eu sabia, eu sabia que você estava doente! A sua pele está pálida, e as suas bochechas estão inchadas. Você está tomando esteroides, não está? É câncer? Não me diga que é câncer.

– Não estou doente – respondo e levanto a mão para impedi-la de continuar a falar. – Só estou tendo problemas para lembrar de alguns acontecimentos. É uma amnésia temporária, o médico disse...

– Amnésia? Isso é coisa do seu lado da família, Bert. – Mamãe é taxativa. – Vamos ter que cancelar a nossa viagem. Vamos ter que ficar aqui e ajudar. Não podemos esperar que Sam lide com isso sozinho. É só olhar o estado dessa cozinha!

Sam morde os lábios, mas consigo ver a agitação em suas mãos enquanto ele fecha os dedos em punho e depois solta.

– Estamos conseguindo, de verdade, Margot.

Agora a minha mãe está andando de um lado para o outro, mexendo as mãos como se fosse uma personagem num livro de Jane Austen, alguma que acabou de descobrir que o regimento oficial vai sair da cidade.

– Deve ter alguma coisa que possamos fazer para ajudar? – pergunta ela.

Sam olha para mim, e vejo um leve brilho em seus olhos quando ele responde:

– Pode ter uma coisa.

18

— Vale *night*. Você é um gênio — digo enquanto nos sentamos nos bancos de um *pub* mal iluminado chamado Polly's, na Farnham High Street.

— O maior medo da sua mãe, depois de alguma doença, é algum tipo de desavença matrimonial. E ela acredita piamente que saídas como essa podem salvar uma relação do declínio.

— É mesmo? — *Isso é novidade para mim.*

Sam tomou banho e colocou uma camisa limpa antes de sair. O cabelo na base do pescoço ainda está um pouco úmido, e eu resisto a inexplicável tentação de esticar ao meus braços e tirar aquele pedaço de cabelo do colarinho.

— Os seus pais fizeram terapia de casal uns anos atrás. Agora saem sozinhos duas vezes no mês e nós recebemos *updates* regulares pelo aplicativo da família na nuvem.

— Os meus pais fizeram terapia de casal? Não consigo imaginar os dois gastando dinheiro com alguma coisa assim.

— Eles ganharam *vouchers* numa rifa — explica Sam, enquanto observa o menu do *pub* no relógio. — Você quer um French Martini? É o que você costuma beber aqui.

Nem sei que bebida é essa, mas concordo, acatando o gosto da minha Eu do Futuro para bebidas alcoólicas. Enquanto Sam pede, olho ao nosso redor, feliz em ver como tudo parece familiar. *Pints* ainda são *pints*, o chão dos *pubs* ainda é inexplicavelmente ridículo, todos os velhos bêbados ainda estão aqui, ainda estão tentando conversar com a garçonete desinteressada.

— Os bares não mudaram muito, não é mesmo? — digo.

— O que você estava esperando, *barman* robô?

– É – respondo, rindo. – Quero robôs e remédio antirressaca.

– Ah, nós temos remédios antirressaca.

– Sério?

– Sim, nós os chamamos de refrigerante.

– Rá, rá, rá! – respondo, dando uma ombrada de leve nele enquanto a *bartender* passa nossos drinques. – Isso foi mesmo uma piada de tiozão.

Sam ergue seu *pint* para o meu copo de drinque.

– A minha especialidade. Saúde.

Algo sobre a postura de Sam, a sua linguagem corporal, me diz que ele se sente confortável na própria pele. Me pergunto se sempre foi assim, ou se esse tipo de conforto é algo que as pessoas alcançam depois de um tempo.

– Sinto muito por estar estranha essa semana.

– Você teve que lidar com muita coisa de uma vez. Só estou feliz por você estar se sentindo melhor agora. Ah, antes que eu esqueça, Amy está com assaduras, então precisa colocar pomada toda vez depois que trocar a fralda, é o tubo azul que fica do lado do trocador. Felix vai ter um jogo diferente na segunda, então ele precisa...

– Você se importa se não falarmos sobre as crianças hoje? – pergunto enquanto coloco a minha mão em cima do braço dele. – Quero conhecer você, Sam. Não sei quase nada sobre você...

– Certo. – Ele levanta a sobrancelha e vira a cabeça de lado. – Bem, isso deve ser uma das conversas mais estranhas que eu já tive, mas tudo bem. O que você quer saber?

– Tudo – respondo, e escuto o tom de flerte na minha voz que eu não planejei incluir.

– *Tudo* pode demorar um pouco.

– Então me conte as partes mais importantes.

– No nosso primeiro encontro, você me fez uma sessão de perguntas rápidas. Disse que era o jeito mais eficiente de descobrir qualquer grande problema.

– Justo – respondo e percebo que estou sorrindo. – E descobri algum?

– Alguns probleminhas. Na época eu fumava, e você odiava isso. Você também não gostava que eu fosse músico.

– É mesmo? Por quê?

– Você já tinha saído com um baterista e disse que nunca mais namorariam um músico.

– Mas você conseguiu me conquistar.

A boca dele é tão expressiva que não consigo parar de olhar enquanto ele fala. O sorriso é largo, e aparece de tempos em tempos. Quando dá uma risadinha, é como se uma reação em cadeia acontecesse no rosto dele, e o sorriso vai crescendo até as covinhas na bochecha e nos cantinhos dos olhos. Ele passa a mão pela bochecha com a barba por fazer, como se estivesse percebendo o meu olhar.

– Me conta mais sobre a sua família, sobre onde você cresceu na Escócia – peço.

– Bem, nós morávamos em uma fazenda, não muito longe da cidade mais próxima. O meu pai era fazendeiro e a minha mãe trabalhava para o correio local. O meu melhor amigo era um carneiro sarnento chamado Patrick.

– Quem é seu melhor amigo agora?

– Você. Ainda bem que o seu cheiro é melhor que o de Patrick.

– Espero que seja mesmo – digo, e me percebo sorrindo enquanto mexo com uma mecha de cabelo.

– Eu só contei sobre o Patrick para você porque você me contou sobre a Lisa.

– Eu contei sobre a Lisa para você? – Viro o banco até que fico de frente para ele. Lisa era a minha amiga imaginária, e ela existiu por muito mais tempo do que era o desejado. – Eu realmente devo ter gostado de você. Nunca contei a ninguém sobre a Lisa.

– Você realmente gosta de mim – diz Sam. Ele está olhando para mim agora e parece que ele está flertando comigo. Me sento em cima das minhas mãos para me obrigar a parar de mexer no cabelo.

– Além das minhas óbvias qualidades carneirísticas, o que chamou a atenção em mim? Quando você me viu pela primeira vez no karaokê?

– Bem, eu achei você linda, nem preciso dizer. Mas era a forma como você se comportava, você com as suas amigas, o jeito como cantou a minha música. Você cantou do jeito que eu sempre quis que ela fosse. – Os nossos joelhos se esbarram, e quando ele me olha, sinto um calor crescer por dentro, e é como se um elástico invisível estivesse nos aproximando. A mulher que ele está descrevendo não se parece comigo. Eu me mexo no banco e percebo que estou bagunçando o cabelo de novo, então me esforço para segurar o drinque. Esse French Martini realmente é delicioso, e parabenizo a minha Eu do Futuro pelo ótimo gosto tanto para homens quanto para drinques.

– E do que eu gostei em você? – pergunto, olhando Sam de baixo para cima.

Ele se aproxima devagar e diz:

– Não sei. Talvez quando você se lembrar, possa me dizer. – Enquanto ele se aproxima, sinto o seu calor, o cheiro amadeirado, um toque de sabonete mentolado e roupa passada.

– Ok, perguntas rápidas, pelos velhos tempos – digo, agarrando o banco para me impedir de me aproximar do pescoço dele. – O seu lugar favorito?

– Nosso jardim.

– Música favorita?

– "Giuseppe" do Grange.

– Isso não me diz nada. Nós dormimos juntos no nosso primeiro encontro?

Sam limpa a garganta, e eu percebo o quanto o acho atraente quando ele fica levemente constrangido.

– Depende do que você chama de primeiro encontro. Além disso, acho que não seria cavalheiresco da minha parte contar. – Olho para Sam e percebo que ele está corado, desde o pescoço.

– Vou entender isso como sim. Por que você não escreve mais músicas?

Enquanto estava passando um tempo de cama, procurei Sam no Google. Escutei todas as músicas pelas quais foi creditado e descobri que ele não escreveu nada com letra nos últimos cinco anos. Ele começa a se mexer no banco.

– Essa não é uma pergunta rápida. Posso passar?

– Pode, mas você só pode passar uma vez. Qual é a sua memória favorita?

– Com você ou no geral? – Nossos joelhos estão encostando de novo, e o antebraço dele roça a minha mão no balcão.

– As duas coisas – respondo, e ele pensa por um momento.

– Você quer uma das minhas lembranças favoritas da infância? – pergunta ele, e eu aceno com a cabeça. – Não vai ser rápido.

Pressiono um botão imaginário no ar entre nós.

– Pausa nas perguntas rápidas.

Ele pega a minha mão e move o meu dedo para outro ponto no ar.

– Aqui está o botão de avanço rápido, caso eu esteja entediando você. – As minhas bochechas começam a doer, e percebo que estou sorrindo desde que nos sentamos. – Ok, sou quatro anos mais novo que a Maeve, então, durante a maior parte de minha infância, as minhas irmãs me viam apenas como a criança pequena que elas não queriam que viesse junto. Na maioria das vezes, quando saíam pra brincar, eu ficava pra trás, mas no verão em que eu tinha seis anos, houve uma brecha de tempo em que elas me deixaram fazer parte da gangue. Elas construíram uma toca pra mim na floresta. Chamavam de Cabana do Sam. Leda fez uma placa de madeira com um ferro de solda. Maeve pendurou um balanço de pneu e cozinhou bolinhos de milho num fogão de acampamento. Brincamos lá fora todos os dias das férias. Depois a Maeve foi para o Fundamental 2 e nenhuma das duas quis mais brincar na floresta. Mas eu tive aquele verão perfeito.

Imaginar Sam como um garotinho, brincando com as irmãs no bosque, tão feliz por ser incluído, faz o meu coração dobrar de tamanho.

— Você ainda é próximo delas, das suas irmãs? — pergunto.

— Mais da Leda. Nos falamos por telefone quase todas as semanas. — Ele se mexe no banco e toma um gole de sua cerveja. — Qual é a sua lembrança favorita da infância? Sabe, acho que nunca tivemos essa conversa.

— Eu? — Tento pensar. Sou filha única, portanto não tenho nenhuma lembranças de irmãos para invocar. — Não me lembro de muitos detalhes da minha infância, mas me lembro de ter sido feliz. Verões sentados na grama fazendo correntes de margaridas, observando o meu pai cuidando incessantemente de vegetais. — Faço uma pausa, lembrando da cara de espanto de papai quando lhe contei nossa piada. — Você acha que o meu pai está bem? A mamãe está preocupada que ele esteja se esquecendo das coisas.

Sam estende a mão para apertar o meu joelho. Há algo tão reconfortante no gesto, além de qualquer coisa que ele possa dizer.

— Ok, eu tenho uma — digo, ansiosa para nos levar de volta a uma conversa mais leve. — Estava chegando ao meu décimo aniversário. Todos os dias, a caminho da escola, mamãe e eu passávamos por uma padaria chique. Havia um bolo na vitrine, e eu parava e apontava para ele sempre que passávamos, era o bolo que eu queria para a minha festa. Era um bolo rico e grande, de mocha com cobertura de licor, totalmente inapropriado, mas eu adorava a aparência dele. Eu queria muito aquele bolo. Parecia um bolo de um livro ilustrado, algo que você poderia desenhar. A mamãe dizia: "Não, esse bolo não é para crianças". Eu continuei pedindo, dizendo que abriria mão de todos os outros presentes se eu pudesse ter apenas esse bolo, mas mesmo assim ela dizia que não. Então, no dia da minha festa, ela saiu da cozinha com ele, esse bolo da padaria. Nenhum dos meus amigos quis comer, acharam nojento, ela realmente serviu bolo alcoólico para todas aquelas crianças de dez anos – eu rio. – Mas eu adorei. Foi o melhor bolo de aniversário que já comi.

Sam se mexe e pega minhas mãos, entrelaçando os nossos dedos.

– Você não tinha me contado essa história.

– Não?

– Não. – Os nossos joelhos se tocam novamente, e agora estou atenta a toda parte do meu corpo que está em contato com ele.

Ficamos conversando por horas, contamos histórias da nossa vida antes de nos conhecermos, tempos dos quais eu consigo me lembrar. Compartilhando essas histórias, posso ser eu mesma, não preciso tentar esconder o que está faltando. Pedimos mais bebidas e mudamos para uma cabine no final do bar. Sam é engraçado, interessante e atento. Esse só pode ser o melhor encontro que já tive na vida. Diferentemente de todos os caras com vinte e poucos anos, estranhos e autocentrados, com os quais eu já saí, ele é uma companhia muito agradável. É maduro, bonito e interessante. Ele realmente presta atenção quando eu falo, e a forma como me olha, com esse afeto sem filtros, acende algo dentro de mim que eu não sabia que existia. Ainda tem um bônus: posso ter certeza de que ele não vai admitir de repente que tem fetiche em comer batatinhas, ou que tem qualquer visão política alarmante, porque tudo isso já foi milimetricamente analisado, *por mim*.

Quando conto para ele a história dos ossos na banheira, ele solta uma gargalhada que faz todo mundo do bar se virar para ver o que é tão engraçado. Os olhos dele param nos meus quando ele diz:

– Nós nunca mais fizemos isso, assim, só nós dois.

– Por que não? – pergunto. E então sinto que ele pega a minha mão por debaixo da mesa e, vagarosamente faz, um círculo com o dedo na minha palma. É sexy demais.

– Não sei. Estamos sempre tão ocupados, ou estamos socializando com os amigos, fazendo planos, administrando a casa. Nunca reservamos um tempo apenas para conversar e contar histórias um para o outro. Eu amo as suas histórias. Sempre amei o jeito como você conta histórias.

O dedo dele na palma da minha mão é torturantemente maravilhoso em suas limitações, não consigo focar no que ele está dizendo. Me inclino para beijá-lo, bem ali, no bar. A princípio, sinto que fica surpreso, mas então ele corresponde, passando a mão pelo meu cabelo e pescoço, me beijando de volta. Os lábios dele são firmes mas macios, quentes e...

– Vamos embora daqui – diz ele, a voz de Sam agora é um sussurro grave.

Cambaleamos pela rua, rindo como adolescente. As mãos dele estão na minha cintura, mas preciso que estejam por todo lugar. Empurro Sam na parede do bar e beijo seu pescoço.

– Você é tão gostoso – digo contra a sua pele quente e passo a mão pela coxa dele. – Como eu acabei com uma pessoa como você?

– Estamos no meio da rua, Lucy. Alguém vai nos ver – diz ele, sua voz é rouca e falha um pouco, e consigo sentir o quanto ele também me quer.

Sam pede um táxi que chega em minutos.

– Realmente achei que por agora já teríamos carros sem motorista – digo a ele entre os beijos adolescentes que damos no banco de trás.

– Chegamos a ter, mas teve alguma batalha legal sobre a patente, e eles foram tirados das ruas até...

– Ok, deixa pra lá – digo, pois preciso mais que ele me beije do que me explique o motivo pelo qual o carro sem motorista não são parte do futuro ainda. Assim que chegamos em casa, pego Sam pelo colarinho e o levo para o andar de cima. Estamos tentando fazer silêncio, mas estamos bêbados e damos risadinha como crianças quando fechamos a porta do quarto.

É uma experiência estranha, dormir com alguém que conhece o meu corpo, alguém que sabe o que eu gosto, que sabe de coisas que eu nem sabia que gostava. Estou bêbada o suficiente para não me preocupar com o fato dos meus pais estarem em casa conosco e, em algum momento, Sam cobre a minha boca com a mão e pede que eu faça silêncio, sério, e, sinceramente, isso me deixa ainda mais excitada.

Depois, eu me sento em cima dele em um atordoamento inebriante, passando um dedo no seu peito largo e firme.

– É assim que a gente costuma fazer? – pergunto.

– Normalmente não é tão barulhento – diz ele, colocando as mãos nas laterais dos meus quadris. Eu balanço minha pélvis contra ele, incapaz de parar de sorrir. – O que está acontecendo com você? – Ele olha para mim e balança a cabeça lentamente.

– Eu acordei e descobri que estava casada com um cara muito gostoso.

Ele me vira de costas e deita por cima de mim, o que me faz soltar uma gargalhada.

– Talvez haja algumas vantagens em você acordar e pensar que tem vinte e seis anos novamente, senhora Rutherford – murmura ele em meu ouvido.

Vinte minutos depois, quando estou deitada na nossa cama, grande e bela, os braços de Sam me envolvendo, estou me sentindo absurdamente satisfeita. Claro, não é ideal que eu tenha perdido dezesseis anos da minha vida, mas essa nova situação claramente tem suas vantagens. Nunca mais vou conseguir fazer sexo de novo, ou usar sapatos baratos que se dissolvem na chuva. A pressão do chuveiro é coisa de outro mundo. Zoya gritaria se visse o tamanho dele. *Zoya*. Todo o meu contentamento se esvai, é como se uma mão estivesse despedaçando a teia de aranha. *Como posso ser feliz se ela não está aqui? Como qualquer coisa na minha vida pode ser boa se não posso compartilhar com ela?* Me pergunto se a minha Eu do Futuro também se sente assim, ou se aprendeu a viver com essa ausência enorme.

Sam faz carinho na minha mão, e tento pensar em outra coisa.

– Você achou os seus anéis? – pergunta ele.

– Achei, estou deixando tudo guardadinho aqui – respondo, apontando para a gaveta.

Ele passa por cima de mim para abri-la, procura os anéis, e então segura a minha mão e gentilmente os coloca no meu anelar.

– O lugar mais seguro para eles – diz Sam, virando a cabeça para me beijar. Fecho a mão, tentando não me importar. Os meus olhos vão direto para a penteadeira, onde vejo uma foto de Felix e Amy sentados em uma toalha de piquenique em alguma clareira. Penso na história que Sam me contou sobre brincar com as irmãs na floresta. A diferença de idade entre Felix e Amy é de mais de seis anos, então não espero que sejam próximos dessa forma.

– Por que esperamos tanto tempo para ter mais um filho? – pergunto a Sam, e a mão dele para de fazer carinho na minha. – Seis anos parece muito tempo.

O corpo de Sam se enrijece.

– Ah, meu amor – diz ele, a voz está repleta de uma emoção inesperada o que acaba por me fazer sentar na cama.

– O que foi?

– Não vamos falar sobre isso agora. Tivemos uma noite tão boa… Podemos esperar pra falar sobre isso de manhã? – O tom dele demonstra que esse é o fim, e ele logo me coloca em uma conchinha, os braços ao meu redor. É uma sensação nova, ser abraçada de tão perto, estar tão aquecida e tão próxima de outro corpo. Mas não acho que vou conseguir dormir assim, estou acostumada a me esticar, a dormir sozinha. – Amo você, Lucy – diz ele no meu ouvido. Sinto que deveria responder que eu também, para centralizar novamente qualquer mudança de tom que eu tenha criado, mas não faço isso. Embora tenhamos tido uma noite maravilhosa, eu o conheço há apenas poucos dias. Como eu poderia amá-lo?

Assim que ele dorme, eu me solto silenciosamente dos seus braços, tiro os anéis e os coloco de volta na gaveta de cabeceira. Então rastejo para o outro lado da cama, mais confortável dormindo sozinha do que nos braços de outra pessoa.

19

— Bem, presumo que o "vale *night*" foi um sucesso – diz a minha mãe com firmeza, enquanto estamos tomando café da manhã, e me lança um olhar de desaprovação. – Fiquei surpresa que as crianças não acordaram.

— Mãe! – sibilo quando escuto Sam descer as escadas.

— Acho que isso é bom. Se o seu casamento é forte, consegue sobreviver a qualquer coisa. Você já passou por coisas piores.

Já passei? Antes que eu consiga perguntar o que ela quer dizer com isso, Sam aparece na porta da cozinha.

— Bom dia, Margot. Dormiu bem? – pergunta ele.

Sam está com o humor estranho desde que acordou. Talvez assim como eu, ele esteja com um pouco de ressaca. Meu marido abre a porta da geladeira, fecha, abre de novo, fico olhando lá pra dentro por um minuto, depois fecha definitivamente a porta e se vira para a minha mãe e para mim.

— Apareceu um compromisso – diz ele, com o rosto sério. – Vamos gravar amanhã em Manchester, com orquestra e tudo, já está marcado há meses. Com tudo o que tem acontecido por aqui, pedi para um colega me substituir, mas ele acabou de me escrever e disse que está doente. – Ele pausa. – Não tenho mais ninguém para ir no meu lugar, se eu não for, vou deixar muita gente decepcionada.

— Claro que você deve ir! Podemos ficar por aqui e ajudar a Lucy – diz a minha mãe.

— Não quero que você perca o seu festival, mãe, eu vou ficar bem – respondo.

— Maria vai estar aqui amanhã bem cedo, mas eu só vou voltar na terça de manhã – diz Sam, me encarando cheio de esperança.

– Vamos ficar até amanhã de manhã – oferece a minha mãe. – A maioria das palestras só começa depois do meio-dia.

– O que você acha, Luce? – pergunta Sam.

– Claro, eu consigo lidar com tudo – respondo, me sentindo insultada. – Honestamente, você não acha que eu consigo lidar com as coisas por menos de quarenta e oito horas com ajuda dos avós, da escola e do berçário? – Mamãe e Sam trocam olhares. – Sou uma adulta funcional, eu não tenho treze anos.

Minha mãe limpa a garganta.

– Você parece mesmo bem centrada.

Sam passa a mão pelo cabelo, sério.

– Tudo bem. Você tem certeza então de que não se importa de ficar aqui, Margot? Tem uma lista na porta da geladeira com tudo o que você pode precisar, e Maria sabe de quase tudo... – Ele faz uma pausa e me olha mais uma vez. – Vou precisar pegar o trem cedo hoje, para ter tempo de me preparar.

– No domingo?

A minha mãe está bem ali, então não espero que Sam fique todo carinhoso, mas não consigo evitar a sensação de que ele está um pouco distante essa manhã. A linguagem corporal dele com certeza não está dizendo "transei ontem e foi ótimo". Será que ele se arrepende do quão bêbados ficamos? Ele está com vergonha do barulho que fizemos? Tento sorrir como forma de dizer que não me arrependo de nada. Quero aquela adrenalina do flerte de volta, mas Amy entra, perseguida pelo meu pai com um texugo de pelúcia, e quando olho, Sam já saiu.

Amy segura nas minhas pernas para ter mais segurança, e eu a pego no colo, onde ela se conforta no meu peito, o peso todo contra mim. Ela passa uma mão por baixo de cada braço meu, a cabeça no meu peito como um bebê coala. É uma sensação única, ser abraçada por uma criança; o meu colo é o refúgio de tudo o que é assustador. Ser isso para alguém é uma grande responsabilidade. Penso em mim, com qual idade parei de buscar conforto no colo da minha mãe? Inalo o aroma doce e leitoso de Amy, pressiono os meus braços contra as suas perninhas e enfio meu rosto no seu cabelo. Isso me deixa calma, a pressão gentil daquele corpo, esse abraço lento que não precisa de um depois, é apenas o desejo de estar o mais próximo possível.

O papai se oferece para levar Sam até a estação, mas conseguimos ficar um pouco só nós dois quando ele já está na porta para sair.

– Então, foi legal ontem – digo enquanto solto um sorrisinho e tento pegar a mão dele.

– É, foi – diz ele, um olhar de culpa passa por seu rosto. Ele está se sentindo mal porque não tivemos tempo de conversar? De discutir o que quer que seja que ele não está me contando? A minha cabeça começa a pensar no que pode ser: será que eles, nós, sofremos um aborto? Tentamos fertilização *in vitro* muitas vezes? Talvez tenhamos passado por um momento ruim no casamento e não pensamos em mais filhos. O que quer que seja, não sei se quero saber agora.

– Não precisa me contar tudo de uma vez, as coisas que esqueci – digo a ele. – Podemos só aproveitar um pouco agora e contar tudo depois? – Olho para o rosto dele tentando captar se ele me entendeu. Só quero segurar esse sentimento maravilhoso por um pouco mais de tempo, quando tudo sobre a outra pessoa ainda está pela frente, a ser descoberto. Não preciso saber das partes ruins do nosso relacionamento antes mesmo de começar.

Me inclino para beijá-lo, mas ele mexe a cabeça e me dá um beijo na bochecha.

– Claro – diz ele. – Você vai ficar bem sem mim?

– Vou. – Tento abraçar a cintura dele, mas Sam já se virou para sair.

– E vai me ligar se precisar de qualquer coisa, com as crianças?

Faço que sim com a cabeça.

Quando Sam e o meu pai saem, acabo contando para minha mãe o problema que estou enfrentando no trabalho. Ela insiste que eu passe a tarde caçando a minha "grande ideia" enquanto ela lida com as crianças. Ao me empurrar para o escritório, ela diz:

– Lucy, quando o mundo parece não parar de girar, o trabalho nos dá um ponto de segurança.

Aquilo parece uma frase feita para ser alguma propaganda, mas entendo o ponto dela. Depois da minha semana longe, não seria ótimo se eu aparecesse para trabalhar amanhã com uma Grande Ideia que salvaria o dia?

O meu escritório fica nos fundos da casa. Abrir aquela porta me dá uma sensação meio Virginia Woolf. Uma ampla mesa de madeira fica de frente para uma cadeira de rodinhas que parece cara, as paredes estão enfeitadas com quadros de bom gosto. Do lado esquerdo, vejo uma estante cheia de prêmios:

Melhor Produtora Independente – TV Texugo; BAFTA Children's Award, Melhor animação – Sam debaixo d'água. Os livros da estante estão cobertos de *post-its* com a minha caligrafia. Em um deles, *Fadas não são reais*, escrevi "Potencial para animação *stop-motion*?". Em outro, *Acampamento espacial*, "Série de oito partes, um episódio por planeta". Esse escritório está *cheio* de ideias.

O laptop destrava com a minha digital, mas depois de procurar em várias pastas, não encontro nada óbvio. Mas encontro um currículo atualizado, com uma lista de todos os programas nos quais trabalhei, e um pensamento me ocorre: se eu assistir a todos esses, posso entender melhor algumas partes, os buracos que perdi. Logo me perco na pesquisa. Para cada programa, vejo um elemento que pode ter vindo da minha contribuição. Também sou tomada por uma nova sensação de orgulho: eu trabalhei nesses programas, esses programas são bons, o meu nome aparece nos créditos. Uma centelha familiar de criatividade se acende, novas ideias competem pela minha atenção, pego uma caneta para anotá-las.

Na mesa, vejo uma foto minha e de Sam. Ele está com os braços à minha volta, estamos no jardim. Sussurro para mim mesma: "Você conseguiu". *Você passou por tudo, aguentou o salário horrível e a competição cruel, e conseguiu tornar as suas ideias, realidade. Você conseguiu o que sempre quis.* A ideia coloca um novo peso na minha barriga: me deixaram no comando da TV Texugo (por quanto tempo, não sei), mas não vou deixar Coleson Matthews, ou qualquer outra pessoa, tirá-la de mim.

Envio uma mensagem de texto para Michael:

Peço desculpas pelo silêncio. Finalmente estou me sentindo melhor – com muitas ideias para discutir. Estarei no escritório amanhã cedo. L.

Ele responde de imediato:

Maravilha. Feliz que você esteja melhor. Você me deixou suando frio aqui. M.

Eu consigo ter ideias. O meu forte é ter ideias. Costumava ter ideias sentada na cama, escrevendo chamadas para programas no meu caderninho velho. Aqui, tenho uma mesa enorme, um computador de última geração e uma estante cheia de inspirações. Além disso, não preciso ter várias ideias, apenas uma. Quão difícil pode ser ter uma ideia brilhante para um programa?

20

— Você realmente vai ficar bem sem a gente? – pergunta minha mãe, de noite, quando eles estão arrumando as coisas para irem embora. Insisti que deveriam ir embora essa noite mesmo. As crianças estão dormindo, Maria vai chegar amanhã cedo e tudo está sob controle. A amiga da minha mãe, Nell, está esperando os dois no País de Gales, e sei que eles não querem pegar o trânsito de uma segunda-feira de manhã.

— Estou bem. Vocês vão pegar o caminho mais livre se saírem agora – digo para tranquilizá-la.

Ela vacila na porta enquanto o meu pai ajeita tudo que está no porta-malas pela milésima vez. Enquanto a observo passar a mão pelos cabelos grisalhos e curtos, percebo que esse corte cai melhor nela do que o longo que usava. Antes, minha mãe sempre ficava conferindo o cabelo no espelho, constantemente tentando domá-lo. Esse corte a deixa muito mais tranquila.

— Você ainda vai poder no mês que vem? – pergunta ela. – Vou operar a catarata. Você disse que poderia ir e ajudar por alguns dias, eu posso precisar – ela fica levemente corada, nunca tinha pedido a minha ajuda para nada antes.

— Sim, é claro que eu posso, é só me dizer quando – respondo, e a apreensão deixa o seu rosto enquanto ela faz que sim com a cabeça e depois me dá um tapinha no braço.

— Lembre-se de que estamos a apenas um telefonema de distância – diz o meu pai, ao voltar para pegar o casaco enquanto a mamãe entra no carro.

— E você, pai? – pergunto, gentilmente, enquanto o ajudo a colocar o casaco. – A mamãe ficou distraída por conta da minha situação, mas sei que ela está preocupada com você.

– Os meus esquecimentos irritam a sua mãe bem mais do que me irritam – diz ele, me dando um tapinha no braço, igual minha mãe.

– Você não acha que deveria ir ao médico?

– Dei uma olhada na sua horta, arrumei alguns pés de tomate que estavam caídos. Não se esqueça de regar, não tem chovido muito – diz ele, ignorando a minha pergunta por completo.

– Nem sabia que tínhamos uma horta, então, obrigada – respondo ao ajeitar um lado da lapela do casaco dele.

– Sabe o que eu sempre amei na jardinagem? – pergunta ele, e eu faço que não com a cabeça. – As plantas não se importam com quem somos, o que fizemos ou o que esquecemos. Se você as visitar com frequência e cuidar bem delas, vai saber do que precisam. As pessoas também são assim, não precisamos saber toda a história de alguém para saber que ela precisa de um abraço. – Ao dizer isso, ele me puxa para os seus braços.

– Ah, pai – digo, e me entrego.

– Se eu ficar doidinho, vou ficar do meu jeito, meu bem. – Ele faz uma pausa e me observa com olhar questionador.

– Vou ficar bem – digo. – Não se preocupe comigo. Dou conta.

Na verdade, eu não estava dando conta. Nem de longe.

Amy acorda quatro vezes na noite. Uma para trocar a fralda, uma porque ela jogou Pescoçuda para longe e as outras duas vezes eu nem sei o motivo, ela só berra até que eu a pegue no colo. Ela só para se fico andando pelo quarto, o que é a última coisa que você quer fazer quando se sente destruída. *Como as pessoas conseguem sobreviver dormindo tão pouco?* Depois é Felix quem acorda porque não está com Hockey Banjo.

– Estamos procurando um banjo de verdade? – pergunto.

– Não, é um tatu.

– Vou ajudar a procurar. Ele deve estar em algum lugar.

– É ela, e ela não gosta de escuro. – Felix chora enquanto se arrasta no chão para debaixo da cama.

– Ela não vai se perder.

– Como você sabe? Você nem sabe como ela é porque você não é a minha mamãe de verdade! – grita Felix. Ele tem razão. Não sei como é esse brinquedo dele. Talvez ela esteja perdida. Talvez Hockey Banjo tenha passado por um portal e agora esteja vivendo na minha antiga vida, bebendo caldo de ossos e tequila com Julian e Betty.

Por fim, às quatro da manhã, depois de tirar tudo do quarto de brinquedo, encontro um tatu que se parece com o que Felix descreveu e o menino, mais calmo, consegue voltar a dormir. Eu não. Estou muito agitada, muito alerta esperando o próximo problema. Acabo desmutando o Fit Fun Fabulosa no meu telefone e peço que ele toque uma meditação do sono.

— Eu deixo o mundo desperto — diz uma voz feminina áspera, acompanhada de leves sinos. — Me esbaldo nessa falta de movimento. Agradeço a minha jornada para o sono.

Não. Sem me esbaldar ou agradecer, só sinto um ódio imenso por essa mulher, que parece muito convencida por quanto descansada está. Olho o relógio mais uma vez. Só preciso aguentar até 7h15. Assim que a Maria chegar, posso fazer um café, posso ir trabalhar, posso pensar.

Mas às 7h recebo uma ligação de Maria dizendo que ela pegou uma infecção depois do procedimento de microagulhamento que fez e não vai conseguir vir trabalhar. *Merda*. Ainda preciso acordar as crianças, colocar a roupa nelas, alimentá-las e deixá-las na escola e no berçário, tudo isso sozinha, antes de pegar o trem para Londres. Estava pensando em usar uma roupa bonita para o meu primeiro dia de volta ao trabalho, fazer um penteado, montar um *look* profissional. Mas com duas crianças berrando pelo café da manhã, tenho que me virar com a primeira roupa que aparece e o cabelo fica num coque bagunçado.

— Você olhou os fóruns? Fez o *upload* do meu desenho? — pergunta Felix. *Saco, me esqueci completamente disso.*

— Hum, ainda não, desculpa, me distraí — respondo enquanto tento encontrar o cereal específico que ele pediu para o café.

— Mas você vai para Londres, não vai procurar o portal? — pergunta ele.

— Não, vou trabalhar… no meu emprego.

— Alienígenas sabem fazer programas de TV?

— Eu *não* sou uma alienígena. Esse? — Mostro uma caixa do Capitão Crisp e ele balança a cabeça. — Esse? Esse? Esse? — Pego todas as caixas de cereal do armário e Felix escolhe o Weetabix. — Por que esse? — pergunto, exasperada.

Ele segura um cereal oblongo, como se aquilo demonstrasse a obviedade da escolha.

– O que devo colocar na sua lancheira para o almoço? – pergunto, mas faço uma pausa para recuperar a mamadeira de Amy, que ela jogou do outro lado da cozinha por nenhum motivo.

– Sanduíche de queijo, por favor. – *Bem, pelo menos foi fácil.* – Mas só se tivermos queijo branco. Não gosto mais do queijo amarelo. E só se tivermos o enroladinho? Não gosto do pão do homem verde, ele tem olhos assustadores. E se não tivermos queijo branco, pode ser presunto, mas só se for o presunto com casquinha.

Não devia ter perguntado. Pego um pacote de batatinha, um pacote de castanhas e uma maçã, jogo um pedaço do que deve ser queijo no único pão que consigo encontrar e coloco tudo na lancheira amarela que tem o desenho de uma espaçonave.

– Podemos fazer o *upload* do desenho depois da escola? – pergunta Felix.

– Claro, vamos fazer isso depois, assim que eu voltar de Londres.

Não quero que Felix crie muitas esperanças com o desenho digital, a ideia de que pode ser a solução dos nossos problemas, mas não parece que ele vai se esquecer disso, e não temos tempo para uma longa conversa agora.

Na agenda familiar, vejo a lista de coisas que as crianças precisam na segunda-feira. Abaixo de *Felix* leio: uniforme de futebol (gaveta de cima) e tarefa de gramática (pergunte a ele). Depois de passar alguns minutos procurando algo que nunca vi, que Felix descreve como "um livro com escritos", ele se lembra que pode ter deixado na mochila de Simon Gee, *seja lá quem for Simon Gee.*

Estamos muito atrasados, mas enquanto coloco todo mundo no carro, escutamos um barulho intenso e um fedor abissal toma conta do ar.

– Amy fez cocô – diz Felix com um suspiro.

Amy sorri com todos os dentinhos à mostra. *Ela fez de propósito? Posso levar ela pro berçário com a fralda suja? Acho que não seria muito bem-visto.* Mas já fiz coisas que não eram bem-vistas, então vou me arriscar. Sento no banco do motorista e expiro longamente. E pensar que eu tinha dificuldade de chegar no trabalho no horário quando eu só precisava me vestir.

– Bom dia, Lucy – diz Stanley Tucci. A voz é sexy e acalentadora, o que me faz ficar instantaneamente menos estressada.

– Oi, Stan – respondo.

– Você vai para a ESCOLA, FELIX?

– Vou. – Ainda que agora esteja preocupada em dirigir esse carro enorme. Faz anos que não dirijo, e nunca fui boa em fazer baliza. E se eu tiver que fazer na frente da escola? Mas assim que aperto o acelerador, o carro começa a se mover, suave como manteiga. Quando viro à esquerda na saída da garagem, parece mesmo que o carro está andando sozinho. *O carro está andando sozinho?*

Quando chegamos à escola, vinte minutos atrasados, Stanley diz:

– Tenha um bom dia, FELIX.

– Sai fora, Stan – responde Felix enquanto abre a porta.

– Sai fora! – repete Stanley alegremente.

– Eu que ensinei isso a ele – diz Felix, orgulhoso, depois bate a porta do carro e sai correndo pelo parquinho vazio.

Stanley nos leva até a creche de Amy, e estou começando a achar que o pior já passou. Se eu conseguir pegar o trem das 9h15, ainda consigo chegar ao escritório 10h15. Mas quando estaciono e abro a porta, vejo que Amy conseguiu abrir a minha bolsa, pegar o meu *blush* cremoso caríssimo e passar pelo rosto todo, e pelo banco.

– Amy! Como você conseguiu fazer isso? – Não tenho nada com o que limpar aquilo. Tentar remover tudo com as mãos só piora a situação: o rosto dela está tão corado que ela parece extremamente envergonhada, o que, para ser sincera, seria o caso se eu estivesse no lugar dela. Enquanto a entrego para a funcionária do berçário, percebo que a fralda vazou, e uma mancha marrom-clara se forma nas leggings dela. *Posso dizer que não sabia, ela pode ter acabado de fazer cocô.* Amy se segura em mim, como um bebê coala fedorento que reluta em deixar a árvore.

– Está tudo bem, Amy, vou voltar para buscar você logo. Tenho que ir trabalhar agora, docinho.

– Ah, céus – diz a funcionária da creche.

– Argh! – Deixo escapar, enquanto entrego Amy à funcionária para poder limpar o vômito rosa que escorreu pela minha blusa. *Agora tenho que voltar para casa para me trocar, nunca que vou conseguir pegar o trem das 9h15.*

– Ela não pode ficar na creche se estiver doente – diz a funcionária, enquanto a devolve para mim.

– Ela não tem nada contagioso; ela só comeu o meu *blush* enquanto vinha pra cá.

– Sinto muito, mas são as regras da creche. Ela não pode voltar aqui pela próximas quarenta e oito horas.

– Quarenta e oito horas? Mas como eu vou trabalhar?

A mulher dá de ombros como se entendesse a minha situação, mas eu realmente não compreendo. Eu *preciso* trabalhar. Como os pais conseguem continuar trabalhando? Sério, como ninguém ainda arrumou uma solução para isso? Amy começa a chorar, e eu imediatamente começo a me sentir mal por me preocupar em perder uma reunião. A coitadinha deve estar com dor de estômago, e não quero deixá-la aqui se não estiver se sentindo bem. Encosto o rostinho dela pintado de *blush* no lado seco do meu peito.

– Pobrezinha. Vamos pra casa.

Quando voltamos para casa, troco a fralde dela, mas minha filha não para de chorar. Penso em ligar para Sam, mas não há nada que ele possa fazer lá de Manchester. Ele só vai ficar preocupado que eu não consigo lidar com as coisas. *Não estou conseguindo lidar com as coisas.* Coloco a mão na testa de Amy, para ver se ela está quente. A minha mãe fazia isso comigo, mas talvez só esteja com a temperatura normal. Onde os pais aprendem esse tipo de coisa? Tem algum TED Talk que eu possa assistir?

Amy se entrega no meu colo e fecha os olhos. Lembro da sensação de apenas precisar da minha mãe. Algo me diz que ela só precisa ficar no meu colo para saber que eu não vou embora. Então troco a minha blusa e é isso que faço, até ela dormir, babando no meu ombro. Com a minha mão livre, consigo mandar uma mensagem para Michael dizendo que tive uma emergência com as crianças e não vou conseguir ir para Londres hoje. Ela me deixou a cargo da vida dela, da carreira dela, dos filhos dela, e estou falhando em tudo. O que ela faria nessa situação? Deixo que Amy durma por dez minutos, depois a coloco no sofá, talvez eu consiga trabalhar remotamente. Só… dez… minutinhos.

Sou acordada pelo telefone. *Caí no sono? Que horas são?* Merda, nós duas dormimos por duas horas! O barulho também acorda Amy, mas ela sorri para mim com um olhar sonolento e feliz. Ela parece bem melhor, ainda que tenha um pouco de *blush* no rosto.

– Senhora Rutherford, aqui é a Yvonne da Escola Primária Farnham – diz uma voz anasalada. – Felix não está com o uniforme verde do futebol. Eles vão usar verde essa semana porque vão jogar fora de casa. Lembramos a todos sobre isso no aplicativo Skoolz. – Ela faz uma pausa. – Você precisa trazer o uniforme aqui se ele for jogar.

Não quero ser responsável por ele perder o jogo. Entrego um ursinho para Amy, que toca música quando você aperta a orelha, e corro no andar de cima para procurar o uniforme verde. Não encontro nada nas gavetas nem no chão do quarto, e depois de procurar pela casa toda, acabo encontrando o bendito na pilha de roupa suja, lá no fundo, coberto de lama. *Se eu usar o ciclo rápido da máquina, pode ser que seque a tempo.* A máquina de lavar vinda diretamente do espaço não liga sem que eu coloque os códigos para uso eficiente de energia e água, e depois de tentar diversas combinações aleatórias, finalmente escuto o misericordioso barulho de água no tambor.

Amy começa a gritar, está entediada com o brinquedo, e quando vou buscá-la, escuto um bip repetitivo na lavanderia. Vamos investigar e vejo o ERRO CODE 03 brilhando na tela.

— O que raios é erro code 03? — pergunto para Amy, e então percebo que ela pegou um pouco de sabão e está enfiando na boca. Enquanto tiro tudo da mão dela rapidamente, ela começa a gritar, furiosa. Não consigo abrir a máquina, nem desligar, e o barulho, junto do choro de Amy, é uma tortura. Se eu fosse uma espiã e o inimigo estivesse me interrogando, cinco minutos disso seria o suficiente para que eu contasse todos os meus segredos.

Amy está mastigando a mão. Talvez esteja com fome? Já é hora do almoço e ela vomitou quase todo o café da manhã.

— Você quer almoçar?

— Muçá! — grita ela.

E então a campainha toca. Era bem o que eu precisava.

Na frente da porta, vejo um homenzinho feliz com um macacão verde.

— Senhora Rutherford? — *Ainda não consegui me acostumar a ser chamada assim.* — Sou o Trevor, vim medir o uso de energia elétrica.

— Sinto que esse não é o melhor horário — digo enquanto balanço Amy para cima e para baixo.

— Certo — Trevor muda o peso do corpo de um pé para o outro, o sorriso diminui um pouco. — É só que... vão cobrar uma taxa para remarcar.

— Tá bem, pode entrar. Mas estou com amnésia, então não lembro de ter marcado nada. Você consegue medir sozinho?

— Certo. — Trevor me olha, assustado. — Você sabe onde fica o medidor? — Faço que não com a cabeça. — Você tem algum lugar onde ficam os eletrodomésticos? Normalmente tem um painel por perto.

— Muçá!! — grita Amy, e eu a coloco no chão por um momento porque ela está puxando o meu cabelo e preciso mostrar a Trevor onde fica o que ele procura.

Quando volto, percebo que nos trinta segundos que fiquei longe Amy conseguiu tirar a fralda e fazer xixi pelo tapete todo.

– Amy! Não!

Ela grita.

– Não é lá – diz Trevor, voltando e vendo a bagunça. – Vou dar uma procurada, ok? Percebi que você está ocupada.

Depois de ter limpado toda a bagunça no corredor, vou para a cozinha e encontro um pote com purê para Amy e uma barra de cereais para mim. Amy joga o purê no chão e pega a barra de cereais da minha mão. O barulho da máquina de lavar parece estar perfurando o meu crânio. E se eu não conseguir desligar? E se tivermos que viver com esse som pelo resto da vida? As pessoas vão vir nos visitar e vão ter que usar abafadores de ruído. Seremos conhecidos por isso.

O rosto sorridente de Trevor aparece na porta da cozinha.

– Achei o painel – diz ele, triunfante.

Amy destruiu a barra de cereais e agora está gritando "NANA!" para mim.

– Não sei o que é "nana", docinho – digo a ela. Mas ela levanta os bracinhos e abre e fecha as mãos em punho.

– NANA!

– Acho que ela está querendo dizer banana – diz Trevor. Certo. Até Trevor entende melhor as crianças do que eu. – Você quer que eu desligue esse apito?

– Sim, por favor, Trevor! Pelo amor de Deus, sim.

Trevor parece assustado. Encontro uma banana para Amy, e ela segura com alegria. Trevor não consegue fazer o barulho parar, mas consegue abrir a máquina de lavar para que eu possa pegar o uniforme de Felix.

Dez minutos depois, Trevor foi embora, e eu e Amy estamos no carro, com o uniforme molhado de Felix pendurado na janela.

– Baa veia! Baa veia! – grita Amy quando começo a dirigir.

– Stan, toque "Baa Ovelha" – tento.

– Você quer ir para BAARLE-NASSAU na BÉLGICA? – oferece Stanley.

– Não!

A minha quedinha pelo Stanley Tucci está evaporando rápido. Estou começando a sentir falta do Trevor, ainda que nossa relação de coparentalidade tenha sido breve.

– Baa veia! – grita Amy, insistentemente. Tento cantar a música eu mesma, mas não consigo me lembrar da letra, além disso agora estou com uma dor de cabeça terrível devido ao barulho da máquina de lavar, ao choro, à cantoria e à grande quantidade de tarefas ao mesmo tempo. Passamos dez minutos dirigindo na direção errada porque Stanley *está* tentando nos levar para a Bélgica. Por fim, chegamos ao portão da escola e tiro Amy do carro para levá-la comigo. Os meus braços estão doendo de carregá-la por todo o dia. *É por isso que agora meu bíceps está definido?*

– Oi, só vim deixar esse uniforme de futebol para Felix Rutherford – digo para a mulher na recepção, e observo o relógio na parede enquanto tento me acalmar. Ela me olha com pena, e é só então que percebo qual imagem devo estar passando. Tem papinha de bebê no cabelo, estou com pizzas embaixo do braço e só Deus sabe o que mais porque nem olhei no espelho antes de sair de casa. Amy parece um flamingo exausto.

– Em qual sala ele está? – pergunta ela.

– Hum. Não sei. Ele tem sete anos.

– Você não sabe em qual sala ele está? – pergunta ela, me encarando. Uma mulher mais velha com cabelo castanho e encaracolado chega na recepção vinda de um dos escritórios, e agora sinto que estou sendo duplamente julgada.

– Está na 3C – diz a mulher mais velha. – Felix Rutherford está na 3C. Enquanto está aqui, senhora Rutherford, teria tempo para uma conversa?

A recepcionista pega o uniforme de futebol e, sentindo que ele está indo um pouco úmido, me olha sem entender.

– Talvez você possa colocar para secar um pouquinho? – pergunto, bem baixinho, antes de seguir a mulher mais velha para o escritório. A placa da porta diz: senhora H. Barclay, supervisora.

– Pode se sentar – diz ela enquanto pega um livro e entrega para Amy. É um livro de capa dura sobre coelhos, e Amy o aceita alegremente. – É um dos meus favoritos.

– Que bom – respondo, apenas para ter algo a dizer.

– Você sabia que o Felix trouxe castanhas para a escola essa manhã?

– Castanhas?

– Não permitimos castanhas, senhora Rutherford. Por conta das alergias.

– Ah não, sinto muito, foi culpa minha. Alguém se machucou?

– Confiscamos as castanhas e jogamos fora. – Ela faz uma pausa. – Ele também não trouxe os livros certos para essa manhã, e chegou atrasado.

– É, sinto muito, nos atrasamos porque... – Eu tento pensar em como posso explicar o que aconteceu. Sam não vai ficar feliz se, por eu ter sido deixada um único dia sozinha com as crianças, o serviço de proteção ao menor receber uma ligação.

– Só queria me certificar de que está tudo bem em casa – diz ela, de frente para mim. – Felix disse aos professores que você tinha desaparecido. – Ela faz outra pausa, cruza as mãos e baixa os olhos. – Se tiverem algum problema em casa, é sempre melhor comunicar à escola, assim podemos ajudar as nossas crianças qualquer transição que possa ser difícil.

– Ah, não, não é nada assim. – Tento dar um sorriso alegre demais. – Só estamos tendo, hum, problemas de saúde. – Faço uma pausa. – Preferiria não falar sobre os detalhes, mas isso pode explicar o comportamento de Felix.

– Entendo. – Ela concorda com a cabeça, bem devagar, depois franze o cenho como se não entendesse e precisasse que eu explicasse. – Ele perguntou ao professor se podia construir um foguete espacial na aula de projetos...

– Que ambicioso.

– ...para que ele pudesse enviar a falsa mãe dele de volta ao planeta alienígena do qual ela veio.

Uma risada curta escapa dos meus lábios e é recebida com julgamento.

– Crianças têm a imaginação muito fértil, não é mesmo? – digo.

– Não quero invadir a privacidade de ninguém – diz ela, ainda que claramente ela queira –, contanto que tenham tudo sob controle, e que não mandem castanhas para a escola novamente.

– Agradeço a preocupação, senhora Barclay. Temos tudo sob controle, já entendi, sem mais castanhas.

E é nesse momento que Amy vomita uma sopa de castanhas não digeridas, bem em cima da mesa da supervisora.

21

— Parece um dia bastante normal da maternidade pra mim — diz Faye, quando termino de contar sobre o meu dia desastroso. Consegui me esgueirar para longe das crianças por alguns minutos para fazer esse chamada e é um alívio escutar a voz familiar e sem julgamentos da minha amiga. — Como a Amy está agora? Continua vomitando?

— Não, ela parece bem. Eu provavelmente não deveria ter deixado que ela comesse a barra de cereais no almoço.

— E o que aconteceu com a máquina de lavar? Ainda está apitando? Quer que eu vá até aí?

— Não, não precisa se preocupar, arrastei toda roupa suja e coloquei perto da máquina para abafar o som. — Cheiro a minha blusa. Ainda que eu tenha trocado de roupa, continuo cheirando a vômito. — Estou me sentindo grudenta, suada e nojenta. Falhei em tudo o que fiz hoje.

— As crianças estão vivas?

— Estão.

— A casa pegou fogo?

— Não.

— Então você não falhou.

— Você acredita que eu esteja achando difícil ser mãe porque não me lembro de como fazer isso?

— Não, às vezes só é difícil mesmo. Imagino que seja duplamente difícil se você não se lembra das coisas. Eles já conseguiram mandar o homem para Marte, mas ninguém resolveu o problema de como vestir, alimentar e tirar as crianças de casa sem que alguém perca a cabeça.

– Eles mandaram um homem para Marte? – pergunto, impressionada.

– Eles mandaram, e também uma mulher, e um esquilo chamado senhor Bochechas Espaciais.

– Não tive tempo nem de fazer um café pra mim. Não consegui lavar nada da roupa. Não consigo nem me lembrar se fui ao banheiro hoje. Acho que não, acho que não faço xixi há oito horas.

– Lucy, sua filha está doente, Sam está fora, esse é o tipo de dia em que você só precisa sobreviver. Tem certeza de que não quer que eu vá até aí? Posso levar um pouco de chá de lavanda.

– Não, sinceramente, só preciso de dois minutos para me sentar e… – Paro de falar, assustada por Felix estar me observando com uma caixa meio vazia de giz de cera.

– A Amy comeu o meu giz de cera – diz ele, com as sobrancelhas franzidas em fúria.

– Sinto muito, Faye, preciso desligar. Giz de cera foi ingerido aqui.

Felix e eu estamos parados perto de Amy na sala, ela está sentada em um ninho de giz de cera quebrado.

– Você acha que ela vai fazer cocô de arco-íris agora? – pergunta Felix, direto. O tom de voz me faz rir, e vejo que um pequeno sorriso se forma no canto da boca dele. Juntos, guardamos todos os quebra-cabeças e os brinquedos que Amy tirou da prateleira mais baixa.

– Sinto muito que hoje tenha sido essa loucura. Vou me sair melhor amanhã. Vou acordar *bem* cedo.

Felix dá de ombros, ele parece mais irritado com a questão do giz de cera do que com qualquer outra coisa.

– Qual o contrário de comer? É "não comer" ou "vomitar"? – pergunta ele.

– Não sei – respondo, confusa pela linha de raciocínio pouco convencional.

– Acho que é vomitar. O que está apitando?

– É a máquina de lavar. Não consigo desligar.

Ele vai até a lavanderia e vou atrás, carregando Amy.

– Não vou deixar você sair do meu campo de visão, seu pequeno tornado de destruição – digo a ela, enquanto empurro o dedo em seu nariz. Ela sorri para mim de um jeitinho angelical.

Felix desfaz a barricada de roupas em volta da máquina e me mostra um botão ao lado do equipamento. Ele o segura por três segundos e finalmente temos silêncio.

– Uau. Foi fácil, hein?

Felix dá de ombros como se não fosse nada. Acabo me sentando na pilha monumental de roupa suja.

– Não sou muito boa nisso, né? – pergunto baixinho.

– Você está se saindo bem – diz Felix, e se senta ao meu lado na pilha de roupas.

E então, sinto o braço dele em volta dos meus ombros. Felix está me abraçando. *O meu filho está me abraçando. Eu tenho um filho.* Os bracinhos leves em volta do meu corpo fazem com que algo dentro de mim se mova, um tipo novo e absoluto de afeição por ele toma conta de mim como uma onda. Não quero me mexer nem dizer nada para que ele não se mova.

– A minha mamãe de verdade também acha isso difícil. Às vezes ela vai lá fora e grita para a horta, quando não quer gritar com a gente.

Não sei se esse pedaço de informação me deixa mais tranquila ou mais preocupada. Entrego o meu celular a ele e digo:

– Vamos lá então, me mostre os sites onde você quer que eu faça o *upload* do desenho. – Afinal de contas, promessa é dívida.

Felix segura o telefone com o rosto cintilando. Depois de alguns cliques, ele entrega o aparelho para mim.

– Esse é o melhor, foi o site que o pai de Molly disse pra gente usar. – Ele aponta para o endereço que digitou: arcadefind.co.uk. – É pra pessoas que colecionam essas máquinas antigas. – Rolo a página para ver todos os assuntos. "Quero: *joystick* para substituir a máquina de Donkey Kong 412." Vejo pedidos extremamente específicos aqui. Talvez Felix tenha razão. Talvez alguém nesse site saiba onde posso encontrar a máquina dos desejos.

Demoro só um minuto para criar um perfil e postar no site na aba de "procurando".

USER: Desejando26
PROCURO: Antiga máquina de desejos
DESCRIÇÃO: utiliza moedas, 10 pêni para modificar e escrever em uma moeda de 1 pêni "SEU DESEJO FOI CONCEDIDO". Luzes neon amarelas, toca uma música parecida com "Camptown Races".
ONDE FOI VISTA: Banca de jornal na Baskin Road, ao sul de Londres, há dezesseis anos.

Depois de criar a postagem e adicionar o desenho de Felix, mostro a ele.

— Não vai ser fácil. Não devemos criar muitas esperanças — digo, firme. Isso também serve para mim.

— Alguém vai ver. Alguém vai saber onde está — responde ele com confiança.

Um gemido abafado vem de trás de nós, ambos nos viramos para dar de cara com Amy com uma legging enfiada na cabeça. Quando a liberto da calça, dou um sorriso bobo. Ela gorgoleja uma risadinha e estica os braços para tocar o meu rosto, mexendo as minhas bochechas como se fosse massinha.

— O que você acha que a princesa da lavanderia quer comer? — pergunto enquanto me levanto e pego Amy.

— Nós dois queremos tirinhas de peixe — responde Felix, e me segue para fora da lavanderia.

— Muito bem, tirinhas de peixe então. Acho que consigo fazer isso. — E então, porque os olhos enormes de Amy estão me encarando cheios de expectativa, cubro meu rosto com a legging. — Ah, não, o polvo me pegou! — grito, e Amy gargalha enquanto finjo estar sendo atacada pela calça. — Rápido, Capitão Felix! A princesa da lavanderia está em apuros, ela precisa de um barco!

Amy bate palmas, extasiada. Felix me olha com uma careta confusa.

— Capitão, não temos muito tempo. A princesa não sabe nadar!

Há um cesto de roupa suja de plástico atrás dele e, de má vontade, ele o empurra na minha direção com o pé.

— É você quem precisa fazer isso, Capitão. O polvo me pegou — grito de forma dramática enquanto coloco a bebê no chão e faço de conta que estou em uma luta com a calça legging.

Felix vem até nós devagar, pega Amy e a coloca no cesto de roupa suja, ele revira os olhos na minha direção enquanto tira a franja da testa. Mas sinto uma centelha de interesse, e por isso melhoro a performance e dou tudo de mim, usando toda a minha experiência dramática, que consiste em ter feito o papel da ovelha número cinco no teatro de Natal no Ensino Fundamental.

— Ela está segura agora, mas para que possa voltar para casa, temos que derrotar o malvado rei polvo. — Balanço a legging no ar e aponto para a escada. — Subam a cachoeira e depois peguem o barco *Banheira das Perguntas* para chegar em segurança ao castelo. — Faço uma pausa de efeito dramático. — Está comigo, Capitão?

Felix olha ao redor, envergonhado, talvez esteja checando se tem alguém nos observando. Os olhos dele estão cheios de indecisão. Amy bate palmas animadas, comprometida por completo no que estamos fazendo.

– Por favor, Capitão Rutherford, não posso fazer isso sem você.

É como se o tempo parasse um segundo, mas o desejo de brincar vence. Olho ao meu redor, pego uma almofada do sofá e jogo em Felix.

– Seu escudo contra polvos.

Ele segura a almofada contra o peito e se lança em direção à calça que está nas minhas mãos, e ali começa uma luta mortal. Amy se levanta no barco, aplaudindo nossa performance. Agora que Felix está envolvido, a brincadeira fica mais complexa. Ele me diz que, antes de chegarmos à Cachoeira dos Sete Peixes, precisamos destruir o ninho dos polvos na sala de brinquedos. Ele pega um cadarço da pilha de roupa suja e o amarra ao barco de Amy, para que possamos puxá-la por entre os móveis. Felix se entregou à brincadeira com uma ferocidade que eu não poderia ter previsto. Quando estamos todos seguros no tapete da sala de estar, com a princesa no barco, Felix aponta para o cesto de brinquedos do outro lado da sala.

– Ali está o ninho secreto – sussurra ele. – A Pescoçuda está ali. É a líder. Para chegar na Cachoeira, a gente precisa tirar ela e os seus capangas de lá, distrair todo mundo e chegar até o botão.

– O que o botão faz? – pergunto, genuinamente curiosa.

– É um botão antigravidade. Ele inverte o fluxo da água.

– Genial! Como tiramos os brinquedos?

– Os capangas – ele me corrige. – Eu vou remar pela parte de trás, você os distrai na entrada da caverna. Aí eu subo e entro pela entrada secreta e detono a… – Ele olha em volta, joga uma almofada no chão e pula para pegar uma caixa de madeira na prateleira inferior de brinquedos. – A bomba.

– Cuidado com isso. Você sabe como elas são sensíveis – digo, fazendo uma reverência silenciosa.

– Eu sou macaco velho, Tenente – diz ele, com um sorriso atrevido. Nesse sorriso, vejo um pouco do pai dele aos dezesseis anos, aos vinte, agora como um homem, e então sinto uma pontada no peito, como se o meu coração tivesse se desprendido de uma espécie de concha e agora estivesse à mercê de tudo.

Felix sai remando na almofada do sofá com a bomba cuidadosamente embaixo de seu braço.

No celular, encontro "Bad Romance", de Lady Gaga. A música começa a tocar nos alto-falantes do teto e eu aumento o volume. Para o aniversário de dezesseis anos de Zoya, elaboramos uma dança para essa música e gravamos um vídeo na sala de estar dos pais dela. É a única coreografia que conheço. Felix observa confuso enquanto começo a cantar e a lançar sombras estranhas no tapete com minha coreografia, Amy dá um grito de alegria e começa a balançar o barco-cesto-de-roupa-suja para a frente e para trás. Felix faz um sinal de aprovação com a cabeça e, agora que está perto da cesta de brinquedos, começa a jogar brinquedos macios pela sala.

— Está funcionando! Eles estão saindo a caverna sem defesa! Não pare.

Danço como se a minha vida dependesse disso, como se o meu relacionamento com meu filho dependesse disso, como se todo o meu dia horrível de fracassos pudesse ser desfeito por uma coreografia de sucesso. Talvez eu não consiga conquistar o respeito desse garotinho fingindo ser a mãe que ele conhece, mas talvez o conquiste dançando como uma doida varrida por tempo suficiente para que ele tenha a chance de usar o botão antigravidade.

— Estou vendo o botão! — Felix ruge, mergulhando na cesta de brinquedos, e eu sinto uma descarga de adrenalina, como se algo enorme estivesse prestes a acontecer.

Uma hora depois, Felix e eu estamos deitados no corredor do andar de cima completamente exaustos.

— Conseguimos — diz ele, estendendo a mão para me cumprimentar.

— Conseguimos — digo, olhando para o quarto de Amy, onde agora ela está no berço, pronta para dormir. A nossa missão para chegar ao castelo teve um desvio pela cozinha para abastecer o herói (tirinhas de peixe e batatas fritas) e combustível de barco (leite), que Amy bebeu em nome do barco. Em seguida, subimos a cachoeira até a *Banheira das Perguntas*, onde Felix tinha que soletrar corretamente cinco palavras para ligar as Torneiras do Destino. Amy foi deliciosamente complacente durante todo o jogo e estava exausta quando a depositamos em seu castelo (berço).

— Essa foi uma missão e tanto — digo, oferecendo uma mão para ajudar Felix a se levantar.

Descemos as escadas e passamos pela sala de estar, agora cheia de almofadas e brinquedos. A pilha de roupa suja está na metade do corredor, desde a hora em que Felix estava cavando para encontrar um cabo de reboque para o barco. A cozinha ainda está uma zona de desastre por causa da comida de Amy... e do almoço... e do café da manhã. No entanto, apesar do apocalipse doméstico, uma nova e calma confiança toma conta de mim. Talvez eu *consiga* fazer essa coisa de ser mãe. Vou arrumar a casa, preparar todas as coisas de que preciso para amanhã, colocar Felix na cama e depois me trancar no escritório para mandar um e-mail para o Michael com todas as minhas ideias para o programa. Depois, vou tentar fazer tudo de novo amanhã, só que melhor.

– Foi divertido – diz Felix em voz baixa quando começo a colocar tudo na máquina de lavar louça. – A mamãe não faz mais essas coisas. Ela não brinca com a gente, está sempre muito ocupada.

– É mesmo? – pergunto e sinto uma lealdade em relação à minha Eu do Futuro. – Ela tem muito o que fazer. Tenho certeza de que gostaria de brincar com vocês se pudesse.

– Eu sei. Ela é uma ótima mãe. – Ele olha para mim, e sinto que ele quer me dizer que também não está sendo desleal. – Ela organiza as melhores festas de aniversário. No ano passado, ela me fez um bolo de dinossauro. Todos os meus amigos disseram que era o melhor bolo de todos, tinha um montão de dentes de M&Ms.

Faço "hum!", mordendo o lábio e sentindo uma súbita onda de emoção por trás dos meus olhos.

– A gente não fez o brócolis – diz Felix, apontando para uma cabeça de brócolis esquecida na tábua de corte.

– Você quer brócolis de sobremesa?

– Acho que sim – diz ele, dando de ombros.

Coloco uma panela com água no fogão e Felix pega uma faca para começar a cortar.

– Espere, você sabe usar uma faca?

– Você confiou em mim para segurar uma bomba, mas não confia uma faca de cozinha?

Dou uma risada alta e vejo novamente aquele sorriso, aquele que ele tenta esconder, mas que é difícil, pois adora me fazer rir.

– Olá? – escutamos uma voz no corredor e viramos os dois para encontrar Sam olhando impressionado para todo aquele caos.

– Oi, pai – diz Felix, correndo para abraçá-lo. *Ele veio para casa mais cedo?* Eu ia arrumar tudo antes de ele chegar, eu ia me sair melhor amanhã.

Sam parece exausto, e sinto essa necessidade de também abraçá-lo, mas estou preocupada. Ele está com aquela cara de professor desapontado enquanto olha para os lados.

— Não está tão ruim quanto parece — digo a ele. — Estávamos apenas brincando aqui. Vou arrumar tudo.

— Tudo bem — diz Sam, e vai para a sala, onde começa a pegar almofadas e colocá-las de volta no sofá. — Você já deveria estar dormindo, campeão — diz ele a Felix. — Amanhã é dia de aula. O que acha de ir escovar os dentes e depois eu subo para dizer boa noite.

Felix me lança um olhar meio com ar de conspiração, meio com piedade antes de subir as escadas.

— Como você conseguiu vir para casa antes? — pergunto.

— Alguns músicos ficaram doentes. Então não conseguimos gravar tudo o que queríamos. Deixei uma mensagem de voz para você…

— Desculpa, eu quase não olhei o telefone. Maria não estava se sentindo bem, depois Amy passou mal. Não consegui ir pra Londres.

Sam pega um tubarão de pelúcia e colapsa em uma das poltronas.

— Eu não teria ido se soubesse que você ficaria sozinha. Você deveria ter me ligado, Lucy.

Provavelmente ele tem razão, o dia de hoje foi completamente desastroso, é só olhar para esse lugar. Mas não consigo evitar a sensação de desapontamento ao perceber que ele vê as coisas dessa forma, porque, ao brincar com Felix e Amy esta noite, enfim vislumbrei o outro lado de ser mãe: a parte divertida, a parte na qual eu posso ser boa.

— Vou tomar um banho, o trem estava muito quente. Depois podemos lidar com tudo isso, eu acho — diz Sam.

Quando ele se vira para subir as escadas, percebo que não me deu um beijo desde que chegou. Como conseguimos ir de uma maravilhosa noite de sábado para isso? Talvez, se eu fizer a primeira tentativa, podemos voltar para onde estávamos, para o flerte e a parte de ficar sem roupa. Então o sigo escada acima. O chuveiro já está ligado, então tiro a roupa no quarto. O meu corpo está dolorido de tanto cansaço, mas assim que vejo o corpo nu de Sam no banho, um novo tipo de energia toma conta de mim.

Quando passo a mão pelo peito dele, Sam se surpreende, mas segura a minha mão e se vira para me encarar. A água desce pelos nossos corpos, a minha pele está arrepiada pela água gelada e pela ansiedade daquele toque. Nos primeiros dias, ficar a fim de Sam era como estar a fim do marido de outra pessoa, mas desde que saímos juntos, fiz as pazes com essa ambiguidade moral. A minha Eu do Futuro iria *querer* que eu fizesse sexo com o marido dela. Eu iria, se fosse ela, e meio que sou. Além disso, seria errado deixar essa química insana ser desperdiçada. Ao virar a cabeça para cima para beijá-lo, me sinto tão pequena. Todos os homens com quem já estivem parecem garotos se comparados a Sam. Quando ele me beija, deixo um gemido escapar, e ele me empurra contra a parede do chuveiro.

— Sabe, nunca transei no chuveiro antes — sussurro no ouvido dele. Assim que falo isso, sinto que ele congela, as mãos paradas. Olho para ele, os olhos arregalados de surpresa, o rosto dele demonstra uma dor indecifrável. — O que foi? O que aconteceu?

Ele olha para a minha mão esquerda, sai do chuveiro e coloca uma toalha na cintura, me ignorando enquanto caminha de volta para o quarto.

— O que foi? O que eu fiz? — Tento mais uma vez enquanto pego uma toalha da prateleira.

— Por que você não está usando sua aliança?

— É por isso que você está chateado? Sinto muito, não sabia que era uma coisa tão importante.

Ele se afasta de mim e percebo que está tremendo.

— Quem é você? Você não se parece com a minha esposa, não age como ela. — Ele solta um gemido, senta-se na cama e segura a cabeça. Esfrega os olhos com a palma das mãos e respira fundo. — Desculpa, sei que não é culpa sua. Não é que eu não queira isso, ou que não tenha gostado do sábado. Adorei ver você rir e se soltar como costumava fazer. Não consigo nem lembrar quando foi a última vez que você caiu na cama sem tirar a maquiagem, colocar os seus cremes, quando foi a última vez que me beijou na rua, sem se importar com quem estivesse vendo. — Ele está me olhando agora, e vejo a dor em seus olhos. — Mas me sinto mal por gostar disso. Parece estranhamente desleal, e você está agindo como se fosse a primeira vez que fazemos sexo no chuveiro me deixou ainda pior, porque já fizemos sexo lá centenas de vezes. E você nunca tira a aliança, exceto para dormir. Isso faz com que pareça que eu estou com outra pessoa, se você não for a minha esposa, eu... Não sei para onde ela foi.

As palavras dele são como um soco no meu peito.

– Não estou "agindo como se", Sam – digo, devagar, prendendo bem a toalha no meu corpo, pois agora estou sentindo frio de repente. – Isso não é uma ceninha. Caso você tenha esquecido, eu não me lembro de merda nenhuma.

Ele cobre os olhos com as mãos.

– Eu sei, eu sei, não quis dizer isso. Não sei o que quero dizer. Só me sinto péssimo por ter te deixado sozinha com as crianças quando você está sendo outra pessoa. Muita coisa poderia ter dado errado. – A dor no rosto dele parte o meu coração.

Sendo outra pessoa. Há algo nessas palavras que me deixa mais perturbada do que qualquer outra coisa que ele tenha dito.

– Não sou outra pessoa. Eu sei quem eu sou. Você simplesmente não me conhece – digo, com frieza.

E então pego as minhas roupas e saio do quarto.

22

O que estou fazendo aqui? Tentando brincar de casinha com pessoas que eu não conheço, babando por Sam, passando vergonha. Preciso sair daqui. Preciso voltar para Londres, voltar para o que eu conheço. Preciso vestir roupas decentes, pentear o cabelo, comprar um café absurdo de caro e ser uma produtora de TV competente, como eu sei que posso ser.

Na manhã seguinte, Maria ainda está doente, mas Sam diz que vai ficar em casa com Amy. Tudo o que preciso é levar Felix para a escola no caminho da estação de trem.

– Você está bem, mamãe? – pergunta Felix no carro, percebendo que os meus olhos estão inchados. Sinto vontade de chorar porque é tão fofo da parte dele perguntar.

– Vou ficar bem, mas obrigada.

– Qual é o contrário de casa? – pergunta ele, e esse é exatamente o nível de conversa que eu consigo ter.

– Casa nenhuma? – sugiro, e ele contempla a minha resposta enquanto olha pelo retrovisor.

– Não seria campo?

– Por que você precisa que tudo tenha um contrário, Felix?

Ele dá de ombros de forma lenta e exagerada, depois continua:

– Você conferiu as respostas no fórum?

Não conferi, então, quando paro no estacionamento da escola, faço o *login* para ver.

– Ah, recebi uma mensagem – digo, surpresa, e então leio o começo: – "Tenho o que você está procurando…".

Felix pula no banco e se empoleira no meu ombro para olhar. Por sorte, clico no link antes de mostrar a ele, porque é uma foto de um homem pelado com a genitália de fora.

— Eca.

— O que foi? Deixa eu ver! – diz Felix tentando pegar o celular, mas eu trato logo de deletar a mensagem.

— Sinto que essa mensagem não tem nenhuma relação com máquinas de desejos, é só um homem péssimo mandando fotos nojentas.

— Fotos nojentas? – Felix parece confuso. — Como fotos de cachorros sem olhos?

— Mais ou menos isso.

— Ah – diz ele, desapontado.

Limpo a garganta e já levo a conversa para outra direção.

— Pergunta rápida antes de você ir. Preciso ter ideias para programas de TV para crianças hoje no trabalho. O que você gostaria de assistir se pudesse inventar o seu próprio programa?

— Qualquer coisa com helicópteros e enguias-do-mar e uma perseguição na selva onde você pode andar num daqueles barcos com um ventilador grande na parte de trás.

Algo me diz que *Enguias & Helicópteros* não vai ser a minha melhor ideia, mas mesmo assim, adiciono à minha lista.

Usando um terninho acinturado com calças e uma *ankle boot* nova, entro confiante no escritório. *Londres. TV. Trabalho.* São coisas que eu sei. Decidi não contar aos meus colegas sobre os meus problemas de memória, pelo menos não se eu puder evitar. Não quero correr o risco de perder a única parte da minha vida que parece vagamente normal e onde eu posso ter algum controle.

— Lucy, como você está?

Michael me cumprimenta do topo da escada, e Trey e Dominique acenam para mim do outro lado do escritório. Callum se oferece para me fazer uma xícara de chá e trocamos um olhar... Seria pena? Coleguismo? Não, pior... Acho que Callum agora tem uma quedinha por mim. Onde eu estava com a cabeça? Ele é praticamente uma criança. Culpo a minha Eu do Futuro pela baixa tolerância ao álcool.

– Estou tão feliz por você finalmente estar de volta – diz Michael enquanto me leva ao escritório. – Vou dormir mais tranquilo depois que decidirmos a ideia para a Kydz Network. – Ele parece mesmo estar cansado. – A equipe vem tentando ter ideias nesses dias em que você esteve fora, e sei que vão ficar felizes com o seu *feedback*. Vamos ouvir algumas delas antes de você nos contar a sua? – Michael termina a frase com um sorriso nervoso enquanto Callum chega com meu chá e uma bandeja maravilhosa de docinhos.

– Dia dos docinhos – diz ele, e fica levemente enrubescido ao colocar a bandeja e um guardanapo na minha mesa.

– Mais uma coisa que os muquiranas da Bamph sem dúvida não vão continuar a fazer – diz Michael ao pegar um doce.

– Obrigada, Callum – digo ao bebericar o chá de intensidade perfeita, com a quantidade perfeita de leite.

Isso é ótimo. Sou a chefe Texugo, rainha da TV, no meu escritório sereno com os meus encantadores colegas, usando as minhas novas e incríveis botas. Ninguém está chorando ou me mordendo ou jogando as minhas tentativas de cozinhar no lixo. Ninguém está me expulsando de um sexo no chuveiro por dizer a coisa errada. Aqui, eu posso só comer *croissants* e conversar com pessoas adoráveis sobre o meu assunto favorito: televisão. Tenho uma lista enorme de ideias, então tenho certeza de que uma delas vai dar conta do recado.

Enquanto a equipe se junta na sala de reuniões, Trey se senta ao meu lado. Ele está usando um terno de *smoking* vermelho de veludo e uma camisa prateada com um clarinho enorme e pontudo.

– Eu consegui – diz ele, baixinho. – Pedi Clare em casamento. Ela aceitou.

– Ah, Trey, parabéns! Que notícia maravilhosa.

– Falei com a família dela também. Os pais dela estavam preocupados por eu ser *freelancer*, por não ter segurança no trabalho, disseram que seria difícil conseguir um financiamento imobiliário assim, mas contei pra eles de você, dos seus planos para mim.

– Os meus planos?

– Que quando vencermos esse *pitch off* você vai poder me oferecer um contrato permanente – diz Trey com um sorriso confiante.

Ótimo, agora os futuros sogros de Trey também estão contando comigo.

Dominique é a primeira a apresentar sua ideia. Ela parece nervosa, então tento encorajá-la com um joinha. Ela apresenta uma série animada de exploração, em que cientistas exploram paisagens pequenas demais para serem vistas pelo olho humano, como células em folhas ou gotas de chuva em nuvens. Quando Dominique termina, a sala fica em silêncio e percebo que todos estão olhando para mim em busca de uma resposta.

– Brilhante, adorei – respondo com uma única palma. Dominique parece animada.

– Você não acha que é muito parecido com *MicroBots*? – pergunta Michael, batendo a caneta contra a bochecha.

– Hum, talvez. – Anoto que preciso assistir *MicroBots*.

– É legal, mas construir todo esse cenário seria caro, e levaria tempo para vermos lucro – diz Trey.

– Pensando como o executivo da TV, parece que é um programa que ficaria mais pro lado educacional e não na diversão de sábado – diz Michael. – Talvez possamos pensar nele para um outro horário?

Concordo com a cabeça e coloco um dedo em frente ao lábios, para mostrar que estou "escutando atentamente".

Leon é o próximo. Ele propõe um programa de confeitaria, no qual as equipes competiriam para fazer bolos para as festas de aniversário de seus animais de estimação. Estou prestes a dizer que adorei a ideia, quem não gosta de bolos e animais de estimação? Mas então Trey entra em cena.

– É um pouco Disney Channel de quinze anos atrás, não é? Desculpa, Leon. – Ele faz uma careta de desenho animado para o colega, o que provoca algumas risadas dos outros na sala. – Lucy? O que você acha?

– Hum, possivelmente.

A cada apresentação, as perguntas dirigidas a mim ficam mais e mais técnicas. Tudo parece uma boa ideia, até que as pessoas mencionam aspectos práticos, preocupações orçamentárias e programas dos quais eu nunca ouvi falar. Eu me sinto uma fraude porque não sei nada, e as pessoas começam a se mostrar decepcionadas com as minhas respostas evasivas. Michael é comedido, atencioso e o seu *feedback* é positivo, mas prático. Agora que estou pensando nisso, esse era frequentemente o papel de Melanie. Ela sabia quais perguntas fazer, ela conseguia prever todas as possíveis armadilhas.

– Vamos ouvir sua ideia agora, Lucy? – sugere Michael, batendo a caneta nervosamente no bloco de anotações. Em pé, junto minhas mãos com uma palma, tentando reunir a confiança com que entrei aqui. Talvez eu não seja muito boa em criticar as ideias de outras pessoas, mas isso não significa que eu não serei boa em apresentar as minhas próprias ideias.

– Tenho muitas ideias, então vou começar com as melhores – digo, nervosa, olhando para Michael que está mordendo o lábio. – Certo, então, vou começar, posso? – Faço uma pausa. – Estava pensando: o que as crianças amam mais do que qualquer coisa? Brinquedos infláveis enormes! Por que não fazemos um programa que se passa em um castelo inflável? – Todos estão me olhando com expectativa, então continuo: – Podemos fazer várias rodadas, uma para soletrar enquanto se pula, e também uma rodada mais física onde a criança precisaria pegar bexigas do teto ou algo assim. Estou chamando de *A Casa do Pulo*.

As pessoas sorriem para mim, mas não dizem nada.

– Então é um *game show*, mas de pular? – pergunta Michael, devagar, como se estivesse tentando desvendar a matemática complexa de uma equação e se lembrar do que comeu no café da manhã de quatro dias atrás.

– Isso – respondo.

– Acho que eu ficaria enjoada assistindo as pessoas pulando tanto – diz Dominique, rindo. Ela pode ter razão. Parece que ninguém se encantou com *A Casa do Pulo*, por isso, rapidamente passo adiante. Eles certamente vão gostar de uma dessas ideias.

– Bem, deixe isso de lado um pouco. E um programa chamado *Olha o lobo*, em que as crianças competem para contar a maior mentira. Quem conseguir convencer o maior número de pessoas na plateia, ganha um prêmio enorme em dinheiro.

– Achei que não podíamos mais oferecer prêmios em dinheiro – diz Leon. – Desde que aquele garoto do *Quem quer ser um milionário mirim* foi roubado por um dos produtores.

– Não precisa ser dinheiro – digo. – Pode ser qualquer coisa, doces, vales.

– Doces? – pergunta Trey, horrorizado, como que seu tivesse sugerido que o prêmio fosse drogas pesadas.

– Não parece moralmente ambíguo recompensar as crianças por mentir? – pergunta Dominique.

– Ok, esqueçam a ideia da mentira. E um programa de talentos com crianças? Pegamos um grupo de crianças para organizar a própria apresentação da semana. Eles precisam fazer tudo: encontrar o tema, organizar os ensaios e no sábado fazer a grande apresentação ao vivo. É como se *O aprendiz* tivesse um filho com *O rei do show*.

– Que programas são esses? Desculpa, não conheço – diz Trey, e percebo que devem ser referências bem datadas.

Michael está olhando para mim com escárnio, como se esse não fosse o tipo de ideia que ele esperava que eu sugerisse.

– Adoro programas de talentos – diz Callum, sorrindo como um labrador fiel.

– Ou… tenho essa outra ideia. – Resolvo continuar falando, jogar tudo o que pensei e ver se alguma coisa pega. – Um programa inovador chamado *Nerds vão para a guerra*. Nós pegamos os adolescentes mais nerd, mais geeks mesmo, daqueles que não suportam vida ao ar livre, e depois os enviamos para treinar com os fuzileiros navais! Hilário, né?

A sala toda puxa o ar.

– O que foi? – pergunto, olhando para baixo para ver se minha camisa não abriu de repente.

– Hum, imagino que você esteja usando esses termos ironicamente – diz Michael. – Mas esse tipo de palavras marginalizantes nunca funcionam com o canal. Ainda mais voltadas para pessoas jovens.

– Como uma pessoa que se identifica como "inclinado à tecnologia", acho que é cedo demais para tentarmos ressignificar os pejorativos – diz Leon, enquanto balança a cabeça.

Nerd? Pejorativo? Talvez eu não esteja me conectando com as sensibilidades modernas.

As sobrancelhas de Michael estão franzidas em um novo nível de preocupação. Estou me afogando aqui, e preciso de uma ideia vencedora. Revirando a minha bolsa, encontro o livro que trouxe, uma série para o ensino médio sobre exploração espacial. Minha Eu do Futuro tinha uma proposta de adaptação salva no laptop na pasta "Novas ideias". É perfeita para esse horário.

– Então, esse livro, *Star Gazers*, é ideal para uma adaptação: é informativo e empolgante… – Estou prestes a continuar, mas todos estão me olhando com cautela de novo, como se não apenas a minha blusa estivesse desabotoada, mas eu também tivesse duas cabeças.

– Você quer tentar *Star Gazers* de novo? Mesmo que a Sky não tenha aceitado o piloto? – Michael está muito preocupado.

Eles já tentaram. Droga, esse detalhe não estava nas minhas anotações. Essa era a minha grande ideia à prova de falhas. A minha mente fica em branco, mas a minha boca continua falando.

– Ok, esqueçam isso. – Muito obrigada por nada. – Duas palavras: helicópteros e enguias-do-mar.

Silêncio. Algo me diz que essa reunião de apresentação não foi bem-sucedida.

– Equipe, vamos deixar isso para depois – diz Michael, empurrando a cadeira para trás e se levantando. – Retomaremos quando Lucy e eu tivermos a chance de conversar um pouco mais sobre a estratégia.

Todos os membros da equipe se olham preocupados enquanto saem. Vou até a janela e a abro.

– Está quente aqui?

Michael fecha a porta depois que todo mundo sai, e diz:

– Lucy, o que está acontecendo? – A voz dele está cheia de preocupação, acabando com a minha ilusão de que eu conseguiria fazer isso. Sinto que estou esvaziando.

– Desculpa por não estar no meu melhor – digo, ainda olhando para a janela e me preparando. Preciso contar a ele. – A verdade é... o motivo pelo qual eu fiquei fora na semana passada é que estou tendo problemas de memória. – Faço uma pausa, pensando em como explicar da melhor forma, mas quando me viro para encará-lo, Michael está concordando com a cabeça, como se estivesse esperando isso.

– Névoa mental? – sugere Michael, e eu concordo. – Suspeitei que pudesse ser isso, junto com os calorões e as mudanças de humor. Não queria presumir nada. Jane passou pela mesma coisa.

– Mudanças de humor?

– Desculpe se estou passando do limite. Mas é difícil não perceber que na sexta você era uma pessoa totalmente diferente. Igual a Jane, que parecia um ioiô perto de mim. Os adesivos de hormônios fizeram maravilhas na regulagem dela, aliás. – Ele aperta a minha mão. – Fiz um treinamento de sensibilidade para menopausa. Conte comigo para tudo o que precisar, Lucy. Mais tempo de pausa, auxílio extra, um ventilador de mesa, é só me falar.

– Temo que seja um pouco mais do que névoa mental, Michael. É... – Faço outra pausa, distraída com a imagem de Trey pelo vidro. Ele está sentado, segurando a cabeça. *Ele está chorando?*

– Igual a Jane, ela sempre perde o que está dizendo no meio da frase.

– Não, eu não lembro de nada. Na semana passada, eu não sabia o seu nome, não sabia que trabalhava aqui, nem mesmo sabia que tinha marido e filhos.

– Igual a Jane. – Michael estufa as bochechas e depois baixa a voz. – Eu não contei isso pra você, mas uma vez eu encontrei a Jane na cama com um cara que ela conheceu no ponto de ônibus. Ela pediu desculpas tantas vezes, mas foi tudo culpa da menopausa, ela esqueceu que era casada.

– Sei – respondo devagar, sem saber como continuar a conversa. Michael suspira.

– Foi terrível para ela, um caso tão extremo. Tudo o que eu podia fazer era apoiá-la.

– Ela está bem agora? – pergunto com cautela.

– Ah, sim. Está usando os adesivos e começou a nadar. O instrutor de hidroginástica dela, o Marcus, tem sido de grande ajuda. Ele tem a própria linha de suplementos. Posso pedir o número dele pra Jane, se você quiser.

– Obrigada, mas acho que estou bem. Olha, sei que o que quer que esteja acontecendo comigo escolheu um momento terrível, com os empregos de todos em risco. Eu vou entender se você quiser voltar atrás no *pitch off*. Podemos dizer ao Gary que mudamos de ideia.

Michael me observa por um momento. Ele parece calmo de uma maneira desconcertante.

– Não – diz ele.

– Não?

– Lucy, você lembra por que fundamos a TV Texugo?

– Não, não muito claramente.

– Estávamos trabalhando juntos em um documentário sobre entusiastas de hamsters. Na festa de encerramento, você disse: "Vou te dar cem ideias de programas melhores que o *Hamsterama*". E você deu. Apesar de algumas serem fracas, a maioria era viável e várias delas eram brilhantes. Não dá pra ensinar esse tipo de criatividade. – Ele faz uma pausa. – E também não dá pra esquecer daquilo ali. – Michael faz um sinal em direção ao escritório. – Temos sido uma grande equipe durante todos esses anos, com as suas ideias e o meu cérebro empresarial. Sei que tivemos que fazer concessões ao longo do caminho, mas tenho muito orgulho do que construímos, dos programas que fizemos. Sei que eu estava nervoso sobre o *pitch off*, mas você estava certa: os Cardinals nunca aceitariam uma fusão com o Red Sox. Nós jogamos juntos, do nosso jeito, ou perdemos o jogo inteiro.

– Eu disse isso?

Ele concorda com a cabeça enquanto mexe nos botões do casaco.

– Disse.

Estou começando a desgostar da minha Eu do Futuro. Ela é persuasiva demais para o próprio bem, manipulando todos para que façam o que quer, apostando o trabalho de todos em uma ideia que ela nem sequer escreveu em um lugar onde outras pessoas possam encontrar. Ela não nomeou os arquivos em uma ordem lógica ou deixou claro quais programas já foram feitos e quais não foram. Fundamentalmente, Sam está apaixonado por ela, sente a falta dela, e eu não posso competir. Tenho tentado tirar o melhor proveito da situação em que me encontro, mas agora estou me dando conta de que o melhor que posso fazer não será bom o suficiente.

– Vamos pensar em alguma coisa – digo a Michael, com a convicção de uma lagosta sendo jogada na panela de água fervente.

23

No trem de volta para casa, vejo que tenho várias mensagens e ligações perdidas de Sam. Ele diz que "precisamos conversar" e depois se desculpa por ter me irritado. Na estação Farnham, não consigo me obrigar a dirigir direto para casa. Estou me sentindo desesperadamente perdida, como se não tivesse o meu próprio lugar: nem no trabalho, nem em casa com Sam, nem mesmo neste corpo. Então, entro no carro e ligo para os meus pais.

– Oi, é a Lucy – digo quando o papai atende.

– Oi, querida. Sinto muito, mas sua mãe não está. Como estão as coisas por aí?

– Pra ser sincera, não muito boas.

– Ah. – Ele faz uma pausa. – Complicado, né?

– É mesmo; é bem complicado – respondo, sorrindo com a familiaridade daquela palavra.

– Existe algo que eu possa fazer, meu amor?

– Não muito, só queria ouvir uma voz amiga. Como estão as coisas por aí?

– Sua mãe foi... Hum... – Ele faz mais uma pausa, tenso. – Bem, não consigo lembrar do que ela disse. Era nesse fim de semana que você queria que ficássemos com as crianças? – Meu pai parece distante.

– Não, está tudo bem. – É a minha vez de fazer uma pausa. – Como está a sua horta?

– Ah, a couve está crescendo bem, as alfaces também, ainda mais depois que coloquei a cerca anticoelhos, o melhor investimento que já fiz. Agora, pra uma pessoa que não saiba nada de plantas, pode parecer que as pimentas estão um horror, mas eu tenho os meus truques para ajudar as danadas. – E ali o reencontro, animado como sempre, o meu pai de sempre.

Conversamos mais um pouco sobre coisas sem importância, e isso é bom para mim. Quando desligo, me sinto calma o suficiente para dirigir até em casa, para lidar com a decepção de Sam.

Quando chego, Sam está sentado me esperando. Ele parece cansado, o rosto abatido. Assim que entro em casa, ele se levanta e vem na minha direção, me puxando para um abraço. No começo, fico tensa, mas depois me permito relaxar. Com o dia que tive, não há nada que eu queira mais do que ser confortada por ele, por aquele cheiro estranhamente familiar.

— Eu sinto muito, muito mesmo — diz ele com o rosto no meu cabelo, e agora me sinto horrível por não ser mais compreensiva. Passei dias na cama, sofrendo o luto pela minha vida perdida, é claro que ele também tem o direito de sofrer pela esposa perdida.

— Está tudo bem, eu entendo — sussurro.

Quando ele me solta, começa a andar pela sala, falando rápido.

— Sei que você disse que não queria ouvir tudo de uma vez, e eu não queria te contar antes porque achei que sua memória voltaria mais rápido. Depois parecia cruel bombardear você com tudo, principalmente vendo sua reação à notícia sobre a Zoya. — Olho para ele, mas ele não retribui o meu olhar. — Mas o fato de você não saber... — Ele perde a linha de raciocínio e balança a cabeça.

— Alguma coisa pior do que Zoya? — pergunto e sinto o ácido do meu estômago na garganta enquanto Sam se aproxima e segura minhas mãos.

— Tivemos outra filha. O nome dela era Chloe. — *O que quer que eu estivesse esperando, não era isso.* Sam me leva até o sofá, com o rosto cheio de emoção.

— Pode me contar — digo.

— Ela nasceu dois anos depois de Felix. Ela era tão perfeita, Luce. Nós dois ficamos encantados com ela. Ficamos encantados com Felix também, mas ele teve problemas de alimentação, o parto foi difícil e todo o começo foi estressante. Chloe nasceu sorrindo, uma pequena Buda Zen. Mas então os médicos disseram que ela estava quieta demais, aérea, acharam que não estava recebendo oxigênio suficiente. — Seguro as mãos dele com mais força, sentindo a dor de cada palavra. — Ela tinha um problema no coração. Os exames não detectaram. Os médicos quiseram esperar para fazer a operação, para que ela crescesse um pouco e ficasse mais forte. Mas de repente não havia mais tempo e eles tiveram que operar às pressas. – Sam faz uma pausa. – Ela era tão pequena, Lucy.

Tivemos uma filha que morreu. Isso parece surreal. Não tenho ideia do que dizer, então só fico sentada ao seu lado e deixo que ele continue.

– Ela pegou uma infecção depois da operação. Estava resistente aos antibióticos. Não havia nada que a gente pudesse fazer.

– Sinto muito, Sam. Isso é horrível – digo, tento pegar a mão dele de novo mas ele se afasta e percebo que disse a coisa errada. Sabia que eu ia dizer a coisa errada.

– Eu queria te contar na hora certa, mas quando? Como você consegue contar alguém a pior coisa que aconteceu com a ela? Mas o fato de você não saber, tem me baqueado de uma forma que eu não consigo descrever.

Ele vai até a outra cadeira e pega uma caixa de sapato que está lá, esperando por mim. "Chloe" está escrito na tampa em dourado. Ele me entrega a caixa e eu abro. Está cheia de fotos de uma bebê, a bebê e eu, Sam e a bebê, Felix mais novo, segurando a bebê em uma cadeira bege de hospital, até a pulseirinha com o nome dela e a data de nascimento está grampeada ali. Também vejo uma fronha bordada com o nome Chloe, parecida com as que estão na sala de brinquedos com os nomes Felix e Amy. Vejo uma foto emoldurada de nós duas.

– Ela ficava ali na lareira, eu tirei.

O que eu posso dizer? O que seria possível dizer? Encaro as fotografias no meu colo, o meu próprio rosto: cansado, suado, e o cabelo bagunçado, mas os olhos cheios de alegria enquanto seguro um pequeno bebê em meus braços. Parece que estou olhando para a irmã perdida que nunca soube que tinha. O meu coração sofre por ela, e por Sam também, mas ela não sou eu, aquela não é a minha filha, não é o meu luto.

Sam se inclina, um cotovelo no joelho, e cobre os olhos com a mão. É como se ele precisasse tirar tudo do peito, mas não conseguisse olhar para mim.

– Amy nasceu, e nós ficamos tão gratos, mas eu penso na Chloe o tempo todo. Ainda parece que tem alguém faltando. Olha o Felix andando de bicicleta e penso: *será que a Chloe já estaria andando de bicicleta agora?* Ou quando a Amy reclama de usar roupa verde, porque ela odeia essa cor, penso em qual seria a cor favorita da Chloe. Eu sei que você também pensava essas coisas porque sempre conversávamos sobre isso. – Sam respira fundo e por fim baixa a mão. – Não sei como me sinto por você não se lembrar dela. É algo que sempre carregamos juntos. – Ele pressiona a palma mão nos olhos. – Nesses últimos dias, você recuperou alguma leveza, uma exuberância quase infantil, como se nada de ruim tivesse acontecido com você. Mas me sinto culpado por aproveitar disso, por querer esconder isso de você. No sábado, pareceu que a gente tinha trinta e um anos de novo e estava se divertindo em algum primeiro encontro. Todas as coisas pesadas e o dia a dia foram apagados. Mas não quero apagar a Chloe. Eu nunca iria querer que ela não tivesse existido. – Ele pausa e pega a minha mão. – Esse tipo de coisa muda uma pessoa.

Ele fecha os olhos e se inclina para a frente, agora está com o rosto todo nas mãos. A caixa vai parar no sofá ao meu lado. *Tive uma bebê que morreu e eu não me lembro dela.* Uma bebê que cresceu dentro de mim, a quem eu dei à luz e um nome, eu a segurei e a amei, e parece impossível eu não me lembrar, mas não aparece nenhuma centelha de lembrança. Nada. Nenhum nome me parece familiar. Instintivamente, coloco a mão na barriga, em busca de algum eco distante de uma vida gestada ali.

– O que houve? – diz uma voz na porta, e ambos nos viramos e vemos Felix de pijama, parado bem ali.

– A gente estava falando da Chloe, amigão.

– Ah – diz Felix, e aquele murmúrio está cheio de significado. Ele perdeu a irmã e passou pelo luto dos pais. Pode ser que eu nunca compreenda o que essa família passou.

– Está tudo bem – diz Sam, enquanto vai até ele e o puxa para um abraço, depois beija sua testa. – Fico feliz e triste quando penso nela. Você está bem?

– Tive pesadelo – diz Felix.

– Vem cá, vou levar você pra cama.

Sam lança um sorriso triste em minha direção ao subir as escadas. Ele sabe que despejou uma coisa muito importante sobre mim, que não há uma resposta, nenhuma solução rápida. Não me surpreende que eu não me sinta como a esposa dele. Tudo o que *ela* passou, eu não consigo nem imaginar.

Ao abrir a caixa mais uma vez, pego a fronha e a levo até o meu nariz, na esperança de que o cheiro destrave alguma memória inconsciente. *Chloe. Chloe.* Não encontro nada.

Sam vai dormir no quarto extra. É como se, agora que me contou tudo, ele queira me dar espaço para digerir tudo comigo mesma. Ele acha que eu vou voltar a ficar de cama por uma semana? Não posso admitir para ele que a sensação não é a mesma de perder a Zoya. Eu conheci a Zoya metade da minha vida; da Chloe, não lembro nada. Ainda que isso ajude a explicar o comportamento de Sam em relação a mim, não vejo como possa consertar isso. Eu não posso *ser* a esposa da qual ele sente falta. Claramente ótimo sexo e alguns episódios compartilhados nem se aproximam de onze anos de história conjunta.

Nessa noite, tenho dificuldade para dormir, então fico no celular, olhando todos os anos que perdi, procurando evidências da existência daquela criança. Encontro as mesmas fotos que estão impressas na caixa. Acho apenas um vídeo, do hospital. Sam deve ter filmado. Estou deitada na cama do hospital segurando um pacotinho de bebê dorminhoco.

— Então, cadê o meu presente por ter dado à luz, Sammie? — pergunto eu no vídeo, sorrindo para a câmera. *Eu o chamo de Sammie?*

— Que presente por ter dado à luz? — pergunta Sam por trás da câmera, filmando.

— Você deveria comprar um presente para a sua esposa por ela ter dado à luz um bebê. Você ainda está me devendo o do Felix.

— O seu presente já não é o bebê? — pergunta Sam, um tom divertido na voz.

— Não, vou passar uma lista de sites para você — digo, sorrindo para a câmera, depois olho para o bebê em meus braços. — Ela não é perfeita?

— Puxou a mãe. Chloe Zoya Rutherford, seja bem-vinda ao mundo — diz Sam. *O segundo nome dela era Zoya.* — Como vou conseguir ser pai de uma menina, Luce? Será que vou ser um pai do tipo superprotetor e horrível?

— O seu pai não vai deixar você ter um namorado até que você faça vinte e um anos — digo a Chloe fazendo uma voz de bebê.

— Pelo menos vinte e cinco — diz Sam.

O vídeo acaba aí, não tem mais nada. A principal documentação da vida de Chloe, e ela estava dormindo o tempo todo. Assisto a tudo de novo, tentando ver um pedacinho do rosto dela, mas não consigo.

Continuo olhando o telefone e encontro uma filmagem minha, percebo como ela é diferente de mim: a postura é melhor, ela mexe menos no cabelo e parece mais confiante. Também examino os vídeos de Sam, a forma como ele olha para a câmera quando ela está filmando. Chega a doer de tão bonito ver todo amor que existe nos olhos dele por essa versão alternativa de mim.

Não acho que eu deveria estar assistindo a esses vídeos. Não devemos viver a vida nessa ordem trocada. Essas piadas e brincadeiras sobre o futuro, que ficam gravadas na câmera, agora se parecem com premonições sombrias.

Ao encarar o teto, percebo que não quero dormir sozinha. Não importa o que eu signifique para Sam, ele também está sofrendo, e nada dessa situação é culpa dele. Ando pé ante pé pelo corredor até o quarto extra e me esgueiro na cama ao lado dele. Sam está acordado e estica a mão para mim.

– Você está bem? – pergunta ele.

– Estou.

– Eu amo você, Lucy – sussurra ele.

E por mais que eu saiba que essas palavras não são para mim, me permito adormecer de mãos dadas com ele, acreditando que poderiam ser.

24

Na manhã seguinte, no café, tento agir com naturalidade. Sam me encara do outro lado da mesa, os olhos enormes cheios de dor, como se estivesse esperando que eu dissesse alguma coisa, que anunciasse que minhas lembranças voltaram e que sou sua esposa de verdade novamente. Infelizmente, não posso fazer isso e não tenho ideia do que lhe dizer nesse meio tempo. Me contento em preparar um café e um bagel com *cream cheese* para ele.

Maria chega para trabalhar e está com uma cara péssima. A pele vermelha e machucada, as pálpebras inchadas e com hematomas. Parece que ela entrou em uma luta com um moedor de carne.

– Ah, Maria, coitada. Você está bem? – pergunto, fazendo uma careta.

– Estou bem melhor, você precisava ter visto meu rosto antes – diz ela, toda animada. – Mas vai ficar lindo depois de alguns dias. – Eu presumi que Maria tivesse cerca de 50 anos, mas talvez seja bem mais velha. O rosto dela me deixou preocupada, e penso que talvez as crianças se assustem, mas Amy bate palmas animadas ao vê-la.

Quando vou sair para a estação, Maria me pega no corredor.

– Ganho desconto nessa clínica se recomendar uma amiga. Você pode ir lá arrumar o pescoço. – Ela me entrega um folheto com um título tipo "Corta & Recorta". A *tagline* diz "Cara esticada e juba aparada!" e vejo a foto de um cabeleireiro usando roupa de médico, com duas tesouras na mão.

Ela passa a mão pelo cabelo loiro e chanel.

– É fácil, rápido e barato.

– Obrigada, vou pensar a respeito – digo ao pegar o folheto.

Posso não ter certeza sobre muita coisa na minha vida neste momento, mas de uma coisa estou certa, não vou marcar nenhum horário num lugar chamado Corta & Recorta.

Depois de um dia difícil no trabalho, onde enfrentei uma caixa de e-mails lotada e forcei meu cérebro atrás dessa tal "grande ideia", me sinto completamente esgotada. Tudo o que quero fazer é ir para casa, me enrolar nas cobertas e assistir *Poirot* sozinha, mas prometi que passaria na casa de Alex e Faye. Roisin voltou de viagem, e elas nos convidaram para um jantar.

Quando o táxi me deixa no endereço designado, um condomínio chamado "Antigo Clube de Golf", quase não consigo reconhecer o que estou vendo. O empreendimento parece uma série de montes ajardinados, com grama e painéis solares cobrindo cada centímetro de sua superfície curva. Faye aparece de uma porta em um dos montes e acena para mim quando saio do carro.

– Que lugar é esse? – pergunto.

– Ah, você não se lembra dos condomínios ecológicos – diz ela. – Vem, vamos fazer um tourzinho.

Sigo minha amiga pela porta curvada de madeira, vejo que uma grande parte do lugar onde estamos foi construído abaixo do chão e é muito mais espaçoso do que parecia pelo lado de fora. Conforme Faye me mostra tudo, vou me deliciando ao tocar a superfície de madeira polida, móveis que parecem mais parte da casa do que apenas mobília. Vejo paredes feitas de plantas de verdade, que filtram o ar, uma estante para plantação hidropônica e até mesmo um teto vivo. Eu já vinha percebendo pequenas mudanças por todo lugar que passava (novas tecnologias, novos prédios, carros e estradas diferentes), mas nada mudou radicalmente. Agora, isto? *Isto* parece radical.

– Faye adora fazer um *tour* com as pessoas – diz Alex ao me entregar um copo alto com gim-tônica e duas folhinhas de hortelã. – Você está fazendo um favor a ela ao esquecer que já passou por isso.

– Oi, Alex – digo, enquanto pego o drinque e a cumprimento com um beijinho na bochecha, como se fôssemos velhas amigas. – Estou adorando a sua casa de hobbit.

– Não deixe a Faye ouvir você usando essa palavra – diz ela, como se estivéssemos confabulando sobre algo.

Roisin não demora a chegar e vem trazendo uma pequena mala para passar a noite, ela está com uma calça jeans branca absurdamente justa e uma blusa de seda cinza, o cabelo vermelho num corte chanel. Ao vê-la na vida real, e não apenas em uma tela, é que percebo como Roisin envelheceu de um jeito diferente de mim e Faye: os seios estão no lugar, a testa está lisa e brilhante. Desconfio que ela tenha feito algum procedimento estético, ou talvez seja apenas o elixir da juventude de não ter filhos. Ela deixa a mala no chão e vem direto na minha direção, pega nos meus ombros enquanto me encarava com uma expressão séria.

— Espero que você não tenha esquecido que me deve quinhentas pilas – diz ela, com os lábios formando um sorriso.

— Rosh – intervém Faye, olhando para ela com desaprovação. – Você não deveria fazer piadas assim.

— Você teve um voo de onze horas de Los Angeles para cá e isso foi o melhor que conseguiu inventar? – digo enquanto puxo Roisin para um abraço apertado.

— Onze? Agora são apenas seis. Uau, você tem muita coisa pra aprender. Você sabe que descobrimos que a Terra é redonda, certo?

— Rá-rá.

— Vamos lá, vamos beber e conversar sobre essa sua última travessura – diz ela.

Nos reunimos ao redor da ilha na cozinha enquanto Alex prepara alguma coisa, Faye faz mais drinques e eu conto a elas todas mais um episódio de "Lucy tentando ser adulta". Roisin cobre o rosto nos momentos certos da minha história sobre a desastrosa reunião de *pitch*.

— Não acredito que você pensou que podia ir apenas na manha – diz ela.

— Eu achei que seria boa nisso – respondo, desapontada.

— Você *é* boa nisso – diz Faye, gentil.

— Mas você levou anos para conseguir esse nível de expertise – continua Roisin. – Não é algo que aconteça da noite pro dia.

Os meus olhos instintivamente procuram a porta, e percebo que estou esperando que Zoya entre. Esse seria o momento da chegada dela: vinte minutos atrasada e cheia de desculpas porque o trem atrasou ou o ônibus pegou o caminho errado. O meu estômago revira, e eu me mexo na cadeira para não olhar mais para a porta. Nesses últimos dias, tem sido fácil imaginar que Zoya está apenas ausente ou ocupada, mas estando no mesmo cômodo com as minhas outras amigas, consigo ver o buraco que ela deixou.

– Você não acha que deveria contar a verdade pros seus colegas? – pergunta Faye, o que me traz de volta para o presente.

– Eu tentei, mas Michael começou a falar sobre perimenopausa e névoa mental, e isso meio que me desestabilizou. Além do mais, quando conto a verdade para as pessoas, elas me olham com pena, como vocês estão fazendo agora.

– Desculpa – diz Faye, tentando parecer menos empática. – A gente tem idade suficiente para estar na perimenopausa?

– Sim, não, talvez. É um espectro amplo de idade – responde Alex. – Mas com certeza ela não faz com que você se esqueça de metade da sua vida. Quantos anos você disse que esqueceu? – pergunta ela enquanto coloca as cebolas em uma máquina redonda que as descasca e corta.

– Dezesseis – respondo, dando uma batidinha no meu copo. – E eu sei que eu esqueci, as pessoas ficam me dizendo que eu esqueci, mas eu *sinto* como se tivesse pulado esses anos. Por dentro, ainda tenho vinte e seis e acordei vivendo a vida de outra pessoa.

– Na minha cabeça, ainda tenho dezesseis anos – diz Roisin, fazendo biquinho e levantando uma sobrancelha para mim.

– Você precisa fazer piadas com tudo? – diz Faye, balançando a cabeça em sinal de desaprovação.

– Bem, sinto muito. Deve ser confuso e estressante para você e para o Sam. – Alex se inclina e passa o braço ao meu redor. – Mas eu sou a principal vítima nisso tudo porque você nem se lembra de mim. – Ela solta um suspiro dramático.

– Ok, deixando as brincadeiras de lado, como você está, Luce? – pergunta Roisin.

– Bem, eu me sinto cansada o tempo todo. Mas não sei se é porque estou doente, ou se é porque assim que uma pessoa de 42 anos se sente.

– É porque você tem uma bebê de dezoito meses – diz Faye.

– Além disso, estou assustada demais para olhar as notícias. Fora da minha pequena bolha, é uma distopia infernal lá fora – continuo. – E a minha babá pensa que eu preciso de plástica no rosto.

– *Não* vá na "Corta & Recorta" – diz Roisin, pegando o meu braço. – Foi lá que ganhei o pior corte de cabelo da minha vida.

– Se te faz sentir melhor, não tem nenhum cenário apocalíptico – diz Alex. – Bom, pelo menos não nada fora do normal.

– Vamos lá, Lucy, não pode ser tudo ruim. De todas as pessoas que você poderia acordar casada, existem exemplares piores do que Sam, né? O cara é gostoso pra caramba – diz Roisin, e eu dou um sorrisinho torto.

– Imagine se Faye tivesse esquecido dos últimos dezesseis anos? – diz Alex. – Ela precisaria sair do armário para ela mesma de novo.

– Por favor, nem pense nisso, uma vez já foi drama o suficiente. – Roisin suspira e dá um belisco leve em Faye. – Seria pior pra mim. Se eu esquecesse os últimos dezesseis anos, ainda estaria apaixonada pelo Paul, teria esquecido que ele é um imbecil – diz Roisin, revirando os olhos.

– Posso perguntar o que aconteceu? Ou é muita coisa para falar de uma vez só? – pergunto.

– Não, dá pra falar. A vida só te fode, foi isso que aconteceu – diz ela, bebericando um pouco do vinho. – Você se apaixona, a sua cerimônia de casamento é instagramável, você trabalha pra caramba, é promovida, constrói um belo lar, mas aí o seu marido acaba tendo ciúmes do seu sucesso e a mágica vai embora. Em uma bela manhã, você encontra a calcinha de outra mulher na mala que ele levou para uma viagem de trabalho.

– Sinto muito que isso tenha acontecido com você – digo, mas quando tento pegar a mão dela do outro lado da ilha, ela se afasta e começa a mexer no brinco.

– O que eu não consegui suportar é o clichê disso tudo, até da calcinha: uma fio-dental de renda vermelha. Quem usa calcinha fio-dental de renda vermelha?

– Eu uso fio-dental vermelha – diz Alex, e abaixa a calça para mostrar um pedaço do tecido.

– Não, você não usa. – Faye ri. – Isso não é uma calcinha fio-dental.

– Eu usei uma na nossa noite de núpcias! – diz Alex, sorrindo de forma maliciosa para Faye. – Você não lembra?

– Você lembra a calcinha que eu estava usando? – pergunta Faye, e apoia o queixo no ombro de Alex.

– Lembro. Cueca de seda bege, bem *hipster* – responde Alex, morrendo de rir. Ao observar as duas juntas, percebo que nunca vi Faye tão à vontade, brincalhona e cheia de toques com alguém; percebo que nunca tinha visto a minha amiga apaixonada. Ela parece tão à vontade, tão cheia de uma felicidade gentil e borbulhante que eu acabo sentindo uma sensação quentinha também.

– Isso é amor. Lembrar das calcinhas de núpcias – diz Roisin enquanto as duas se beijam. Ao vê-las se beijando, tenho um *flash*: a lembrança das duas no dia do casamento, ambas de branco, do lado de fora do cartório, Faye com flores roxas no cabelo. Devo ter visto isso em uma foto em algum lugar durante o *tour*.

– Bem, eu nunca gostei dele, se serve para algo – digo a Roisin. – Ele ficava sempre balançando a perna, era muito irritante. E ele era um esnobe do café. Lembro que vocês passavam finais de semana inteiros caçando cafeterias independentes. Às vezes você só precisa de um Starbucks, Paul.

– Ele era ariano – diz Faye, como se isso fosse a pior coisa que se pode dizer sobre uma pessoa.

– Obrigada vocês duas, agradeço os sentimentos – diz Roisin.

– Me fala que ele teve um castigo com a coisinha do fio-dental? – peço.

– Não – responde Roisin e balança a cabeça. – Eles vão se casar no mês que vêm. A família dela tem dinheiro e uma mansão em St. John's Wood. Ele está feliz feito pinto no lixo.

– Castigo só acontece em obras de ficção e na religião – diz Alex.

– O castigo dele é ser um escroto, um babaca – emenda Faye, e Roisin manda um beijo para ela do outro lado da ilha da cozinha. Faye raramente usa algum xingamento, por isso parece tão efetivo quando ela o faz.

Fazemos uma pausa na conversa enquanto Faye enche as taças de todas, e depois ela diz:

– Imaginem se tivéssemos vinte e seis anos de novo.

– Eu não passaria pelos vinte anos de novo nem se você me pagasse – diz Roisin. – Todos os homens com menos de trinta e cinco são idiotas, você está no primeiro estágio da cadeia de trabalho, e ainda tem que viajar para todos os lugares na classe econômica.

– O resto de nós ainda usa a classe econômica, Roisin – responde Faye, revirando os olhos.

– Não sei, acho que tem algo de glorioso em estar nos seus vinte anos, toda a vida pela frente, tudo parece uma possibilidade – diz Alex, enquanto pega berinjelas e pimentões e coloca na máquina descascadora que parece bastante letal.

– Confesso que o bom da juventude é a tolerância ao álcool e a elasticidade da pele, que são excelentes – diz Roisin. – E você, Lucy, você voltaria se pudesse?

– Voltaria – respondo sem hesitar. – Consigo ver as vantagens de ter essa idade, mas tem algumas coisas que eu não esperava. A vida parece tão ocupada, como se nunca houvesse tempo para nada. As coisas grandes parecem ainda maiores, e as coisas tristes… bem, elas são tristes pra caralho.

– Você tem razão, em algumas coisas, a vida só fica mais complicada. Quanto mais velha você fica, mais luto, dor e decepção você encontra. Quem ainda não encontrou, vai encontrar – diz Alex.

– Amém – diz Roisin. – A vida nunca está resolvida. É só uma tempestade de merda que mistura problemas e prazer.

– Tudo é bem alegre – respondo com ironia.

– Mas… – Alex levanta a mão como se ainda não tivesse terminado. – Talvez os ossos precisem ser quebrados para que você possa chegar à medula da vida. Nós temos sorte, estamos aqui, outros não estão. Eu uso os meus cabelos grisalhos como uma medalha de honra, do privilégio de envelhecer.

Todas paramos por um momento, as taças ainda em mãos.

– Ela estaria tão desapontada conosco, não estaria? Estamos dentro de casa, fazendo risoto de vegetais e tomando vinho ecológico de uma caixa – diz Roisin, a cabeça virada de lado.

– Ela estaria – respondo, e a minha voz sai fraca.

– À Zoya – diz Alex, enquanto levanta a taça de vinho no ar.

– À Zoya – diz Faye, e os nossos olhos se encontram. – De quem sentimos falta todos os dias.

Levantamos as nossas taças e olhamos uma nos olhos da outra, um olhar que diz mais do que palavras jamais conseguiriam.

– Sam não acha que eu sou a mesma pessoa de algumas semanas atrás – digo baixinho. – E, honestamente, estava preocupada que vocês também achassem que eu não sou suficiente.

– O quê? Como ele pôde dizer uma coisa dessas? – pergunta Faye, o cenho franzido.

– Você é mais do que suficiente – diz Roisin, firme. – As suas piadas ainda são terríveis, você ainda bebe rápido demais e vejo que está usando esse brinco enorme como se ainda não tivesse saído de moda. – Ela faz uma pausa. – Acho que você não mudou nada.

– Talvez seja porque todas nós voltamos a ser adolescentes quando estamos perto uma das outras – digo, e descanso a cabeça no ombro de Roisin.

– Ou talvez as suas amigas te conheçam melhor – diz Faye.

Nos sentamos para comer, e a conversa segue esse ritmo familiar; parece que estou vestindo um casaco velho e querido, que é quente e reconfortante, além de estar cheio de história. Isso me enche de energia, me revitaliza, e estou feliz por não ter ido para casa assistir *Poirot* sozinha.

Sam está acordado, lendo na sala, quando chego.

– Oi, como foi a sua noite? – pergunta ele.

– Foi ótima. Foi muito bom ver todo o mundo – digo a ele. *Todo o mundo*. As palavras ficam pesadas na minha boca, porque não era todo o mundo.

– Que bom, fico feliz por você ter ido – diz ele enquanto fecha o livro, depois vira a cabeça para o lado e dá um tapinha no sofá, me convidando a sentar ao seu lado. Quando estou sentada, ele pega o meu pé e o coloca no seu colo, tira o meu sapato e começa a me fazer uma massagem na sola. Parece uma coisa estranhamente íntima, mas me entrego num momento.

– Onde a sua cabeça está, Luce? Não consigo adivinhar o que está pensando – diz ele, baixinho. – Errei ao contar para você sobre a Chloe?

O que a minha Eu do Futuro diria? Qual é a resposta madura? Talvez a verdade. E agora, de repente, sei o que dizer.

– Não, estou feliz por você ter me contado, eu precisava saber. – Faço uma pausa. – E entendo por que você disse que eu não era a sua esposa, mas ouvir isso não me fez me sentir bem. Fez com que me sentisse ainda mais uma impostora, e eu já estou sentindo bastante isso.

Ele para de fazer massagem no meu pé e levanta o meu queixo, me olhando fundo nos olhos.

– Eu sei, sinto muito, foi uma coisa horrível. Você *é* a minha esposa, claro que é. Eu amo você, sempre vou amar, não importa o que aconteça, quer você se lembre ou não.

Sam se inclina, e o cheiro quente e amadeirado que sai dele é, ao mesmo tempo, novo e familiar. *Ele vai me beijar?* Passamos por um instante que parece carregado de eletricidade, antes que ele pressione os lábios nos meus delicadamente, e depois mais forte, com vontade. Passo a mão pelo cabelo bagunçado dele e o puxo para perto, eufórica para senti-lo, e o alívio toma conta de cada partícula do meu corpo. Enquanto passo a mão pelas costas dele, tenho um lampejo de imagem: a mesma camisa que ele está usando agora. Café da manhã na praia, ele derramando suco de laranja na camisa. Seria uma memória? *Isso não pode ser uma foto*. Eu me afasto.

— O que houve? — pergunta ele.

— Nada. — Menos que uma memória, penso, mais um vislumbre, um fragmento, talvez algo que eu tenha visto em um vídeo. — Você não precisa se desculpar por se sentir estranho em relação a isso. *Eu* me sinto estranha também. Acho que também não me sinto como a sua esposa.

Sam se afasta e apoia a mão na testa.

— Você vai se lembrar. Vai.

— Mas e se eu não me lembrar?

A mão dele volta para a minha perna e começa a massagear a panturrilha devagar.

— Aí eu vou tentar ir completando os espaços em branco para você.

Enquanto estamos no sofá, ele me conta sobre a nossa vida de casal, o começo da nossa história. O nosso primeiro encontro no Borough Market, quando eu comprei tanto queijo que ele teve que me emprestar a sua mochila para que eu conseguisse levar tudo para casa; a nossa primeira viagem de fim de semana, para Lake District, quando ele tentou me mostrar toda a destreza que tinha com barcos e acabou nos deixando parados no lado errado do lago Windermere. Esse foi o motivo da nossa primeira briga. Sam me conta mais sobre o jantar que organizei para apresentá-lo às minhas amigas, e como ele estava tão nervoso que acabou espalhando molho na toalha de mesa branquinha de Roisin. Ele me conta sobre a viagem que fizemos para a Grécia, com Zoya e o noivo, Tarek, quando minha melhor amiga estava pintando um mural para um restaurante e achou que seria hilário se pintasse Zeus com o rosto de Sam. Ele descreve cada lembrança com detalhes muito vívidos: a cor do céu, o que comemos, a minha reação a tudo, como ri tanto do mural que soltei vinho pelo nariz. Não tenho certeza de quando durmo, mas as palavras dele parecem um bálsamo que embala o meu sono, os detalhes da nossa vida juntos parecem pinceladas que entram no quadro dos meus sonhos.

25

Na manhã seguinte, acordo com um novo propósito. Como se ter dormido embalada nos braços de Sam, como num casulo, tivesse me lembrado da minha necessidade de metamorfose. Eu não fui um sucesso instantâneo. Eu realmente achei que ia conseguir a ideia perfeita com uma noite de pesquisa? Que eu ia aprender como ser mãe um dia? Que poderia me acostumar com uma relação de onze anos sem nenhum problema?

Agora, enquanto faço o café da manhã das crianças, me comprometo a ser mais paciente. No trabalho, vou tentar ouvir e aprender. Em casa, serei mais empática com Sam, dando a ele espaço para se adaptar. Serei uma mãe calma, composta e etérea. Não vou mais usar palavras rudes na frente das crianças. Começarei a responder todas as perguntas com "Sim, meu filho", como as freiras de antigamente.

— Você recebeu outra mensagem no fórum – diz Felix animado, segurando o meu celular na mesa.

— Felix! Não olha! – digo, enquanto pego o telefone e percebo que a minha maternidade etérea durou menos de um minuto.

— Lê logo!

Abro a mensagem com cuidado, me certificando de que não tem nada pornográfico, e só depois de ter certeza, mostro para o Felix.

Para: Desejando26
De: Crock Pouch
Existe um depósito sob os arcos na Battersea Bridge. Um cara chamado Arcade Dave, que restaura todas essas máquinas antigas.

Porta marrom ao lado da barraca de flores. Se alguém sabe sobre a sua máquina de desejos, é ele. Ele está fora das redes, sem telefone, então você precisa ir até lá. Diga a ele que Crock Pouch mandou você e ele será mais receptivo. Ele pode ser um pouco engraçado. CP

Depois, lá embaixo da mensagem, vejo uma citação: "Não sou um jogador, sou um gamer".

— Temos que ir! – diz Felix. – É uma aventura da vida real, tem senhas e todo o mais. Vamos agora!

— Não podemos ir agora, eu tenho que ir trabalhar e você precisa ir pra escola.

— E daí?

— E daí que não vamos faltar na escola para ir em um lugar estranho encontrar um cara chamado "Arcade Dave".

Felix me encara e depois volta a sua atenção para a tigela de cereal que está comendo, o único barulho que se escuta é o da mastigação.

— Sinto muito, Felix, eu tenho muito trabalho. Ninguém gostou das minhas ideias.

— Você tentou falar dos helicópteros e das enguias?

— Pior que tentei.

— Você disse a eles que as enguias estariam *dentro* do helicóptero?

— Talvez o meu erro tenha sido esse.

— O que vocês dois estão tramando? – pergunta Sam. Ele está de terno, indo para uma sessão de gravação em Reading.

— Ah, nada – respondo. Agora que eu e ele estamos mais estáveis, não sei se quero complicar tudo e admitir que o filho dele e eu estamos procurando um portal mágico que pode me mandar de volta no tempo. – Felix só está me ajudando com algumas ideais para o trabalho.

— Ninguém pensou em nada ainda? – pergunta ele enquanto faz café para viagem.

— Não. Apesar de tudo, Michael ainda está confiante que eu vou ter a ideia certa. Mas não sei o quanto consigo contribuir. Tem tanta coisa que eu não sei, não conheço.

— É impossível você estar em algum lugar e não contribuir – diz Sam, e essa frase sinceramente faz com que eu sinta que um pequeno grupo de líderes de torcida apareceu e fez uma apresentação com pompons para mim. – Bem, preciso correr. Vejo você mais tarde. – Sam me dá um beijo na boca e vai direto para a porta. Fico observando ele ir embora pela janela da cozinha. *Uau, esse cara. Não me surpreende que ele seja a resposta do meu desejo. Ele é quase bom demais para ser verdade.*

– Mamãe? Mamãe! – chama Felix.

– O que foi? Ah, o depósito, certo. Olha, vou tentar descobrir mais sobre isso. Se for verdade, posso ir neste final de semana.

– Eu também?

– Vamos ver – respondo, e já estou arrependida de ter concordado com toda essa situação. É claro que isso só pode terminar em decepção. Mas estou preocupada com a minha decepção ou a do Felix?

– Posso comer mais uva-passa?

– Você nem gosta de uva-passa – respondo enquanto pego o pote com uvas passa e entrego para ele. E então fico paralisada. Como eu sabia que ele não gosta de uva-passa? Me seguro na mesa para não cair, e Felix me encara como se não estivesse entendendo.

– Não, agora eu gosto, mas só junto do cereal, não pra comer só ela. – Felix faz uma pausa e me observa, e então ele arregala os olhos quando entende o que estou dizendo. – Você lembrou de alguma coisa do meio do caminho?

– Talvez, não sei – respondo enquanto esfrego os olhos.

– O que significa… Se você começar a se lembrar das coisas? – pergunta Felix, as mãos se agitando no ar, o corpo todo balançando de animação. – Se você passou pelo portal, você não teria essas memórias! Talvez o portal esteja se fechando? Talvez as passas sejam *um aviso* – ele inspira de uma forma dramática. – Talvez…

– Deixa isso pra lá, provavelmente não é nada, o seu pai deve ter me falado sobre as passas. Vamos, precisamos sair para a escola em três minutos.

É óbvio que eu não deveria ter contado nada pro Felix. Já é difícil o suficiente alimentar e vestir todo o mundo antes de sair de casa, agora ainda adicionei um debate casual sobre as regras da viagem no tempo.

Mas Felix me faz pensar e estou distraída enquanto dirijo até a escola. Se essas memórias estão em algum lugar aqui, significa que eu não pulei no tempo? Parte de mim ainda se agarrava à ideia de que tudo isso pudesse ser temporário. E mesmo que eu duvide que Arcade Dave tenha a chave para me levar para casa, ainda acredito que uma manhã vou acordar e estar lá. Mas já se passaram duas semanas, e se eu realmente tiver amnésia, não há lugar nenhum para o qual voltar.

– Vou perguntar pra Molly o que ela acha que isso significa... Você se lembra das passas. Ela sabe um monte de coisas sobre viagem no tempo – diz Felix. – O pai dela escreve livros de ficção científica, mas ele chama de "fatos científicos que ainda não aconteceram". – Ele faz uma pausa e depois diz animado: – Talvez a Molly e o pai dela possam ir junto com a gente para o depósito?

– Felix! – exclamo, exasperada. – Não vou convidar a Molly e o pai dela pra saírem aleatoriamente procurando um homem em Londres que pode ou não saber alguma coisa sobre um jogo antigo que pode ou não ter poderes mágicos – respiro fundo. – Podemos só ir para a escola e falar sobre isso depois?

Felix fica em silêncio, e dirigimos assim por algum tempo.

– Perdi o meu cartão da biblioteca da escola. Posso procurar na sua bolsa? – ele pergunta baixinho.

– Claro – respondo, e entrego a bolsa que está no banco do passageiro. – Olha, sinto muito por ter gritado. Sei que você só está tentando ajudar. – Ele dá de ombros. – É só que hoje eu realmente preciso pegar o trem no horário.

Na escola, Felix me encara pelo retrovisor antes de tirar o cinto de segurança. Vejo alguma coisa nos olhos dele... Culpa. Por que Felix sentiria culpa? Talvez ele não tenha feito a tarefa, ou tenha brigado com um amigo? Pode ser qualquer coisa e eu nem saberia o que perguntar, estou muito absorta no meu próprio drama. Não são só os acontecimentos da minha vida que preciso descobrir, mas os de todo o mundo nessa família. Quando eu voltar do trabalho, vou arranjar um tempo e descobrir as perguntas certas a fazer.

A minha manhã na TV Texugo passa enquanto olho e-mails, tentando entender a variedade de coisas urgentes pelas quais sou responsável. O *pitch off* é apenas um pequeno ciclone em uma tempestade interminável. Michael disse que eu preciso delegar, mas mesmo isso parece algo distante para mim. Tudo requer um nível de conhecimento que eu não tenho.

A minha caixa de entrada é uma avalanche de perguntas sobre impostos, adendos do contrato de aluguel, registros de proteção de dados, petições do sindicato, pedidos de treinamento de equipe, uma notificação sobre a expiração do meu acordo de emprego com a Bamph, reuniões com comissionados, reuniões de orçamento, reuniões para calendários de gravação, pré-reuniões, pós-reuniões, reuniões de aquecimento. Como uma única pessoa tem necessidade de estar em tantas reuniões? Vejo até uma reunião programada para discutir o calendário de reuniões. Tive que bloquear a minha agenda com reuniões falsas só para impedir que as pessoas adicionassem mais reuniões nela.

Tentar focar em alguma coisa frívola como "pensar em novos programas de TV", mas parece impossível. A minha cabeça continua voltando para Sam, para a dor nos olhos dele quando me contou sobre Chloe. Essa dor também deveria ser minha, deveria estar dormindo em algum lugar em mim. Se as minhas memórias voltarem, o luto também voltará? Não consigo imaginar como deve ser perder uma criança. Sou egoísta e não tenho certeza se quero conseguir.

Na hora do almoço, preciso de uma pausa da criação de reuniões falsas, então volto para a Selfridges para tentar devolver todas as coisas absurdas que comprei. Bem, a maioria das coisas absurdas, não vou devolver as botas. Infelizmente, o homem no balcão de trocas não aceita o meu terno roxo. Ele disse que já foi usado e que as etiquetas foram coladas de volta. *Que absurdo*. E ele não é nenhum pouco empático quando eu explico que não sabia que precisava pagar a babá e a hipoteca e a reforma do teto e todas as outras coisas chatas de adultos com as quais devo gastar o meu dinheiro a partir de agora. O fato de, por alguma razão, eu não estar com o cartão que usei para fazer a compra não ajuda. Quando me jogo no chão e imploro, a gerente fica com pena e me oferece o valor de 60% da compra em crédito na loja, se eu parar com o showzinho.

Enquanto penso se Maria aceitaria ser paga com esses créditos, Sam me telefona. A ideia de falar com ele faz com que eu fique saltitante, mas assim que atendo, sei que algo está errado.

— Você sabe onde está o Felix? — A voz de Sam está cheia de pânico.

— O quê? Não. Por quê?

— Ele fugiu da escola. Não sabem pra onde ele foi. — Sam respira fundo; ele quase não consegue falar. — Queriam confirmar que ele não voltou pra casa antes de ligar pra a polícia. Ele não disse nada pra você enquanto estavam indo para a escola, disse?

– Não, acho que não – respondo. O meu coração está batendo forte e os meus pulmões parecem estar sendo pressionados, é difícil respirar. A minha cabeça está a mil tentando se lembrar de tudo que conversamos no carro esta manhã.

– Ele não tem dinheiro, não vai conseguir ir para lugar nenhum. – Parece que Sam está se controlando para não gritar.

– Sam, o meu cartão do banco não está comigo – digo, e um sentimento horrível toma conta de mim quando lembro que Felix mexeu na minha bolsa para procurar o cartão da biblioteca. – Ele pode ter pegado. Para onde ele iria? – A ideia de Felix sozinho no mundo, possivelmente em perigo, destrava uma dor animal em mim, seguida por uma onda de pânico. E se ele for sequestrado? E se estiver machucado? Um medo primitivo toma conta do meu peito, e é tão devastador que sinto que posso desmaiar.

– A localização no iPad dele – diz Sam. – Find My Child. Se o Felix levou o iPad na mochila, você consegue ver onde ele está pelo seu telefone.

Enquanto Sam aguarda na linha, procuro pelo aplicativo no meu telefone com as mãos tremendo. Uma sensação assustadora no meu estômago diz que isso é tudo minha culpa. Abro o aplicativo e vejo um ícone com o nome "iPad do Felix" se mexer pela tela.

– Ele está entre a Aldershot e Ashvale – digo a Sam, mas o ícone está se mexendo. – Ele… Ele está no trem.

– No trem?

– Está indo para Londres. – Quando digo isso, o nó de medo se desfaz um pouquinho.

– Por que ele iria para Londres? – pergunta Sam.

– Não sei. Vou sair agora e esperar por ele em Waterloo.

– Vou ligar para a empresa de trem, avisar à segurança, pedir que alguém o mantenha seguro até você chegar. – A voz de Sam não está mais com medo, e sim com raiva. – Vou matar esse moleque. Ele está pensando o quê?

– Não sei.

Mas talvez eu saiba.

26

Depois de mandar uma mensagem para Michael para explicar que, mais uma vez, tenho uma emergência relacionada aos meus filhos, chego em Waterloo a tempo de ver Felix com o rosto vermelho ser escoltado por um dos guardas.

— Ele é seu? – pergunta o guarda.

— Sim.

— Ela é sua mãe? – o guarda pergunta para Felix, e passamos por essa breve pausa enquanto Felix tira alguma coisa do nariz antes de dizer que sim sou a mãe dele. – Muito bem, Dick Whittington, bora.

Me agacho para ficar na altura de Felix e lhe dar um abraço. Nessa estação enorme, ao lado do guarda alto, ele parece tão pequeno, tão vulnerável.

— A gente ficou tão preocupado. O que passou pela sua cabeça?

— Você não foi procurar o portal – diz ele, com as pequenas sobrancelhas bem juntas em uma careta.

— O que você pensou que ia fazer? Andar por Londres em busca de um depósito qualquer? – Ele faz que sim com a cabeça. Estou aprendendo que crianças não entendem sarcasmo e também não têm vergonha de cutucar o nariz em público. Pego a mão dele e começo a andar pelo piso principal. – Vamos, tem um trem que vai para casa daqui a dez minutos.

— A gente não pode só ir dar uma olhadinha? Já que já estamos aqui – implora ele, puxando a minha manga. Ao olhar para baixo, para o rosto dele, para os seus olhos, para aquele olhar que se parece tanto com o meu, acabo cedendo. Ele acreditava tanto nesse plano que fugiu da escola, pegou o meu cartão de crédito e entrou em um trem sozinho.

— Não foi justo da minha parte te dar esperanças postando naquele fórum. Não devia ter deixado você acreditar que existe uma solução mágica para tudo isso. — Faço uma pausa e coloco a mão na testa. — Você entende o quanto esse plano é maluco?

— Entendo — diz ele, solene.

— E se formos até o depósito e não encontrarmos nada, você vai deixar tudo isso pra lá? Os sites, a busca pelo portal, tudo?

— Vou — ele concorda rapidamente, os olhos cheios de alegria.

— Muito bem. Vou ligar para o seu pai.

Sam atende antes mesmo que o telefone toque.

— Estou com ele.

— Graças a Deus. Vou ligar para a escola. O que ele aprontou?

— Ele acredita que existe um portal que me trouxe do passado para cá, e que, se o encontrarmos, vai conseguir me enviar de volta. — Sam fica em silêncio do outro lado da linha. — A culpa é minha, eu contei a ele sobre a máquina de desejos, a última coisa da qual me lembro. — Viro de costas para Felix e falo bem baixinho ao telefone: — Ele sabe que fez coisa errada ao fugir, mas essa situação toda está sendo difícil para ele também. Acho que vai ser bom se eu passar algum tempo com ele, só nós dois.

Estava esperando que Sam fosse contra, mas ele diz:

— Tudo bem. Se você acha que isso vai ajudar. Mas ele ainda vai ficar de castigo. Pode dizer que ele não vai ficar sem tela por uma semana, ou melhor, não, por duas semanas. Ele vai ter que se explicar com a escola também.

Viro para Felix, com o celular ainda no ouvido.

— O seu pai disse que você vai ficar sem tela por duas semanas.

— E diga também que eu o amo e que estou feliz por ele estar bem — diz Sam, a voz dele é entrecortada e sincera.

— Também amo você, pai — diz Felix para o telefone.

— Ok, nos vemos mais tarde. Pode ser que a gente leve um tempo.

— Te amo — diz Sam. Antes que eu possa pensar em como responder, ele já desligou.

Felix e eu pegamos um ônibus até Battersea. Ao passar pela Westminster Bridge, olhando para o Tâmisa, vejo silhuetas familiares, o Big Ben, o Parlamento e a London Eye. Também vejo novas construções que mudam o desenho da cidade que eu conhecia. Ao sul, colunas de pedra e aço retorcidos se destacam em um prédio que parece o Partenon. Um arranha-céu cônico domina o horizonte a leste, e enormes barreiras de madeira curvas envolvem as duas margens do rio. Londres, antiga e nova, sempre em evolução, mas também de alguma forma intrinsecamente a mesma.

Felix pega um pequeno caderno da mochila e entrega para mim.

— O que é isso?

— É um diário de bordo. Quando estamos em uma expedição, é preciso registrar tudo.

— Certo.

— Se você está em uma expedição e aí acontece algum acidente, tipo alguém cair e cortar os joelhos ou se tiver um ataque de tubarão, você precisa registrar.

— Pode deixar, vou ficar atenta para o caso de aparecerem tubarões.

— Não vamos encontrar tubarões em Londres, mamãe.

— Como você fugiu da escola hoje?

Por um momento ele parece um cordeirinho, mexendo em um fio solto do assento à frente dele.

— Tem um buraco na cerca do parquinho. Dá para se enfiar por lá se você quiser muito sair.

— E você foi andando até a estação sozinho? Isso foi muito perigoso. Prometa que nunca mais vai fazer isso.

— Eu estava com o meu apito — diz ele enquanto mostra um pequeno apito vermelho que está em volta de seu pescoço.

— O que o apito faz?

— "Se alguém tentar roubar você, use o apito", foi isso que você me ensinou, quando fomos para aquele festival de música. — Ele para e inspeciona o apito por um tempo. — Você acha que dá pra morrer se engolir esse apito?

— Acho que não. Não.

— E dois apitos?

— Não sei, Felix.

— Quantos apitos você acha que uma pessoa pode engolir sem morrer?

— Se ficar parado na sua garganta, você pode morrer, mas… Por que você precisa saber a resposta disso? É só não engolir nenhum apito e pronto.

Quando descemos do ônibus em Battersea Arches, um adolescente e um patinete que flutua acima do solo passa correndo e quase bate em nós. Seguro Felix e o tiro da passagem bem a tempo, e depois me viro para gritar

"Presta atenção, seu idiota!" para o adolescente, que nem se vira para olhar. Mas Felix me olha, e é um olhar cheio de admiração.

– Desculpa, eu não deveria ter dito isso – digo a ele enquanto mordo os lábios. – Usei uma palavra grosseira.

– *Isso* é uma coisa pra botar no diário de bordo – diz Felix.

– É?

– Com certeza. – Felix pega o diário. – Você pode escrever? É porque a minha letra é muito grande. Coloca o horário e depois escreve: "Homem de patinete quase nos atropelou. A mamãe gritou que ele era um idiota".

– Acho que não precisamos especificar o que eu disse.

Depois de localizar os antigos arcos de tijolo, andamos procurando uma barraca de flores ou uma porta marrom. O local parece desabitado: lojas fechadas com tábuas, paredes pichadas e carrinhos de compras abandonados. Estou começando a pensar que Crouch Pouch, ou seja lá qual for o nome dele, pode ter tirado com a nossa cara.

– Você parece perdida – diz um homem enorme com uma quantidade impressionante de tatuagens. Ele está trabalhando em uma moto customizada do lado de fora de uma oficina.

– A gente tá procurando o Arcade Dave – diz Felix, e dá uma piscadela para o homem. Ele encara Felix com olhos gelados, e me preocupo com a possibilidade de precisarmos usar o apito. Mas o homem acena e aponta para a esquerda.

– Por ali, depois da barraca de flores.

Seguindo as indicações do homem, encontramos uma pequena barraca vendendo tulipas murchas e, como Crouch Pouch tinha dito, uma porta marrom que exibe a placa "Depósito do Dave".

– É aqui! – diz Felix, já abrindo a porta. O outro lado de uma armação de metal leva até uma escada caracol, que conduz para as entranhas de Londres. Felix vai primeiro, sem demonstrar medo, e cada passo seu ecoa pela caverna sem janelas.

– Está um pouco escuro – digo, nervosa, enquanto sigo Felix pela escada. – Talvez seja melhor a gente esperar.

De repente, tudo isso parece uma péssima ideia. E se aquele site na verdade era um site para tráfico de pessoas, e nos enganaram para que viéssemos até aqui? E se Felix for sequestrado? Ou eu? Bem na hora que penso em sugerir pra gente voltar, Felix grita:

– Achei!

O grito vem de um lugar bem abaixo de mim na escada. Me apresso para descer os espirais finais, até que chego em terra firme e vejo um segundo grupo de arcos de tijolo, construídos abaixo dos da superfície. O espaço arredondado e cavernoso à nossa frente está cheio de antigas máquinas de jogos e outras curiosidades empoeiradas. É uma visão e tanto, como se tivéssemos descoberto a tumba de Tutancâmon (se Tutancâmon tivesse vivido nos anos 1980 e fosse obcecado por videogames). Levo um minuto para absorver o espetáculo inesperado que é esse lugar.

– Tem que estar aqui – diz Felix, enquanto sai correndo pelos corredores de tecnologia antiga.

– Olá? – chamo, preocupada que possamos nos encrencar por estarmos andando por aqui sem sermos convidados, depois lembro que o cara do fórum nos avisou que Arcade Dave poderia ser "um pouco engraçado". *O que isso quer dizer? Ele é tipo um comediante ou tipo um psicopata?*

Um homem vestindo um macacão imundo e com um bigode todo bagunçado aparece de trás de uma máquina do PacMan, nos olhando muito desconfiado.

– Arcade Dave? – pergunto e o encaro com o melhor sorriso de "por-favor-não-seja-um-psicopata" que consigo dar.

– Quem pergunta? – diz ele.

– Eu sou a Lucy e esse é o Felix. Crouch Pouch que nos falou de você.

– Não era Crouch Pouch, mamãe, era Crock Pouch – diz Felix, enquanto encara, nervoso, Arcade Dave.

Eu imagino que o nome vá funcionar como um aperto de mão maçônico nesse covil subterrâneo, mas Arcade Dave diz apenas:

– Não conheço.

E volta a trabalhar na máquina do PacMan.

Felix, sem se deixar abater, vai até ele.

– Estamos procurando uma máquina de desejos, ela tem um milhão de anos

– Não tem um milhão de anos – esclareço. – Provavelmente é dos anos setenta ou oitenta, talvez dos anos cinquenta. Definitivamente do século XX.

– Como ela é? – pergunta Dave, limpando o nariz com um pano oleoso.

Ele ouve atentamente enquanto eu conto tudo o que consigo lembrar, depois nos chama para segui-lo. Felix vai saltitando, incapaz de conter a empolgação. Ele se vira e diz para mim:

– Ele tem!

Dave nos leva até uma máquina coberta por um lençol, e eu me seguro quando ele tenta abri-la. *E se for realmente isso?* Mas quando puxa o lençol empoeirado, vejo uma caixa de vidro com um gênio de fisionomia assustadora segurando uma bola de cristal gigante. Felix me olha cheio de expectativa, ainda que ele saiba que eu nunca falei de gênio nenhum. Balanço a cabeça.

– Não, não é essa.

– Não vi nada do jeito que você disse – diz Arcade Dave, balançando a cabeça. – Colecionadora, é?

– Mais ou menos – respondo, e encaro Felix para impedi-lo de começar uma longa explicação sobre viagem no tempo.

Arcade Dave assoa o nariz no pano oleoso, depois me entrega um cartão de visitas também oleoso que tira do macacão.

– Pode deixar o seu número. Vou perguntar por aí. Se souber de alguma coisa, eu aviso.

Talvez por perceber a decepção de Felix, Arcade Dave continua:

– Ei, garoto, quer jogar uma partida de Robotron 2084 na máquina que eu acabei de arrumar?

Felix faz que sim com a cabeça, entusiasmado.

Quando finalmente voltamos para a luz do dia, consigo ver que Felix ainda está decepcionado.

– Sinto muito por não ter dado em nada – digo, mas ele balança a cabeça.

– Esse foi só o primeiro estágio na aventura. As aventuras sempre têm múltiplos estágios. O Dave tem o seu telefone agora.

– Não sei, pra mim parecia um beco sem saída.

Felix muda o peso do corpo de um pé para o outro, e me encara, nervoso.

– Você acha que ele percebeu que eu achei o jogo dele chato? Não queria ser grosseiro. Estava tentando fingir que era divertido.

– Olha, você fez um bom trabalho. Pra mim parecia que você estava se divertindo – respondo enquanto coloco um braço ao redor do ombro dele.

O dia está ensolarado e não sinto vontade de pegar um ônibus agora, então sugiro que a gente ande um pouco. Apesar do fracasso da nossa missão, Felix está surpreendentemente falante e animado. Estou aprendendo que ele gosta que tudo tenha o respectivo contrário, e que ele está muito interessado em saber o que pode causar morte se for ingerido. Quando chegamos em Vauxhall, pergunto se ele gostaria de ver onde eu morava, e ele diz que sim.

— Esse era o seu apartamento? — pergunta ele quando sentamos no banco do outro lado da rua.

— Era. Terceiro andar. — Aponto para minha antiga janela. — Eu morei aqui com a minha melhor amiga Zoya, e outras duas pessoas, Emily e Julian. — Sinto uma pontada de nostalgia ao pensar em todas as conversas que tive sentada naquela janela. O vinho barato que bebi, os livros que li e os sonhos que dividimos. Uma vez, Zoya fez com que Emily, Julian e eu nos sentássemos naquela janela no escuro segurando um tipo de uma tocha, para que ela pudesse desenhar a silhueta das nossas cabeças. — Era tudo muito bagunçado e apertado. A gente nunca tinha papel higiênico, mas se divertia bastante.

— Por que vocês não tinham papel higiênico? — pergunta Felix.

— Bem, na época não tínhamos entregas por drone.

— Zoya é a sua amiga que morreu? — pergunta Felix, arrastando os pés no chão.

— É — respondo, os meus olhos ainda estão grudados naquela janela.

— E ela era sua melhor amiga?

— Era.

Felix olha para as próprias mãos e depois diz:

— Matt Christensen perguntou se poderia ser o meu melhor amigo. Eu disse que precisava pensar.

— Acho que, na sua idade, é bom ser amigo de todo mundo, deixar as opções abertas.

— Mas eu quero um melhor amigo. — Agora ele bate um pé no outro. — Perguntei pra Molly Greenway se ela queria ser a minha melhor amiga. Ela disse que meninas precisam ter melhores amigas e meninos precisam ter melhores amigos.

— Isso não é verdade. Você pode escolher qualquer pessoa para ser o seu melhor amigo, ou amiga.

Felix fica em silêncio por um momento, como se estivesse contemplando o que acabei de dizer.

— Você escolheu a Zoya? Ou ela escolheu você?

Estico o braço para segurar a mão dele.

— Acho que a gente se escolheu juntas. A gente sentava uma perto da outra na aula de francês e ficava escrevendo bilhetinhos na nossa língua inventada.

– Língua inventada? – pergunta Felix, impressionado.

– Palavras que tinham um som engraçado pra gente. Éramos crianças estranhas. Acho que isso é a definição de melhor amigo, uma pessoa para quem você pode mostrar o seu eu mais estranho.

– Eu sento do lado da Molly na aula de programação. Ela é bem melhor que eu. E é engraçada também. Criou esse jogo de plataforma chamado "Garotas no topo, garotos no esgoto". Você tem que colocar todos os garotos no esgoto pra ganhar. E a senhora Harris não quis dar nota, ela disse que era sexista, então a Molly trocou todos os garotos por pequenas senhora Harris e chamou o jogo de "Crianças no topo, professoras no esgoto". – Felix ri e bate a mão contra a coxa.

– Acho que gosto dessa Molly.

Enquanto estamos sentados no banco, olhando para o meu antigo apartamento do outro lado da rua, a porta da frente se abre e o senhor Finkley aparece com um saco de lixo reciclável. Ao me ver, ele levanta a mão para me cumprimentar, então seguro a mão de Felix e atravesso a rua.

– Felix, esse é o senhor Finkley, ele morava no apartamento em cima do meu. Senhor Finkley, esse é o meu filho.

Meu filho. Algum dia vou me acostumar a dizer isso?

– O que traz vocês aqui? Ainda não encontrou aqueles anos? – pergunta o senhor Finkley.

– Receio que sim. Estávamos apenas fazendo uma pequena viagem pelas recordações.

– Gostaria de subir para comer presunto? – pergunta o senhor Finkley.

Estou prestes a recusar educadamente quando Felix grita:

– Eu amo presunto!

Ele dá um passo em direção à porta da frente.

– Pensei que você fosse, tipo, superexigente com comida – digo, estreitando os olhos para ele.

– Não sou exigente com presunto – responde ele, a postos na porta da frente.

– Acho que vamos subir, então. Tem certeza de que não vai ser um incômodo?

– Não, não – diz o senhor Finkley. – Mas não vou pegar os meus selos.

Dentro do apartamento do senhor Finkley, Felix olha em volta como se tivesse acabado de entrar em um mundo subterrâneo secreto.

– Uau, que casa legal. É tipo viver em uma selva.

A boca do senhor Finkley se contrai, satisfeita.

— Foi a sua mãe aqui que me levou à horticultura.

De todas as coisas que parecem improváveis sobre os anos que perdi, uma delas é que as tábuas de manteiga não foram a moda efêmera que todos esperavam que fossem, e a segunda é que eu, aparentemente, me tornei uma guru da jardinagem.

— A mamãe é boa com plantas – diz Felix, enchendo o peito. – O senhor quer ver o meu diário de bordo?

— Felix, tenho certeza de que o senhor Finkley não quer...

— Eu ficaria honrado.

Depois de abrir espaço no sofá para nos sentarmos e trazer um prato de presuntos variados, o senhor Finkley se acomoda para inspecionar o diário de Felix. Ele é um excelente público, fazendo todas as perguntas certas e até mesmo comentando sobre a minúcia da coluna de "incidentes" e o excelente esboço que Felix fez de Arcade Dave.

— Este presunto é o melhor – diz Felix, enquanto se sentam lado a lado, examinando o caderno.

— Defumado, sempre defumado – diz o senhor Finkley.

— Mamãe, você pode comprar defumado da próxima vez?

Faço que sim com a cabeça, com a anotação mental de pedir para o meu carro instruir o drone voador para trazer presunto defumado até em casa, depois me impressiono com como essa frase parece totalmente normal.

— Eu poderia arranjar serventia pra um jovem como você em uma das minhas viagens de barco – diz o senhor Finkley.

— Você tinha um barco? – pergunto, achando difícil imaginá-lo em outro lugar que não este apartamento.

— Tinha. Eu liderava expedições de pesquisa, levava mergulhadores e cientistas para o Pacífico central. A minha esposa era oceanógrafa.

— Vocês eram exploradores de mares profundos? – pergunta Felix, com a boca aberta de espanto.

— Eu não. Eu ficava na retaguarda, mas a Astrid sim. – O senhor Finkley acena com a cabeça e se senta um pouco mais ereto, com um sorriso que chega até os olhos.

— Eu não sabia que o senhor era casado – digo.

— Há muitas luas – diz o senhor Finkley, enquanto se levanta e caminha até uma escrivaninha de madeira repleta de livros e papéis.

Ele pega uma pequena bússola de latão e uma pasta de mapas antigos. Colocando um deles em uma mesa, meu ex-vizinho mostra a Felix como traçar milhas náuticas usando um compasso e uma régua. Felix está fascinado e cheio de perguntas. Eu acabo deixando que eles continuem e saio para a varanda para ver as mensagens e os e-mails de trabalho.

Há uma mensagem da assistente do CEO da Bamph perguntando se eu estaria disposta a transferir A minha "reunião F" da sala executiva. Parece que eu mudei a data da reunião trimestral com os acionistas no portal de reservas. Ops, pensei que tudo aquilo ficava apenas no meu calendário. Tomara que ninguém descubra o meu código secreto para as reuniões falsas.

Também recebi uma mensagem de Michael:

Espero que esteja tudo bem aí na sua casa. Acho que é melhor para a equipe se mantivermos a questão da sua névoa mental entre nós. Não quero que eles percam a confiança na sua habilidade antes da reunião. E é melhor não colocar mais reuniões falsas no sistema da Bamph…
M.
P. S.: Jane disse que as orcas também têm menopausa, então você está em excelente companhia.

Por fim, acabo arrastando Felix para fora. Precisamos pegar o trem. Pode não ter sido muito maternal da minha parte recompensar Felix com um dia de aventuras por ter fugido, mas vê-lo tão animado faz com que eu sinta que foi um tempo bem gasto.

– Você pode ficar com isso – diz o senhor Finkley, entregando uma pequena bússola de cobra. – Não tenho mais nenhuma navegação em vista. Melhor que fique nas mãos de um explorador de verdade.

– Nossa, uau, muito obrigado – diz Felix, segurando a bússola como se tivesse ganhado uma das joias da coroa.

No trem para casa, meu filho usa a bússola para me passar atualizações constantes sobre a viagem.

– Sudoeste, Oeste, Su-sudoeste.

Logo começa a ficar meio irritante e eu tento distrai-lo ao ler o que escrevemos sobre o nosso dia com uma voz engraçada, meio fina. Felix acha tudo muito hilário e insiste que eu escreva "mamãe leu tudo com uma voz engraçada" no caderno, o que o faz rir ainda mais. Ao observá-lo, sinto um rompante quentinho de afeto incondicional por esse garotinho engraçado.

Uma daquelas máquinas de lanches e bebidas vem na nossa direção, e pergunto a Felix se ele quer alguma coisa. Ele se endireita no assento e me olha de um jeito estranho.

– O que foi? – pergunto.

– A mamãe nunca deixa a gente comprar coisas da máquina. – Ele levanta a sobrancelha, como se me desafiasse a retirar a oferta.

– Bem, agora a mamãe deixa – respondo enquanto faço uma careta. Compro dois biscoitos de chocolate antes que a máquina continue o seu caminho.

Felix fala baixinho:

– Obrigado…

– De nada.

– …por me deixar procurar.

– Eu me diverti – digo, e depois de uma pausa, continuo: – Mas promete que nunca mais vai fugir para procurar portais? Entendo que você precise que essa seja uma situação que tem solução, Felix, e eu também acho isso, pode acreditar, mas se não for… Bem, coisas piores já aconteceram com outras pessoas. Ainda estou aqui, não estou? Ainda sou a sua mamãe.

Pela primeira vez, ele concorda com a cabeça enquanto falo, e sinto que isso poderia ser verdade.

Enquanto o trem passa por Woking, Felix termina os biscoitos, e diz:

– Sabe aquele programa de crianças que você precisa inventar? Por que você não sugere uma das suas brincadeiras?

– Das minhas brincadeiras?

– Tipo quando brincamos lá em casa, aquilo foi genial. Você não precisa de muitas coisas. Tipo, para "O chão é lava" você não precisa de lava de verdade.

– Me lembra como é essa brincadeira?

– Alguém grita "o chão é lava" e você tem que sair do chão ou morre.

– Simples assim? – pergunto enquanto pulo no assento do trem e grito: – O chão é lava!

Felix me olha com terror ou admiração, não tenho bem certeza, e diz:

— Mãe, estamos no trem.

— Ok, desculpa, o chão *do trem* é lava! — grito e pulo para um dos assentos vazios do outro lado do corredor, rindo quando quase caio por conta do balanço do trem. Felix cobre o rosto com as mãos, depois me espia por entre os dedos. A cara dele é impagável, mas então escuto uma voz grave atrás de mim:

— Senhora, não pode subir aí.

27

— Não conta pro seu pai que eu tomei uma multa — lembro Felix quando chegamos na garagem de casa.

— Posso contar pra Molly quando for pra escola? — pergunta Felix, os olhos ainda brilhando por conta da adrenalina de ver sua mãe levar uma multa por comportamento inapropriado. — Ela vai achar tão maneiro.

— Não, não pode contar pra ninguém. O que acontece na aventura, fica na aventura.

Pela janela da cozinha, consigo ver Sam dançando com Amy nos braços. Os lábios dele estão se movendo... Ele está cantando para ela.

Ficamos no carro por um tempo, nenhum dos dois se move para sair. Talvez Felix se lembre que está de castigo, já eu estou relutante em deixar que a magia da noite acabe, quero me agarrar a esse sentimento de cumplicidade que criamos. Eventualmente, Sam nos vê e acena — agora a nossa aventura acabou mesmo.

No corredor, Sam se agacha e envolve Felix em um grande abraço, os lábios pressionados contra o ombro do filho enquanto diz:

— Nunca mais faça isso com a gente. Você me deixou tão preocupado.

— Sinto muito, pai.

— Vamos falar disso mais tarde. Você fez o que precisava? — pergunta Sam e Felix faz que sim com a cabeça.

Em seguida, Sam estica uma mão e Felix entrega o iPad.

— Vou precisar dele pra escola.

— E eu vou devolver na hora da aula — responde Sam.

Vejo que Felix pega o caderninho da mochila e coloca no bolso da calça, ele me olha como se tivesse se safado de algo.

– Tem comida na mesa – diz Sam para Felix, que assente e vai até a cozinha.
Eu também assinto com a cabeça enquanto digo:

– Ele é um menino bom, né?

– Ele é – responde Sam. – Os dois são boas crianças.

É então que olho para Amy, os olhos arregalados o máximo possível, engatinhando até a minha perna. Ela não está chorando, nem mordendo, nem fedida, e ainda que ela tenha um pouco de papinha na blusa, não me importo em pegá-la no colo e deixar que encoste o rosto no meu pescoço. Sinto uma onda de prazer em ser amada por essa criatura. Ela não se importa com o fato de eu estar indo mal no trabalho, ou que eu tenha passado vergonha no balcão da Selfridges, ou que eu tenha levado multa por ter me empoleirado no banco do trem. Ela me ama só porque sou a mãe dela, ou pelo menos alguém que tem a mesma aparência e o mesmo cheiro da mãe dela.

Quando Felix já está longe, Sam me pergunta:

– Quer dizer então que vocês não acharam o tal portal para outro mundo? – O rosto dele está tomado de um ceticismo divertido.

– Por incrível que pareça, não – respondo enquanto coloco Amy no chão e a vejo engatinhar até a cozinha.

– Que bom. Acho que ia sentir sua falta se você desaparecesse em outra dimensão.

Ficamos um de frente para o outro no corredor, e não consigo encarar os olhos dele. Sam me observa com tanta intensidade, mas eu não sei como me comportar perto dele agora. Ontem ele foi tão gentil comigo, disse todas as coisas certas, mas isso não muda os fatos.

– Você quer saber as notícias boas ou ruins primeiro? – pergunta Sam, o sorriso chegando aos olhos.

– As duas – respondo com as mãos atrás das costas, tentando ser normal.

– Bem, a má notícia é que Amy mastigou o seu sapato favorito.

– E a boa?

– Você provavelmente não lembra qual é o seu sapato favorito. E ele pode nem ser seu favorito mais.

– Rá-rá! – respondo e dou um tapinha no ombro dele. Ele pega minha mão e me puxa para um abraço. Tudo parece tão normal. Quero que ele me beije de novo, como na noite passada. Quero que seja o Sam do nosso encontro, quando começamos do começo e não do meio do caminho. Quero um segundo encontro.

Um raio de sol passa pela porta de entrada e somos cegados por um instante.

– Vamos sair – digo.

– Sair? Vocês acabaram de chegar.

– O dia está tão bonito. Vi jacintos no parque quando estávamos vindo pra cá. Elas nunca duram tanto tempo, se não formos lá agora, vamos perder. Vamos... Passeio em família.

Sam parece dividido.

– É uma boa ideia, mas a cozinha está uma bagunça, Amy está cansada, preciso tirar os lençóis da secadora antes que...

– Sam. Vinte minutos. Vamos, vai – faço uma dancinha, balançado os dedos.

Um sorriso genuíno chega aos olhos dele. Sinto como se tivesse ganhado algo.

– Crianças, vamos nessa, a mamãe disse que vamos fazer um passeio em família.

No parque, empurro o carrinho de Amy enquanto Felix me mostra sua tentativa de enquanto Felix me mostra sua tentativa de manobra radical (que não é bem uma manobra, nem muito menos radical, mas Sam e eu o parabenizamos como se tivesse feito algo digno do Cirque du Soleil). Em um canto do parque, deixaram a grama crescer bem alta, um paraíso de abelhas. Um tapete de jacintos se espalha embaixo das árvores. O sol do fim de tarde brilha entre os galhos, derramando a luz quente nas flores que balançam gentilmente com o vento. O cheiro floral me transporta para os piqueniques da minha infância, pegando flores silvestres para a mamãe colocar na mesa da cozinha, dirigindo por quilômetros só para caminhar pela parte da floresta que o meu pai mais gostava, porque os jacintos só florescem por poucas semanas.

Sam tira Amy do carrinho e a coloca nos ombros, fazendo com que ela grite de pura animação a cada vez que ele vira. Felix grita:

– Eu também! Eu também!

Então, Sam coloca Amy de volta no carrinho e começa a girar Felix, que grita:

– Mais rápido! Mais rápido!

Quando Sam finalmente o coloca no chão, já sem fôlego, Felix solta:

— De novo! De novo!

— Parece que o seu pai está ficando velho pra isso — digo com um sorriso. — Olha só, ele tá exausto, coitado.

— Esse é o seu jeito de dizer que também quer? — pergunta Sam, uma sobrancelha levantada.

— Não. — Abro um sorriso, mas ele começa a vir na minha direção e eu me viro para correr, rindo enquanto Sam me persegue pelo parque. Ele é mais rápido do que eu e logo me pega em um abraço de urso antes de nós dois cairmos no chão.

— Quem é velho? — pergunta ele, deitado em cima de mim, as mãos apoiadas ao lado da minha cabeça.

— Você não é, juro — respondo, rindo e me remexendo embaixo do corpo dele. Ele para de lutar, me olha nos olhos e de repente sou tomada pela consciência de cada ponto do corpo dele contra o meu, a intenção nos seus olhos, a facilidade com que ele poderia segurar os meus braços com apenas uma mão. "Hum." *Eu acabei de gemer? Meu Deus, estamos em público, as crianças estão aqui.* Ele morde os lábios, parece ter gostado daquilo, e me solta. Acho que ele percebeu mesmo o gemido.

— Isso foi uma ótima ideia, Luce — diz Sam, a voz carregada de carinho. — Estou feliz de você ter sugerido. — Antes que ele termine a frase, Felix nos alcança e se joga em cima de Sam, gritando:

— Montinho de família!

Fico corada enquanto tento esquecer a imagem de Sam e eu sem roupa rolando pelo campo de flores que acabou de surgir na minha cabeça.

Quando estamos andando para o carro, Felix aponta para nós dois e diz:

— Ah, é o Dia do Bolso!

— Feliz Dia do Bolso, Felix! — diz Sam, sorrindo.

— Dia do Bolo! — diz Amy.

— O que é o Dia do Bolso? — pergunto.

— Quando estamos todos usando roupas com bolsos, é o Dia do Bolso — explica Sam. — Foi o Felix quem inventou.

— Só é Dia do Bolso quando a família toda usa! — Felix parece muito animado e me mostra os bolsos em suas pequenas calças, depois aponta os bolsos no casaco de Amy.

— O que acontece no Dia do Bolso? — pergunto.

– Nada. – Felix me olha como se eu tivesse feito uma pergunta idiota. – Só é o Dia do Bolso.

– Feliz Dia do Bolso – repete Sam enquanto pega a minha mão e balança. A alegria deles é tão contagiante que, por um momento, sou uma deles. Não tenho tempo de aproveitar o sentimento, pois Felix tropeça em uma pedra, sai voando e grita enquanto cai de queixo no chão. Eu deveria estar mais atenta; ele já caiu aqui, nesse mesmo lugar. A cicatriz na testa dele é de quando bateu em uma pedra afiada.

– Você está bem? – pergunto depois de correr para colocar a mão no queixo sangrento dele. *Eu imaginei aquele outro tombo ou foi uma lembrança?* Examino a testa de Felix: vejo uma cicatriz fina, perto do cabelo.

– As pessoas não devem se machucar no Dia do Bolso! – reclama Felix, chateado.

Naquela noite, quando vamos para a cama – a nossa cama, juntos –, Sam me puxa para perto. Sinto aquela conexão novamente, as fagulhas que senti na noite do nosso encontro, mas agora estou completamente sóbria. Provavelmente estou mais cansada do que jamais estive, mas o meu corpo ainda treme de antecipação ao toque de Sam. Quero contar a ele sobre a lembrança que tive no parque, mas também não quero, porque não sei o que isso significa.

Sam faz carinho no meu rosto com as costas da mão.

– Olá, minha bela esposa – diz ele em um sussurro baixinho.

– Oi – sussurro de volta.

Ele se inclina para me beijar, devagar, gentilmente, puxando o meu lábio inferior em sua boca, uma mão nos meus cabelos. A outra faz carinho nas minhas costas, por baixo da camiseta, até que se move para a frente e pega o meu peito em um único e maravilhoso movimento. Solto um gemido involuntário e escuto:

– O meu queixo tá doendo. Posso dormir com vocês?

A pergunta vem de um Felix cansado que está na porta do quarto.

– Ah… Claro, campeão – responde Sam enquanto se distancia de mim para abrir espaço para o filho. Felix se ajeita entre nós, como um filhote de passarinho no ninho. Pego no sono abraçada nele, uma mão entrelaçada na de Sam.

— Amo você, mamãe. Amo você, papai — murmura ele.

— Também amo você, Felix — respondo.

Sam aperta a minha mão duas vezes na escuridão, uma mensagem em código Morse dos apaixonados.

28

Na manhã seguinte, apesar da noite mal dormida por conta do cotovelo de uma criança, acordo cedo e pego o trem das 7h15 para Londres. Quero chegar lá antes de todo o mundo, quero estar preparada. Quando o meu trem chega em Waterloo, recebo uma mensagem de Sam, a foto de um livro com marcas de dente, iguais aos de Amy, no canto. "Acho que podem ter alguns furos no enredo desse livro. 😀"

A mensagem me tira um sorriso e caminho até o escritório com uma nova alegria no andar. Respondo: "A resenha da Amy para o livro: tão bom que dá vontade de comer".

No trabalho, quando a equipe toda chega, chamo todos para a sala de reuniões do térreo. Callum fica na porta, oferecendo-se para fazer chá, mas eu o chamo para dentro.

– Callum, vem pra cá, podemos sobreviver sem chá. Agora, sei que estamos sob pressão por conta do tempo – digo. – A reunião de *pitch* é daqui onze dias e não achamos ainda a nossa ideia. Sinto muito por não ter estado mais presente no escritório, tive que lidar com algumas questões pessoais, mas agora estou aqui.

Faço uma pausa e lanço um olhar pela sala. Trey parece exausto, ainda que esteja usando um top alegre de lantejoulas e uma boina combinando. Michael não para de abotoar e desabotoar o primeiro botão do casaco. Dominique e Leon me olham com o rosto cheio de expectativa, mas Callum parece apenas animado em estar aqui.

– Por isso quero contar com vocês para traduzir a ideia que tive em um programa factível, quero contar sobre esse jogo que faço com o meu filho.

Parece com a ideia de o chão ser lava, mas não é só isso, tudo na casa pode te pegar. O armário em cima da pia é o covil de um dragão, a escada é uma cachoeira, a cozinha é a caverna de morcegos assassinos.

– "A casa vai te pegar" – diz Dominique.

– Isso, isso mesmo. Ainda não pensei no formato, mas gosto de conceito de transformar lugares que conhecemos nos cenários de aventuras, usando coisas do dia a dia para derrotar monstros. Vocês acham que conseguem trabalhar com isso como ponto de partida?

A energia da sala começa a mudar, todos passam a conversar, querendo contribuir.

– Uma cena! O escritório está enchendo de água… – diz Leon enquanto pula em uma cadeira. – Precisamos de um barco, mas tudo o que temos é… – Ele olha para Dominique, e ela imediatamente entrega um objeto imaginário para ele.

– Esse grampeador gigante.

Todos começam a rir enquanto ele e Dominique fazem de conta que estão montando um barco de papel com a ajuda do grampeador, subindo nele e afundando devagar. Eles se curvam em agradecimento e voltam aos seus lugares, mas Michael diz:

– Não, continuem.

Leon e Dominique continuam com o jogo, imaginando desastres que tomam conta do escritório, e todos são remediados com objetos do dia a dia do escritório.

– Como eles estão conseguindo fazer isso sem esforço algum? – pergunto.

– Estão no mesmo grupo de teatro de improviso – diz Michael no meu ouvido. – São talentosos.

Trey bate com a mão na mesa, como se tivesse acabado de ter uma ideia brilhante.

– Podemos fazer um mapa 4D da casa das crianças. Elas veriam os monstros ali mesmo, como hologramas, como se estivessem saindo de debaixo da cama, ou do guarda-roupa, ou algo assim. – Trey abre o *tablet* para desenhar.

– Poderíamos fazer os monstros como as crianças imaginam? Se elas desenharem e nos mandarem? – pergunta Callum, nervoso.

– Adorei essa ideia – digo, e a bochecha dele fica vermelha.

– Existe um programa pra isso, é novo, CGH5.8. Seria perfeito pra uma coisa assim – diz Trey.

– Você pode mostrar pra gente? – pergunto, e os dedos de Trey se movem pela tela com uma agilidade impressionante.

– Vai ser meio tosco, mas tudo bem, descreva um monstro pra mim – diz ele.

– Uma gosma azul com um ferro na cabeça e braços de enguias elétricas – diz Leon com um sorriso.

– Pra que pensar em algo fácil pra mim, não é mesmo… – responde Trey, balançando a cabeça, mas ele pega a caneta eletrônica e faz um rascunho da ideia de Leon. E saindo diretamente do *tablet* dele, surge um holograma 3D na sala. É impressionante.

– Uau, isso foi gêni – diz Dominique.

Trey continua desenhando, e o holograma do monstro mexe os braços para cima e para baixo.

– Vai ficar ainda melhor quando eu tiver tempo de desenhar – diz ele. – Posso fazer um desenho mais detalhado e, com mais câmeras, podemos fazer isso em 4D.

Todos batemos palmas enquanto Trey fica corado e ajeita a boina. Ao explorarmos a ideia, todos na sala têm alguma contribuição. Uma animação palpável começa a nascer em volta da mesa.

– É isso – digo, olhando para Michael.

– É isso – concorda ele.

Naquela tarde, Trey pergunta se pode usar o meu escritório (é a única sala grande o suficiente para que ele experimente essa nova tecnologia), então decido ir para casa mais cedo e trabalhar de lá. Agora que temos o conceito, quero escrever tudo e tentar burilar o formato.

Mas assim que entro no escritório em casa, vejo a foto de Sam na mesa e a minha mente só consegue pensar nele, no corpo dele, nas mãos nas minhas costas ontem, antes de sermos interrompidos. Saber que ele está a apenas alguns metros de mim, no próprio estúdio, é uma distração e tanto. Enquanto estou tentando escrever o *pitch*, a minha mente vai parar nos lábios de Sam, nas mãos de Sam, na… Talvez eu possa passar lá e dar um "oi" para ele, daí eu vou conseguir me concentrar, *daí* vou conseguir trabalhar direito. É, é isso. Definitivamente é a decisão madura a se tomar.

– Ei, trouxe chá – digo ao bater na porta do estúdio e abrir uma fresta.

Sam parece surpreso em me ver, mas tira os fones e sorri, depois passa a mão pelos cabelos grossos. A manga da camisa dele está dobrada, deixando a mostra os antebraços torneados e com alguns pelos escuros. Que apelo é esse de antebraços bonitos em homens? Tipo, tenho vontade de entrar em uma queda de braço com ele e perder. Juntando isso ao maxilar definido e o sorriso largo, ele é ridiculamente atraente. Ainda que esteja cansado, os olhos de Sam parecem estar sempre prontos para uma travessura.

— Desculpa se estiver interrompendo.

— Não está — responde ele enquanto pega a caneca da minha mão.

— Então, lancei a ideia e todo mundo adorou. Temos muito o que fazer, mas é uma ótima sensação ter no que trabalhar.

— Que ótima notícia, parabéns. — Ele sorri para mim, e eu me escoro na porta porque não consigo me manter de pé sozinha.

— Posso ficar aqui e ver você trabalhar um pouco? Para saber o que você faz — peço a ele.

— Claro, fique à vontade — responde Sam, indicando uma poltrona de couro no canto do cômodo. Ele puxa a manga da camisa mais para cima e me olha por sobre o ombro. — Agora estou me sentindo autoconsciente.

— Faça de conta que eu não estou aqui.

Ele liga a tela e uma cena de filme começa a passar. Um homem e uma mulher de mãos dadas, confessando o amor um pelo outro sob o céu noturno com a aurora boreal.

— O que é isso? — pergunto.

— *Me encontre em Oslo*, uma comédia romântica que estou fazendo a trilha sonora. Essa cena é o clímax, quando os protagonistas confessam o amor um pelo outro. Não estou conseguindo encontrar o tom correto.

— Quase não presto atenção na trilha sonora dos filmes — digo. — Isso é ruim?

— Se você prestar atenção, normalmente significa que o compositor não fez seu trabalho bem. A trilha deve fazer você sentir algo, ajudar a mostras as emoções que estão na tela, não é para distrair você do que está acontecendo. — Sam aperta um botão no enorme painel de controles à sua frente e a cena recomeça. — Às vezes é só uma coisinha de fundo — diz ele enquanto toca algumas notas no piano. — E depois aumenta. — Ele continua a tocar, transformando a música em algo mais pungente; ao apertar um botão, começam a soar as cordas. — Mas se você crescer demais, vai distrair o público. — A música agora é grandiloquente e dramática, com as cordas bem pesadas e pronunciadas.

Dou risada, porque isso mudou completamente o clima da cena, e depois balanço a cabeça, desacreditada que ele foi capaz de improvisar dessa forma.

– Uau, você é ótimo – digo, e Sam balança a cabeça enquanto passa a mão pelo pescoço, parecendo desconfortável na cadeira.

– É só prática – diz ele, e se volta para o piano. O alto-falante faz um barulho estranho, e Sam se estica para diminuir o volume. – Desculpe, esse alto-falante já passou por dias melhores.

– Você não pode comprar um novo?

– Estava pensando nisso, mas alguém gastou todo nosso dinheiro em um terno roxo esquisito – ele diz isso em tom de brincadeira, mas ainda assim faço uma careta para ele.

– Você consegue transformar essa cena em um filme de terror? – pergunto.

Sam me olha desconfiado antes de voltar para o piano. Ele começa a cena de novo, então toca uma música sombria, cheia de maus presságios, e eu bato palmas de alegria.

– Isso foi tão sinistro. Como conseguiu? Ah, você consegue fazer uma versão em que ela seja um criatura maligna do espaço, mas ele ainda esteja apaixonado por ela, sem se importar?

– O que você acha que eu sou? Um mico de circo? – diz ele, fazendo de conta que está chateado, mas o sorriso entrega a verdade. – Achei que ficaria aqui para me ver trabalhar.

– Achei que você estava me mostrando o que consegue fazer. Me impressionando com sua destreza musical.

– Preciso impressionar você?

– Talvez. Não lembro de nada que você já tenha feito para me impressionar, então...

Ele pega um banquinho que estava embaixo do piano e me chama para mais perto. Quando sento, Sam traz a cadeira para trás de mim, então as suas mãos cobrem as minhas e as levam ao piano. Gentilmente, ele guia os meus dedos pelas notas e vai me mostrando os acordes básicos. Parece que eu guardei alguma memória muscular, porque os meus dedos conseguem pegar rápido o ensinamento, ainda que eu nunca tenha tocado.

– Eu sei tocar? – pergunto, mas a minha voz sai fraca, distraída por todos os pontos em que nossos corpos estão em contato.

– Sabe, eu te ensinei – responde ele, baixinho, enquanto apoia o queixo no meu ombro. A minha cabeça começa a se virar para ele, mas Sam se vira para o outro lado. – Toque essas notas sempre que o homem falar – instrui ele, e depois recomeça o clipe e aperta o botão de "gravar" no controle. Toco as minhas notas leves como o ar quando o homem fala, e Sam martela um tom mais sinistro quando a mulher fala. Quando a cena termina, sorrimos um para o outro, celebrando a conquista que tivemos juntos. E então Sam coloca a cena mais uma vez, com a nossa trilha sonora.

– Ele está apaixonado por ela, mas ela é uma psicopata – digo, rindo.

– Um exemplo de boa história de amor – responde Sam com um sorriso tímido, e dou uma cotovelada de leve na costela dele.

– Acho que você deveria usar essa versão – digo ao me levantar. – Mas agora vou embora, para deixar você trabalhar em paz – preciso parar de distraí-lo, voltar para o meu trabalho, mas quando me viro para sair, Sam pega a minha mão e me vira de frente para ele.

– Obrigado – diz ele.

– Por quê?

– Por vir até aqui, por se interessar. – Ele parece estar sendo tão sincero, como se essa pequena troca entre nós tivesse sido algo importante. – Por me lembrar que você ainda é você.

– Eu sou eu – respondo, mas depois continuo, mais leve: – Além disso, é interessante. Você é interessante.

– Faz mais de um ano que você não vem aqui.

– É mesmo?

– Foi mais por falta de tempo do que de interesse – diz ele, depressa.

– Bem, eu poderia ouvir você tocar o dia todo. – Começo a abrir a porta, mas agora ele está atrás de mim, estendendo o braço para pegar a minha mão na maçaneta, fechando a porta, o corpo grande e quente contra o meu. O meu corpo pulsa com desejo quando ele se inclina para beijar o meu pescoço.

– Achei que você tinha que trabalhar – digo, a voz já entrecortada.

– Achei que você também tinha.

E quando ele me vira e me olha fundo nos olhos, sinto que ele está olhando para mim. *Para mim.* Não para a minha Eu do Futuro, ou quem quer que eu tenha sido antes, mas quem eu sou agora, neste escritório.

Fazemos amor bem ali, contra a porta, e eu sei que, qualquer que seja o momento do contínuo espaço-tempo no qual eu esteja vivendo, agora, não há nenhum outro lugar onde eu queira estar.

*

De noite, Sam sai para dar aula de tai chi. As crianças estão dormindo, e Faye aparece para tomar um drinque comigo.

— Você sabe que ele dá aula de tai chi para os moradores do asilo? Não é a coisa mais fofa? – digo para Faye. – Aposto que todas as velhinhas amam o Sam.

— Aham, as velhinhas – responde Faye, com uma piscadela.

— Você já o ouviu compor? Ele consegue criar essas músicas assim do nada – continuo enquanto coloco vinho para nós duas. – É incrível, ele é tão talentoso.

— Aham, muito talentoso – respondo Faye com mais um sorrisinho.

— Ele é tão carinhoso com as crianças…

— Você sabe o que está acontecendo aqui, não sabe? – pergunta Faye, agora gargalhando.

— O quê?

— Você está se apaixonando por ele.

— O quê?

— Você ficou exatamente assim quando se apaixonou por ele da primeira vez. Eu te ouvi por meses falando: "Ele é tão talentoso, tão gentil, tão engraçado". Você ficava rindo o tempo todo por conta dele, dava até nervoso. Mas também era bem fofo e adorável.

— Não é isso – digo, enquanto me mexo no sofá e sinto as minhas bochechas queimarem.

— É sim! Você não se lembra que ama ele, então está se apaixonando de novo. – Faye solta um suspiro. – É ótimo, estou com inveja. Eu me apaixonaria por Alex de novo, é a melhor parte.

— Talvez você tenha razão. Mas é confuso. Ele sempre diz que me ama, mas ele *me* ama, ou ama a antiga eu, a minha Eu do Futuro, a eu que lembra das coisas?

— Eu não levaria pra esse lado. Sam sempre amou você. Ele amava você antes de conhecer você, a ideia de você, lembra?

— A música? – pergunto, e Faye concorda. – Eu tive certeza de que ele era o cara certo logo que o conheci?

— Lucy, você tinha toda a certeza do mundo. Na noite em que vocês se conheceram, no karaokê, lembro de você dizer no táxi voltando pra casa: "Vou casar com aquele cara."

— Tenho certeza de que eu estava brincando, ou bêbada.

— Os dois. — Faye dá de ombros. — Mas você nunca tinha dito nada assim antes. Aproveite isso, você merece uma coisa boa.

— Mereço mesmo? Às vezes me sinto culpada por ter ganhado tudo isso de bandeja. — faço um gesto com os braços para mostrar o belo espaço em que estamos sentadas.

— Lucy, você não ganhou nada de bandeja. Pode acreditar, eu estava lá, vi o quanto você trabalhou. — Faye suspira e balança a cabeça. — Você aceitou trabalhos no fim de semana, teve épocas que você nem tinha tempo de ver a gente. E sobre o Sam, pode ter certeza de que você teve uma fase com vários sapos antes de conhecer o seu príncipe. — Ela faz uma pausa. — Quando você morou em Nova York, estava apaixonada por esse cara, o Toby, e ele partiu o seu coração. Não achei que você iria confiar em outra pessoa nunca mais.

— Eu morei em Nova York? — *Eu sempre quis morar em Nova York.*

— Sim. O que estou tentando dizer é que você *teve* todo um percurso para chegar até aqui, e tudo está interligado, porque se o Toby não tivesse partido o seu coração, você poderia nunca ter voltado, e não teria conhecido o Sam, que é a sua cara metade. — Estendo a mão para pegar a de Faye, grata por aquela gentileza sincera. — Você tem um casamento ótimo, mas você trabalhou para isso. O que vocês dois passaram não foi fácil.

— Queria me lembrar de Chloe — digo sem pensar. — De todas as coisas das quais me esqueci, ela parece a mais significativa. É importante para Sam que eu me lembre dela.

— Eu acho que você vai se lembrar, Luce — responde Faye com gentileza. — Mas agora pode apenas aproveitar a paixão por Sam antes que você se lembre de todas as coisas que ele faz que te irritam. — Faye ri, e eu jogo uma almofada nela. Não dou o braço a torcer dizendo que não consigo pensar em nada que ele possa fazer de irritante.

— Você pode me passar uma colher? — pergunto a Sam, enquanto nossa pequena família está sentada à mesa para o café da manhã de sábado. Sam pega uma colher da gaveta e me entrega, os dedos dele ficam por cima dos meus um instante a mais que o necessário. O olhar que ele me lança é diabolicamente delicioso.

– Ah, obrigada – digo, baixando o olhar.

– Por que vocês estão agindo desse jeito estranho? – pergunta Felix, demandando uma resposta.

– Não estamos estranhos! – respondo, sentindo a minha pulsação acelerar.

– Estão, sim – insiste Felix. – Vocês ficam se olhando um tempão, como se fosse uma competição para ver quem encara por mais tempo.

Sam pigarreia.

– A sua mãe é uma mulher muito bonita, eu gosto de olhar pra ela. – Sam se inclina para me beijar e Felix faz uma careta.

– Os alienígenas hipnotizaram você? – pergunta Felix.

– Achei que tivéssemos concordado em deixar a teoria dos alienígenas de lado – digo, olhando firme para Felix.

– Não chame a sua mãe de alienígena, Felix – diz Sam, bem na hora em que Amy derruba a tigela de cerais do cadeirão e leite e cereais voam por todo o chão. Sam se adianta para pegar um pano.

– Joga aqui – digo, já me agachando. Sam joga um pano úmido do outro lado da cozinha, e eu o pego com uma mão só e sem olhar.

Quando olho para cima, vejo Felix e Sam trocando olhares.

– O que foi? – pergunto.

– Nada – responde Sam.

– O que a gente vai fazer pro meu aniversário no sábado que vem? – Felix lança do nada, e eu me pergunto se essa é a verdadeira fonte da sua irritabilidade nesta manhã. Ou isso, ou alguns dias sem acesso a um iPad. Olhando para o Sam, fico em pânico ao pensar que, com tudo o que está acontecendo, tenhamos deixado passar algo importante como o aniversário do Felix.

– O que você gostaria de fazer, carinha? – pergunta Sam. – Pensei que poderíamos ter uma festa em família esse ano, mas você pode convidar alguns amiguinhos. Ou eu posso levar um grupo de amigos seus pro fliperama de realidade virtual, se você preferir.

– Posso trazer os meus amigos aqui? – rebate Felix. – E posso convidar o senhor Finkley, mamãe?

– Quem é o senhor Finkley? – pergunta Sam.

– É um amigo da mamãe, de antigamente.

– Isso é muito querido da sua parte, Felix, mas não conheço o senhor Finkley muito bem. Ele é um pouco peculiar, e mora lá em Londres.

– Não acho que ele é peculiar. Gosto dele – responde Felix.

– Um amigo seu de antigamente – diz Sam, me olhando de um jeito estranho.

– Ele disse que não é convidado pra uma festa faz vinte anos, desde que a esposa morreu. Ele disse que as pessoas gostavam dela, e que agora ele não tem nenhum amigo – continua Felix.

Sam e eu trocamos um olhar.

– Mas eu não tenho o número dele, Felix. Não sei como podemos convidá-lo…

Felix se inclina sobre a mesa, implorando para mim.

– Você disse que sabe quando alguém é seu amigo quando gosta das mesmas coisas, e quando você pode ser estranho perto deles. Eu me sinto assim com ele. – Felix faz uma pausa. – Você pode deixar um convite pra ele quando for pra Londres. Ele não gosta do trem, é verdade, então vamos ter que buscar ele de carro.

– Bem, se você tem certeza de que é ele que quer convidar, posso perguntar – respondo.

– É ele que eu quero convidar – diz Felix, firme. – E Matt Christensen e Molly Greenway. – Sam e eu trocamos mais um olhar.

– Bem, se você escrever os convites hoje, posso entregá-los na segunda – sugere Sam. – Você pode começar agora.

– Você está tentando me fazer ir lá pra cima pra vocês voltarem a ser estranhos um com o outro? – pergunta Felix, os olhos quase fechados, olhando para mim e para o pai.

Sam e eu nos olhamos e imediatamente começamos a ser estranhos um com o outro. Ele pega minha mão do outro lado da mesa da cozinha. Não consigo acreditar em como isso é ótimo: morar com alguém de quem você gosta tanto assim. Ter a pessoa de quem você é a fim bem aqui, *o tempo todo*. Na faculdade, eu tinha uma quedinha pelo Paddy, mas só via o cara às segundas-feiras, no grupo de estudo matinal. Eu passava a semana toda esperando por isso. Morar com o Sam é como ter a manhã de segunda todos os dias.

– Talvez você possa escrever uma música para o aniversário de Felix – sugiro a Sam depois que Felix sai da cozinha. Ele franze o cenho e larga a minha mão.

– Não escrevo mais músicas assim, Luce.

– Mas por que não? Você é tão bom nisso.

Quando estava stalkeando o meu marido na internet, descobri qual foi a última música que ele compôs e vendeu. Chamava-se "The Pulse of Love", e foi gravada por uma banda chamada Neev no álbum *Slice*. Pelas resenhas que encontrei, a maioria das pessoas dizia que "The Pulse of Love" era a pior coisa do álbum e não combinava em nada com o estilo da Neev. Algumas resenhas foram difíceis de ler, mas não acredito que um fracasso fosse fazer com que Sam deixasse de escrever.

– Já falamos sobre isso – diz Sam, mal-humorado, enquanto se levanta para abrir e fechar a porta da geladeira várias vezes.

– Mas eu não lembro de falar sobre isso, lembro? – Faço uma pausa. – Ouvi "The Pulse of Love" e achei linda. Você é tão talentoso, Sam... Deveria voltar a escrever músicas. Você sabe que sim.

– Não quero falar sobre isso. – Sam me lança um olhar mortal e se vira para sair da cozinha.

– Sam – chamo por ele, mas escuto a porta dos fundos bater. Acertei um ponto delicado, mas não sei qual e nem o porquê. Bem quando acho que estou entendendo melhor a vida de casada, aprendendo os caminhos dessa família, alguma coisa nova aparece. Sam deixou a porta da geladeira aberta, então me levanto para fechar. Ele *sempre* deixa a porta da geladeira aberta. *Ok, é isso!* Agora eu tenho algo para colocar na lista de coisas que acho irritantes nele. Isso e a incapacidade em compartilhar vulnerabilidades mais íntimas sobre fracassos criativos. Uau, isso está parecendo mesmo um casamento de verdade.

29

— Vamos pra Mykonos esse fim de semana? — Roisin me liga assim que saio do trem em Vauxhall. Estou indo entregar o convite para o senhor Finkley. — O meu chefe tem uma *villa*. É superluxuoso. Podemos ficar na farra a noite toda, tomar sol o dia todo, sangrias no pôr do sol…

— Mykonos? — O meu coração quase salta do peito. *Eu sempre quis ir pra Mykonos!*

— Não posso — respondo. — Sábado é aniversário do Felix. Talvez no outro fim de semana?

— Sinto muito, querida, a *villa* só está livre esse fim de semana. — Ela faz uma pausa, parecendo desapontada. — Achei que uma saidinha no fim de semana seria exatamente o que o médico sugeriu. Talvez você possa vir no domingo, tirar alguns dias de folga do trabalho?

— Sinto muito, mas tem tanta coisa acontecendo. O pitch *off* já está chegando, e ainda estou me inteirando de tudo. — Solto um suspiro. — Não posso mesmo. Mas obrigada.

Claramente eu não estou em condições de fugir para Mykonos com Roisin. Mas dizer "não" me faz perceber o quanto estou presa. Não posso apenas ir a algum lugar agora. Não posso entrar no carro e ir viajar. Quando tinha vinte e poucos, passava finais de semanas andando pelos parques de Londres por horas, ouvindo música e vendo a vida passar. Não tinha que falar para ninguém aonde estava indo ou quando voltaria. Tardes passadas no *pub* poderiam virar noites, e domingos inteiros podiam ser gastos apenas "saindo". Não acho que entendi o significado da palavra "independência" até ter pessoas dependentes de mim.

– Adoraria fazer alguma outra coisa depois, Rosh, mas preciso de um tempo para me programar. – Paro em frente a uma loja que eu costumava conhecer e que agora é uma floricultura. Quantas vezes passei aqui para comprar alguma coisa para comer depois de uma noite fora? Ou desci de pijama para comprar leite? – Você sabe por que o Sam não escreve mais músicas? – Mudo de assunto e pergunto isso enquanto tenho a atenção de Roisin no telefone.

– Acho que a última música que ele escreveu foi criticada por ser brega e genérica. Você me disse que era complicado; não entrou em detalhes. Olha, preciso ir, minha assistente fez cagada e marcou três coisas ao mesmo tempo. Dê uma olhada nos voos e, se mudar de ideia, me avisa.

Quando desligo, não consigo evitar a sensação de estar desapontada. A vida é sempre assim? Não conseguir fazer as coisas aos vinte porque não tem dinheiro e também não conseguir aos quarenta porque não tem tempo?

Toco a campainha do senhor Finkley e digo no interfone:

– Olá, aqui é a Lucy Young, hum, quer dizer, Rutherford.

Ele abre a porta e subo as escadas para encontrá-lo na porta, de roupão, segurando o regador de metal enferrujado.

– Bom dia, senhor Finkley. O meu filho, o Felix, quer convidar o senhor para a festa de aniversário dele no sábado – digo enquanto entrego o convite. – Vai ser em Surrey, e não é uma festona, só nós quatro, os avós e alguns colegas da escola. Sei que você só viu o menino uma vez, então não precisa se sentir obrigado…

– Sim – responde ele, e parece estar genuinamente feliz quando abre o envelope feito à mão. Felix enfeitou todo o convite com desenhos de plantas monstruosas usando chapeuzinhos de festa.

– Ah, ok, ótimo – digo, tentando esconder a minha surpresa. – O Felix mencionou que o senhor não gosta de pegar o trem, então eu posso vir te buscar de carro, se preferir.

Ele faz que sim com a cabeça, os olhos cheios de emoção enquanto lê o convite.

– Então venho buscar você por volta de meio-dia, ok? – Nenhuma resposta, então começo a duvidar que ele me ouviu. – Senhor Finkley?

– Leonard. O meu nome é Leonard. – Ele me olha e sinto vergonha; vergonha pela minha reação quando Felix quis convidar esse homem para a festa; vergonha por ter morado embaixo dele por dois anos e meio e não saber o seu nome.

Ao andar de volta para o metrô, tento me consolar com a ideia de que uma festa infantil no jardim com o meu antigo e excêntrico vizinho vai ser tão divertida quanto um fim de semana em Mykonos. Ok, não vai, quem estou tentando enganar? Mas o Felix vai ficar muito animado em saber que o senhor Finkley vai, e é isso que importa. Ao olhar dois pássaros voando pelo céu azul, me pego pensando qual seria o contrário de pássaro.

Naquela noite, quando me sento na cama com um livro, olho para o teto perfeitamente feito com gesso e reflito sobre como é possível se adaptar rapidamente a situações estranhas. Como agora posso estar de boa com o fato de ter quarenta e dois anos, se há duas semanas atrás eu mal conseguia respirar? Seria porque estou um pouco obcecada pelo meu novo marido e estou deixando que a ideia de me apaixonar por ele me distraia de todo o terror de perder esses anos? Ou estou apenas ocupada demais para investir tempo na crise existencial que eu deveria estar tendo?

— No que você está pensando? — pergunta Sam, a voz enrolada de sono. Ele estica o braço e pressiona o dedão na minha testa. — Você fica com uma ruga aqui sempre que está muito concentrada em algo.

— Nada — respondo suavemente. É muita coisa para explicar.

De todas as coisas com as quais precisei me adaptar, ser amada por esse homem foi a mais fácil de aceitar. Gosto de ser esposa dele, gosto de dividir a cama com ele, segurar a mão dele depois do sexo sabendo que não preciso me preocupar se ele vai estar por aqui na manhã seguinte. E ainda que, objetivamente, eu devesse ser menos confiante nesse corpo já mais velho, o fato de Sam adorar cada estria, cada ruga, me liberta de uma armadilha na qual eu nem sabia que estava presa.

— Ah, esqueci de dizer, o médico me ligou — diz Sam. — Eles querem que você volte para uma nova consulta.

— Não vejo motivo pra isso — respondo enquanto me estico para beijá-lo.

— Claro que existe motivo — diz Sam, afastando-se de mim. — Pode existir um novo tratamento, mais exames que possam fazer.

O meu corpo fica tenso.

— Você quer a sua antiga esposa de volta.

— Quero que você melhore — diz ele.

— Achei que você me amasse do jeito que sou.

– Vou amar você independentemente do que acontecer, na saúde e na doença, mas… – Ele solta um suspiro de frustração. – Não entendo o que eu disse de errado.

Na saúde e na doença. Eu sou a doença?

– Desculpa, só fiquei um pouco… Não sei… Com ciúmes.

– Ciúmes?

– Sim. Pra mim, isso aqui, nós, é uma relação nova, e em comparação com todas as partes estranhas dessa situação, ela é ótima, *você* é ótimo. Mas você… Você já está há onze anos aqui, já ama uma pessoa que eu nem conheço, que não sei se vou voltar a ser. Como vou saber que não está se contentando com uma versão piorada de mim?

– Você não é uma versão piorada. – Ele parece pensativo por um momento e se senta na cama. – Só diferente. Honestamente, Lucy, mesmo que as memórias não estejam aí, a cada dia você se parece mais com seu antigo eu.

Fecho a boca com força para me impedir de chorar. Achei que as coisas estavam bem, não sei de onde essa emoção está vindo.

– Você não pode ter ciúmes de você mesma – insiste Sam.

– Eu posso. Posso ter ciúmes da versão de mim que viveu onze anos com você, que o conheceu pela primeira vez em um karaokê lotado, que teve encontros e se apaixonou por você, sem saber como tudo ia terminar. A pessoa que se casou com você, que viu o seu rosto quando ela deu à luz seu primeiro filho, que segurou a sua mão quando perderam a segunda. – E sei que estou chorando porque ele me segura com força. – Porque eu perdi tudo isso, Sam. Perdi a minha vida, perdi *a gente*.

– Você não perdeu – diz ele, e a voz sai por entre os meus cabelos enquanto Sam segura o meu corpo trêmulo.

– E essas são apenas as coisas que eu *sei* que perdi. Provavelmente existem mais centenas de momentos que mudaram minha vida e eu nunca vou saber. – Pausa. Sam me solta. Ele levanta da cama e estica a mão para me chamar.

– Aonde vamos? – pergunto, confusa.

– Vem, quero mostrar uma coisa pra você.

No corredor, Sam pega uma lanterna e me entrega um dos seus suéteres de tricô para que eu coloque por cima do pijama.

– Aonde vamos? – pergunto mais uma vez, mas ele apenas calça galochas verdes enormes e pega as amarelas para mim. A sensação gostosa do suéter de Sam e a ideia de uma nova aventura já me tiraram da onda de melancolia. Sem dizer nada, sigo Sam pela porta do jardim, onde a lua está grande e iluminando o céu, e o ar está frio na medida.

— É agora que você me mostra todos os corpos que já enterrou aqui? — pergunto de brincadeira.

Sam solta uma risadinha, então continuo falando.

— Imagina se a gente fosse um daqueles casais de *serial killers*? E um deles fica com amnésia, então o outro precisa ir até o porão e dizer: "Querida, sei que você esqueceu que gosta de sudoku, mas você também esqueceu que matamos oito pessoas".

Sam não ri como eu esperava que risse, só pega a minha mão e me leva para mais dentro do jardim. Paramos em uma pequena árvore no final do jardim, plantada em um pedaço mais alto. Ele ilumina uma placa de madeira com a lanterna: "Chloe Zoya Rutherford. Filha, irmã e neta. Tão pequena, mas tão amada". E depois a data do nascimento e da morte dela, apenas duas semanas de diferença.

— Ah, merda — digo, tapando a boca com a mão. Sam se vira para me encarar, mas consigo ver a expressão dele mesmo no escuro. — Sinto muito, sou uma idiota, estava aqui brincando sobre você me mostrar onde enterramos os corpos, e você estava me levando para ver... Ah, merda.

— Está tudo bem — diz ele, e consigo ouvir que ele está sorrindo. — Ela não está enterrada aqui, é só uma árvore.

— Por qual motivo você me levaria para o quintal no meio da noite — murmuro para mim mesma, depois respiro fundo. — Estou bem envergonhada.

— Não precisa ficar, está tudo bem. — Ele pressiona o meu ombro, depois tira o casaco e o coloca ao lado da árvore, me convidando a sentar com ele no chão.

— É porque eu assisto muitos programas de crime, e aí a minha mente vai pra eles... Não é que eu ache que morte e assassinato sejam engraçados, eles *não são* engraçados...

— Lucy, podemos parar de falar de *serial killers* agora?

— Podemos. — Fecho a boca, apertando bem os lábios. Estou desesperada para continuar me desculpando, mas não acho que vou conseguir evitar me enfiar em um buraco ainda pior. Me conformo em encostar na mão de Sam, que ainda está no meu ombro, e apertá-la. E então escuto um barulho entre os arbustos que me faz pular. — O que foi isso?

Sam suspira e diz:

— Provavelmente foi só um rato.

— Um rato!? — Isso não ajuda em nada.

— Olha, achei que esse seria um bom lugar pra contar uma coisa que é importante pra você, mas talvez a gente deva voltar lá pra dentro.

— Não, está tudo bem aqui. Sinto muito. — Não quero estragar ainda mais o momento, então tento focar em Sam, na árvore, e ignorar os barulhos.

Sam respira fundo e começa:

— Então, você me perguntou por que não escrevo mais músicas...

Em algum lugar próximo, escuto um uivo.

— O que foi isso? — Estou tremendo.

— Uma raposa.

— Não pareceu uma raposa.

— Vamos entrar — diz Sam e faz que vai levantar, mas puxo o braço dele para baixo.

— Não, desculpa, por favor, me conta. Vou ignorar o uivo.

Ele faz uma pausa, e eu seguro com ainda mais força no braço dele, como um encorajamento.

Sam respira fundo mais uma vez e continua:

— Eu escrevi "The Pulse of Love" pra Chloe, antes de ela nascer. Ninguém sabe que a letra é sobre amar uma criança que ainda não nasceu. Depois que ela veio ao mundo e ficou doente, a música foi lançada e todo mundo odiou. — Ele solta um "hum" prolongado, como se fosse difícil dizer tudo aquilo. — Não me importo com o fato de as pessoas não gostarem da minha música, mas aquela foi a coisa mais íntima que já escrevi. No dia que Chloe morreu, ouvi a música no rádio e não consegui suportar...

— Ah, Sam, sinto muito. — Tremo involuntariamente e ele acaricia meu ombro.

— Nunca escrevi nada de verdade depois disso, o que significa que não consegui escrever nada bom, então parei de tentar. Agora virou um enorme bloqueio mental. — Ele ilumina a placa de madeira com a lanterna mais uma vez.

— Consigo entender — digo a ele.

— Uma vez você me disse que todo o mundo morre duas vezes. Uma vez quando seu corpo dá o último suspiro, depois quando alguém diz o seu nome pela última vez. Você me fez prometer que continuaríamos a dizer o nome de Chloe, para que parte dela sempre estivesse com a gente. Acho que por isso o fato de você não se lembrar dela parece especialmente cruel – ele se vira para me dar um beijo na testa.

– Eu realmente queria lembrar.

– Plantamos essa árvore em uma tarde de domingo. Felix estava sentado ali, brincando em um tapetinho, enquanto a gente ia cavando o buraco. Viramos as costas por um minuto, e ele estava no buraco, virando um regador sobre si mesmo, sorrindo de orelha a orelha. Ele começou a jogar lama em mim. Você se aproximou dele e pensei que fosse pegá-lo, mas você simplesmente pegou um punhado de terra molhada e jogou em mim também. – Sam ri. – Felix achou hilário, vocês dois acharam. Sempre que olho para essa árvore agora, não é só na Chloe que penso, mas em nós, cobertos de lama, rindo, mesmo durante o pior… O pior absoluto. – Ele se inclina para mim, e eu esfrego a mão em sua nuca. – Pensei nisso quando você falou sobre os pequenos momentos… Não apenas as manchetes como casamento, nascimento e morte. Fico preocupado por não ter lhe contado o suficiente das coisas boas, nem mesmo das coisas boas e ruins, se é que isso faz algum sentido?

– Sim – respondo enquanto passo os braços em volta dele.

– Agora, quando olhar para essa árvore, vou pensar em *serial killers* também.

– Ah, não, não faça isso! – digo, enfiando o rosto no ombro dele.

– De um jeito bom – responde ele, rindo. – Se é que é possível pensar em *serial killers* de um jeito bom.

– Talvez a gente deva olhar para a lua por um tempo, tentar dar alguma reverência ao momento – digo, meio que brincando, mas nós dois olhamos para cima e realmente vemos uma lua impressionante: um lado iluminado, o outro, sombrio. É uma coisa que não muda. Enquanto ficamos de mãos dadas no frio, sentados sob a árvore da nossa filha, me sinto imensamente grata por ele ter dividido esse momento comigo. Talvez eu não esteja perdendo tanto quanto imaginei. Talvez *esse* seja um daqueles momentos singelos e importantes.

Escuto outro barulho de animal por perto, então Sam se levanta e me ajuda a levantar também.

– Não sei se isso foi uma raposa – digo.

– Ah, provavelmente são só o Bob e a Mary, os *serial killers* que moram aqui do lado – responde ele de imediato, e nós dois estamos rindo quando voltamos para o calor da casa.

30

– Você lembrou mais alguma coisa sobre o tempo que perdeu? – pergunta Felix, na mesma semana, enquanto estou lendo uma historinha antes dormir.

– Não, pelo menos nada muito grande – respondo. – Talvez eu tenha tido alguns vislumbres.

Felix parece pensativo antes de dizer:

– Molly acha que você é o Peter Pan.

– Peter Pan?

– É o personagem de um livro.

– Eu sei disso.

– Molly disse que ele é um garoto que consegue voar, mas se ele começar a duvidar que consegue voar, não consegue mais. – Felix faz uma pausa e puxa o edredom até o queixo. – Você ainda acredita no portal, mamãe?

Fico em silêncio por um momento antes de responder:

– Sinceramente, não sei. Por quê?

Felix se mexe na cama, abraçado ao seu tatu de pelúcia.

– Não me importo se você quiser ficar, se você gostar daqui agora. Você vai ser a minha mamãe de qualquer forma. Mas acho que se você parar de acreditar, e começar a se lembrar das coisas, pode ser igual ao Peter Pan que não consegue voltar para a Terra do Nunca. – Felix morde o lábio. – É isso que Molly acha pelo menos, e ela é a pessoa mais inteligente que eu conheço.

– Mais inteligente do que eu? – pergunto, sorrindo.

– Aham, ela sabe a tabuada toda e tudo.

– Bem, então ela definitivamente é mais inteligente do que eu – digo, enquanto beijo a testa de Felix antes de ligar a luminária. – Acho que vamos ficar bem, Felix, não importa o que aconteça. Boa noite.

Mas quando fecho a porta do quarto dele, sinto um pânico incômodo no peito. Nos últimos dias, não pensei em voltar. Nem sequer dei uma olhada no fórum. Estava recebendo muito *spam*. Mas será que o Felix está certo? Será que deixei de acreditar que posso voar?

Sam está fora, dando a sua aula de tai chi, então lavo a roupa e depois esvazio a máquina de lavar louça, pelo que parece ser a milésima vez nesta semana. Deixo o *kit* esportivo do Felix pronto para o dia seguinte, limpo todas as superfícies da cozinha e depois... Eu realmente deveria me sentar à minha mesa, trabalhar por algumas horas, mas antes, dedico um minuto para entrar no fórum de fliperamas. Não há mensagens novas, mas só de verificar, fico mais tranquila por ainda não ter desistido.

Na sexta-feira, faço o ensaio da apresentação de *A casa vai te pegar*. Passei horas burilando, sei que está bom, mas quando falo em voz alta, parece não ter emoção, não sinto a magia que senti enquanto estávamos na reunião de *brainstorming*. Os monstros em 4D de Trey estão ótimos, mas as minhas palavras não estão fazendo justiça a eles. Michael me disse que eu preciso falar mais alto, olhar menos para as minhas anotações, fazer algumas pausas, mas, sinceramente, não é que eu esteja enferrujada, estou é imatura.

Depois do ensaio, Dominique fica por perto e me puxa de lado.

– Você vai escrever uma carta de referência para mim se a gente não levar essa? – Ela faz uma careta de culpa. – Não posso ficar sem trabalho. Estou devendo para o meu tatuador. – Ela puxa a manga da camisa para cima e me mostra uma tatuagem dourada bem trabalhada, uma sereia sem cabeça. – Preciso fazer a cabeça, ou vai ser só um peixe com braços.

– Claro – respondo, me sentindo completamente sem forças.

Quando a equipe se dispersa, Michael vem até o meu escritório.

– Não estou fazendo jus, né? – digo.

Ele pressiona os lábios um contra o outro antes de dizer:

– Como está a névoa mental?

– Agora parece um nevoeiro. Você acha que são as memórias que nos transformam em quem somos, Michael?

– Não – responde ele com firmeza. – Você é formada por seu código moral, as coisas nas quais acredita, não por sua habilidade de se lembrar do passado.

Michael tem um estilo de liderança tão calmo, que me pego dizendo:

– Talvez você deva apresentar a ideia?

Não acredito que estou dizendo isso porque esse momento é tudo com o que sempre sonhei: eu mesma fazer a apresentação da ideia. Mas tantas coisas estão em jogo para depender apenas de mim. Meio que estou esperando Michael dizer "Não, você é quem deve apresentar, você vai se sair muito bem", mas ele não fala isso, apenas assente. Ele deve perceber a minha cara de decepção porque diz:

– É um trabalho em equipe, Lucy. A ideia foi sua.

Ainda que seja a coisa certa a se fazer, isso não impede que eu me sinta desapontada.

Depois do trabalho, dou uma passadinha na Selfridges com os cupons de troca que tenho trinta dias para usar. Percorro o andar feminino, passo pelos sapatos, e chego finalmente a parte de brinquedos. Ali, encontro o presente perfeito para o aniversário de Felix. No departamento de eletrônicos, gasto a maior parte dos cupons em alto-falantes novos para o estúdio de Sam, e peço que sejam entregues em casa. Para Amy, compro uma girafa de pijamas, e para Leonard, um regador novo com o bico bem longo, perfeito para alcançar plantas mais altas.

Quando estou indo embora, passo pela parte de comida e compro um *croissant* para comer no trem de volta para casa. Alguns hábitos não morrem e etecétera e tal. Enquanto estou pagando, vejo uma mãe tendo dificuldades para lidar, ao mesmo tempo, com um bebê e uma criança. O bebê não para de chorar, e a criança se recusa a andar, os olhos da mulher têm uma expressão de derrota que me diz que ela está prestes a chorar, tentando desesperadamente se manter calma. Estou quase saindo da loja, mas decido me virar para ela.

– Ei, só queria que você soubesse que está fazendo um ótimo trabalho – digo à mulher.

– Ela está com fome, é por isso está chorando – responde ela, como se eu tivesse pedido alguma explicação. – O meu filho não fica quieto tempo suficiente para eu dar de mamar. Não deveria ter vindo fazer compras com os dois, mas é o aniversário da minha mãe e... – Ela respira fundo, e eu balanço a cabeça. Ela não precisa me explicar nada.

– Também sou mãe, eu te entendo. Olha, não estou com pressa. Por que você não deixa que eu distraio o seu filho, para que você consiga dar de mamar pra bebê?

E é isso que fazemos. Levo a pequena família até uma cabine e divido o meu *croissant* com o garoto enquanto a mãe dele dá de mamar à irmã. A mulher, que eu descubro se chamar Greta, começa a chorar quando insisto em comprar algum doce para ela também.

– Me desculpa. Fico muito emotiva quando estou dando de mamar. Mas não se sinta obrigada a ficar aqui, se tiver outro lugar para ir – diz Greta, a bochecha toda marcada de lágrimas.

– Está tudo bem, não preciso ir a lugar nenhum agora.

E ainda que existam centenas de coisas que eu poderia estar fazendo, ainda que jamais exista tempo suficiente, neste momento, o que falei é verdade.

No sábado, Sam e eu corremos para deixar a casa arrumada para a festa de aniversário de Felix. Sam compra bexigas em formato de alienígenas, e eu tento assar um bolo. Assisto a um tutorial sobre como fazer um bolo perfeito em formato de tubarão. Na escala de dificuldade, é uma receita nível 4, o que significa que não é tão difícil, mas não sei quem são essas pessoas que fazem bolos de tubarão, só sei que elas claramente não têm crianças puxando as suas pernas enquanto estão cozinhando.

Depois de colocar a cobertura, o bolo se parece mais com um tronco azul com dentes, por isso escrevo "tubarão" do lado em cobertura branca, só para ter certeza de que todos vão entender o que aquilo deveria ser. E então corro para Londres para buscar Leonard. Ele está me esperando do lado de fora, segurando um pacote de papel pardo que parece um livro.

– É um livro sobre como construir a sua própria máquina de defumar, assim ele vai poder defumar o próprio presunto – explica Leonard, que parece muito satisfeito consigo mesmo, por isso não quero pontuar que um menino de oito anos provavelmente não vai conseguir construir a própria máquina de defumar, mas, ao mesmo tempo, vai saber, ele é uma criança bem incrível. Quando começamos a viagem, Leonard abre o porta-luvas para inspecionar o interior do carro.

– É um daqueles carros ciborgue? – pergunta ele.

– É elétrico.

– Você sabe que o governo consegue saber de todos os seus movimentos por conta disso?

– Aham.

– Você precisa deletar o seu histórico e deixar limões perto do painel... Eles atrapalham o envio de sinais.

Quando chegamos em Farnham, já sou conhecedora de várias teorias da conspiração nas quais Leonard acredita: manteiga de amendoim não é feita de amendoim, mas sim de algo geneticamente modificado chamado amen-donozes, que é cultivado em laboratórios secretos nos Estados Unidos. E que John Kennedy não foi assassinado, e viveu até os 96 anos em uma comunidade de golfe na Flórida. E que a Nasa não constrói naves espaciais, mas usa todo o seu tempo espionando a população. Enquanto escuto todas essas histórias, começo a me perguntar se um homem de setenta e poucos anos, ligado a teorias da conspiração e com um histórico criminal é o tipo de pessoa com a qual eu deveria encorajar meu filho a fazer amizade. Quer dizer, uma coisa é ser simpático, outra totalmente diferente é ser uma mãe negligente.

– Leonard, sei que não é educado falar isso, mas já que estou convidando você pra festa de aniversário do meu filho, você poderia me contar pelo que foi preso? Não foi por assassinato ou algo assim, certo?

– Ah, não! Foi por me passar por um policial e pescar sem licença.

– Você fez as duas coisas ao mesmo tempo ou foram incidentes separados?

Leonard dá de ombros antes de responder.

– Foi há muito tempo, sabe... Não me lembro.

E com isso, sou obrigada a rir, e Leonard também.

Quando entramos em casa, os colegas de escola de Felix, Matt e Molly, já chegaram. Molly está de maria-chiquinha e usando uma camiseta escrita "Uma garota fez o seu design". Não entendo muito bem o que aquilo quer dizer, mas gosto da *vibe* dela instantaneamente.

No jardim, criei uma pista de jogo complexa. A grama é lava e o Banjo Hockey foi tomado como refém pela Terrível Pirata Lucy (eu) e amarrado a um mastro erguido sobre a porta do estúdio de Sam. Felix e os amigos precisam superar uma série de desafios para resgatá-lo. Há um rio de areia movediça para atravessar (a piscina cheia de bolas e prêmios de bônus), flechas sendo disparadas por uma gangue de piratas rivais (a mamãe e o papai usam armas de brinquedo na janela do andar de cima) e um *troll* aterrorizante que vive na ponte (a horta) vai fazer perguntas para conceder passagem. Sam faz uma excelente atuação como o *troll*, até que Leonard pergunta se ele pode tentar e nos deixa em polvorosa com sua atuação digna de um Oscar na imitação de Gandalf, gritando: "Você não vai passar!".

O jogo é um grande sucesso e, assim que o Banjo Hockey é resgatado, Felix insiste para que joguemos o jogo inteiro novamente. Sam diz que não se importa de ser rebaixado do seu papel de *troll*, mas enquanto o observo puxar o lóbulo da orelha, suspeito que ele talvez se importe, porque esse é um sinal clássico dele.

— Achei que você foi ótimo como *troll* — falo baixinho no ouvido dele.

Quando entro para buscar o bolo, vejo a minha mãe colocando a máquina de roupa para bater.

— Mãe, você não precisa lavar a nossa roupa. Por favor, vai lá descansar, curtir a festa.

— É bom ver você como antes — diz ela enquanto continua separando as roupas da pilha. — Só parece que não está dando conta de todo o trabalho de casa. — Ela olha para os lados em desespero pela quantidade de roupa suja.

— Não estamos mesmo, mas tudo bem. Vamos, vou levar o bolo.

Deixei as velas em uma bolsa no quarto. Corro lá para cima, mas quando as pego, paro na porta, engolfada pela inexplicável sensação de ter esquecido algo, que alguma coisa está faltando. Vou até a mesinha de cabeceira, pego os meus anéis, os coloco, e solto um suspiro.

Quando levo o bolo para o jardim, com oito velas, todo mundo começa a cantar. Não é nem de perto uma obra de arte, mas Felix fica muito feliz com o bolo.

— Acho que coloquei muita cobertura, e provavelmente o fundo está meio mole — digo a todos.

— Lá vem o papagaio — diz o meu pai com uma piscadela exagerada. As palavras dele me deixam exultante. De todas as vezes em que fizemos piadinhas bobas um com o outro, essa deve ser a minha favorita para sempre.

Felix adorou o livro que Leonard trouxe e quer começar a construir uma máquina de defumar agora mesmo.

– Acho que um projeto como esse pode levar mais de uma noite – explica Sam, e Felix pergunta a Leonard se ele pode voltar no outro fim de semana. Nunca vi uma pessoa mais feliz.

Meu telefone toca e leio: "Feliz aniversário pro Felix. Queria que você estivesse aqui. Bjs. R.".

E junto da mensagem vejo uma foto de Roisin na praia, de biquini com dois amigos. Surpreendentemente, não fico com inveja.

Quando o bolo acaba e os presentes já estão sendo usados, nos despedimos dos convidados. Mamãe e papai são os últimos a sair e param na porta da frente.

– Você tem certeza de que consegue vir ficar conosco na próxima semana depois da minha cirurgia de catarata? – pergunta a minha mãe. – Você tem tanta coisa para fazer. Dá mesmo para arrumar tempo pra isso?

– Vou estar lá, mãe – respondo.

– A festa foi uma delícia, querida – diz o meu pai. – Você sempre soube como divertir todo o mundo.

Enquanto o meu pai vai para o carro, seguro a mão da mamãe e pergunto em um sussurro:

– Como ele está?

– Estamos levando um dia de cada vez – responde ela enquanto não para de mexer a cabeça. – É tudo o que podemos fazer, não é?

Quando levo Amy para a cama, ela deixa a cabecinha cair no meu ombro, exausta. Inspiro o seu cheiro maravilhoso, saboreio o calor das suas pernas roliças. No corredor, paro por um momento, observando o nosso reflexo no espelho. Vejo uma mãe feliz e um bebê satisfeito.

Sam se ofereceu para levar Leonard para casa, e agora que a casa está silenciosa e somos apenas nós dois, dou a Felix o meu presente.

Ao desembrulhar o pacote, ele encontra uma luminária de lava vermelha e redonda.

– Legal – diz ele, virando o equipamento de cabeça para baixo. Ele parece um pouco confuso, como se não soubesse o porquê da escolha desse presente.

– Ela vem com um controle remoto para que você possa alterar as configurações – digo a ele. – Ela pulsa. Como um coração.

Pego o controle remoto e mexo nas configurações.

– Ah, mamãe, é perfeito! – O rosto dele se acende e o meu coração incha de prazer.

Passamos as horas seguintes na mesa da cozinha tentando fazer um coração que bata. Comprei um pouco de tela de galinheiro, gesso e papel de seda vermelho, que modelamos cuidadosamente em torno da luminária de lava.

– Você pode...? – pergunta Felix, apontando para o começo da aorta que ele está tentando alcançar. Me estico e seguro o lugar para que ele consiga usar a pistola de cola quente. Ainda estamos trabalhando quando Sam chega em casa. Ele balança a cabeça e depois diz que vai para a cama.

– Preciso subir? – pergunta Felix.

Olho para Sam.

– A mamãe decide – responde Sam.

– Acho que como é seu aniversário e fim de semana...

Terminamos às 22h e é espetacular. Uma obra de arte. Foi preciso muita paciência e uma quantidade obscena de cola, mas, finalmente, Felix a declara completa. Com reverência quase religiosa, ele liga a luminária de lava, rolando pelo controle remoto para encontrar a configuração de pulsar. Seguro a mão dele enquanto vemos a lâmpada ganhar vida.

– Uau! – diz Felix. – É incrível.

– Não é? Tarde demais pra ela ser julgada para a feira?

– Já escolheram todas.

– Mas vamos levar na segunda e mostrar para a sua professora de qualquer forma.

– Obrigado, mamãe – diz Felix enquanto me abraça.

– Agora você precisa mesmo ir pra cama – respondo enquanto lhe dou um abraço.

– Posso deixar ligada por mais uns minutinhos?

– Claro, mas não coloque a mão porque o gesso ainda não secou por completo.

Quando estou indo para a porta, Felix pula e joga os braços ao meu redor.

– Esse foi o melhor aniversário. Obrigado, mamãe.

– Não precisa agradecer, meu querido – sussurro.

Ao ir para a cama, mando uma mensagem para Roisin com uma foto de Felix sorrindo ao lado do bolo.

"Um aniversariante feliz! Queria que você estivesse aqui também. Bjs."

31

Na manhã de segunda-feira, Felix e eu estamos no portão da escola esperando pela senhora Fremantle assim que ela chega. Estou carregando o coração, agora já seco e pulsante, em uma caixa de papelão.

— Senhora Fremantle, podemos conversar rapidinho? — pergunto.

Ela para, surpresa.

— Felix finalmente terminou a tarefa do coração. Sei que está tarde mas...

A professora tira os óculos e espia dentro da caixa.

— Felix, você fez isso?

— Eu o ajudei a colar, mas o design é todo dele. Passou horas nisso. — Encaro a senhora Fremantle, desejando que ela não decepcione o meu filho.

— É maravilhoso, Felix. Muito admirável.

— Posso colocar na apresentação da feira amanhã? — pergunta Felix.

— Acho que está um pouco tarde. Já escolhemos todas as peças.

O meu menino parece abatido.

— E qual é o objetivo da feira, senhora Fremantle? — pergunto, e a sigo para dentro da escola. — O site de vocês diz que o objetivo é acalentar o amor pela criação, por solucionar problemas, pela arte e pela ciência. Bem, nunca vi Felix mais entusiasmado para vir à escola do que essa manhã, para mostrar isso à senhora.

Por favor, por favor, por favor que ela deixe.

— Tudo bem. — A senhora Fremantle suspira. — Mas ele precisa estar na exposição amanhã cedo. Você vai ter que fazer a sua própria sinalização, não tenho tempo para criar mais uma.

Quando ela se vai, Felix e eu batemos a mão em um "toca aqui!".

Trago a peça de volta para o carro, para que ela fique segura até amanhã. Enquanto estou andando, Felix me alcança e diz:

— Não falei que você era boa com trabalhos manuais?

— Acho que sou mesmo — respondo, me sentindo orgulhosa.

Ao voltar para o carro, um alerta é disparado no meu celular. Faltam noventa minutos para a reunião de *pitching*. Preciso me apressar... Se perder o próximo trem, vou chegar atrasada.

O estúdio da Bamph está lotado. Todo o mundo na empresa quer testemunhar a luta entre mim e os meus Texugos e Coleson e os seus Furões. Não imaginei que teríamos uma plateia desse tamanho, e agora estou feliz por ser Michael a fazer a apresentação e não eu. Coleson está diferente do que eu me lembrava. Usando um terno preto, camiseta de gola alta e o cabelo penteado para trás com gel. Na minha opinião, ele está ridículo, como se estivesse fazendo a prova final para a escola de vilões.

— Não se sinta mal, Rutherford — diz ele. — Posso arrumar um estágio pra você na TV Furão, para que você possa sentir como é estar em uma equipe vencedora.

— Coleson, esqueci de te falar, o Magneto ligou, ele precisa do terno dele de volta.

— Magneto? Uma referência meio velha, vovó.

Droga. É difícil fazer piadas com referências culturais quando você perdeu tanto tempo de eventos culturais. Enquanto tento pensar em uma resposta, Michael chega e eu preciso olhar para ele duas vezes. Ele está com uma aparência horrível, como se tivesse ficado acordado a noite toda bebendo vodca e depois dormido em uma caçamba. Em vez do terno habitual de três peças, a sua marca registrada, ele está usando jeans largos e uma camiseta cinza desalinhada. Alguma coisa está errada, muito errada.

Pego o braço dele e o puxo para o corredor.

— O que aconteceu? Você está com a aparência péssima — digo assim que ficamos sozinhos.

— É a Jane. Acho que ela está saindo com o professor de hidroginástica.

— Ah, não. Sinto muito. Por que você acha isso?

— Peguei os dois na cama.

– Ela… Hum… Esqueceu de novo que era casada? – pergunto cheia de esperança.

– Não acho que seja isso. Quando peguei os dois, o Marcus disse: "droga, é o seu marido". E depois a Jane disse "droga" também.

– Deve ter sido um choque e tanto.

Ele abaixa a cabeça.

– Essa não é a pior parte. – Michael engole em seco, como se não estivesse conseguindo falar. – Esse cara, o Marcus, estava pelado e usando uma luva de beisebol na mão direita. A *minha* luva de beisebol. – O rosto de Michael está cheio de angústia. – A minha luva vintage, assinada pelo próprio Ozzie Smith. É um item de colecionador. Vai saber o que eles andaram fazendo com ela – Michael balança a cabeça. – Como vou conseguir olhar para aquela luva da mesma forma agora? – Eu o puxo para um abraço quando ele começa a chorar. – Sinto muito, Lucy, estou um caco, não acho que vou conseguir fazer a apresentação hoje.

– Tudo bem, eu posso fazer – me pego dizendo.

Michael faz que sim com a cabeça, sem forças, como uma criança agradecida por alguém lhe dizer o que fazer. Trey chama a minha atenção quando voltamos para a sala, mas não tenho tempo para explicar, porque Coleson está subindo ao palco. Toda a equipe dele parece convencida e confiante, então suspeito que a ideia deles seja algo extremamente brilhante. Uma forte sensação de pavor se instala no meu estômago quando percebo que, sem o Michael, a nossa proposta pode não ser boa o suficiente para vencer.

Gary Snyder, CEO da Bamph, se levanta para se dirigir à sala. O seu rosto parece abatido, como se ele tivesse pesquisado no Google "como parecer sério e reverente", mas estivesse se esforçando para fazer as sobrancelhas obedecerem.

– Ninguém gosta de demitir as pessoas. – Ele suspira. – Poderia ter entrevistado todos vocês de novo, deixado que fizessem novas inscrições para as vagas, enchido o RH com pedidos, mas vi o quão forte ambas as equipes são. Consigo entender a lógica de manter apenas um time. – Gary parece solene. Em meio à atmosfera de gladiadores, talvez precisemos mesmo nos lembrar de que muitas pessoas nessa sala vão perder o emprego hoje. – E, para garantir justiça, a decisão não caberá a mim. A mais nova agente da Kydz Network, Melanie Durham, vai escolher o melhor *pitch* de hoje.

Melanie? Melanie é a nova agente? Todos nos viramos para vê-la. Ela está incrível, parecendo uma Judi Dench mais nova e mais sexy, com o dobro da atitude. *Uau, espero estar assim quando chegar aos sessenta.*

– Lucy, Coleson. – Melanie acena para nós dois, a voz polida como mármore. – Meus ex-assistentes batalhando pelo prêmio principal, que poético.

– Não existem obstáculos pra quem vai além – diz Coleson a Melanie, lançando um sorrisinho cheio de dentes com facetas que não estavam lá quando era assistente.

– Isso mesmo, Coleson – responde Melanie. Vai me dizer que ela não está impressionada com isso? E nem faz sentido essa frase.

Coleson apresenta primeiro, então me sento, tentando me assegurar de que nossa apresentação está bem ancorada nos slides, e que eu só preciso ler. Os gráficos meticulosamente preparados por Trey vão falar por si mesmos.

– O que as crianças querem? – pergunta Coleson quando abre a apresentação com um movimento de pulso. Uma montagem artística de fotos de crianças correndo pelo parquinho aparece na tela à nossa frente. – Elas querem ser tratadas como adultos. Não querem ser vistas como inferiores. – Mais imagens de rostos de crianças. – Já existiram programas que colocaram crianças em situações adultas antes. Já as deixamos sobreviver na natureza, construir a própria casa, governar. – *Eles deixaram crianças governar? Onde?* – Mas e a parte da vida que é mais significativa para as crianças? A parte em que elas nunca têm direito à fala? – Coleson faz uma pausa de efeito dramático. – A família. – A apresentação muda para a foto de duas crianças sendo abraçadas por um homem e uma mulher.

– Os pais se separam e as crianças nem ficam sabendo até que um deles saia de casa.

Olho pela sala, sem ter a menor ideia de onde ele quer chegar com isso. Michael com mão enfiada na boca. Coleson capturou a atenção de todos, inclusive de Melanie.

– Mas isso não vai acontecer nesse programa. Bem-vindos ao *Crianças no sofá.* – Coleson se distancia e um vídeo começa a ser transmitido: uma garota de oito ou nove anos está sentada em um cadeira entrevistando um casal que se senta lado a lado no sofá. Parece que eles construíram um cenário para esse teste, a iluminação e a edição são profissionais e excelentes.

– E por que você acha que a mamãe não gosta quando você sai com os seus amigos? – pergunta a criança para o homem no sofá.

– Porque ela é controladora e não gosta de saber que estou me divertindo – responde o homem, a equipe de Coleson ri.

– Porque você volta bêbado procurando briga – diz a mulher.

A criança dá uma olhada no bloquinho de anotações em seu colo e diz:

– E como você se sente em relação a isso, mamãe?

– Assustada, sozinha.

Coleson balança a mão e congela a imagem na tela.

– *Crianças no sofá* traz crianças cujos pais estão quase se separando. Quem poderia estar mais interessado em mantê-los juntos do que os próprios filhos? Agora, não vamos apenas jogá-los para os lobos, não. Nossas crianças conselheiras vão passar por um treinamento intensivo junto a um psicólogo qualificado. Vamos empoderá-las para que possam salvar suas famílias.

Ele não pode estar falando sério. Balanço a cabeça, sem entender nada. Isso está errado em tantos sentidos. Deixar que uma criança escute todos os problemas dos pais e ainda por cima colocar nela todo o peso da responsabilidade de tentar consertá-los… É a receita para um dano psicológico que vai durar uma vida inteira. Olho para Melanie mas, não consigo acreditar, ela está acenando, tomando notas, ela parece… Impressionada.

– É corajoso, é original, é controverso. Esse é o tipo de programa que os resenhistas vão amar odiar e odiar amar – diz Coleson. – Tem de tudo… Drama, perguntas, família, emoção. – Alguém aplaude. *Isso não é nada bom.*

– Mas não acho que essa ideia precisa de mim para ser explicada – continua Coleson. – Vou deixar que o formato fale por si mesmo. Então, sem mais delongas, apresento o episódio piloto de *Crianças no sofá.*

Eles fizeram o piloto. Assisto a uma criança, Melody, falar com a mãe sobre depressão pós-parto, ajudar o pai a articular a sensação que ele teve quando os irmãos da criança chegaram e pegaram toda atenção da esposa dele. É horrível e de mau gosto, mas ainda assim, por algum motivo, não consigo parar de olhar. O episódio termina com a família toda chorando e se abraçando. Escuto um barulho e me viro a tempo de ver Gary chorando. *Gary está chorando.* Estamos ferrados.

A minhas mãos doem, e percebo que as deixei fechada em punho ao longo de todo o episódio. Temos cinco minutos de intervalo antes que seja a minha vez de assumir o palco. As minhas axilas já estão suadas, ainda que o desodorante do futuro seja absurdamente bom. *É normal ficar nervosa assim? Tenho certeza de que todo mundo se sente assim antes de uma apresentação importante, divisora de águas.*

Estou quase pronta para começar quando recebo uma ligação no celular, um número que não conheço. Não tenho tempo de atender, mas e se for da escola de Felix ou do berçário de Amy?

– Alô?

– Alô – diz uma voz grossa do outro lado da linha.

– Quem é? – pergunto, confusa.

– Dave. Você me disse para ligar caso soubesse algo sobre a máquina que você está procurando.

Procuro na memória alguma informação sobre ele. Conheço algum Dave? *Merda, o Dave!*

– Dave do fliperama? – pergunto.

– Isso mesmo. Achei a máquina dos desejos. Um cara que eu conheço disse que tinha visto uma do jeitinho que você descreveu, em uma loja em Baskin Place, Southwark. Nem é longe daqui. Quais as chances?

O meu coração, que tinha pulado direto para a boca, agora vai voltando aos poucos pela minha garganta. É uma pista velha.

– Eu fui lá – explico. – É uma construção agora. A loja já se foi.

– Desde ontem? Duvido – diz Dave. – Enfim, a loja se chama Baskin News se tiver algum interesse. Pode dizer pra eles que consigo tirar a máquina de lá por um preço justo, se não for a que você estiver procurando.

Murmuro alguns agradecimentos sem conseguir formular direito as palavras, porque agora entendo o que ele acabou de dizer. Baskin Place. Não Baskin Road, Baskin *Place*.

– Lucy? – Gary me chama da sala. – Está na hora.

Preciso ir até lá, preciso sair daqui agora mesmo. A máquina dos desejos ainda está lá. Procurei no lugar errado esse tempo todo.

Ao olhar pela sala, vejo o rosto ansioso dos meus colegas de equipe: Michael, que ama três coisas nesse mundo, e acabou de assistir a duas delas sendo profanadas. Não posso ser a responsável por fazê-lo perder a terceira coisa também; Trey, a quem eu dei um conselho bêbado de jogar a preocupação para o alto e pedir a namorada em casamento, e que por isso está contando comigo para ter um cargo permanente; Dominique, que precisa terminar aquela tatuagem... Ok, talvez as preocupações dela não pareçam tão grandes quanto a dos outros, mas todos na equipe trabalharam muito e colocaram o seu ganha pão nas minhas mãos. Preciso ficar e terminar isso.

Quando assumo a minha posição, Coleson me mostra o polegar para cima, que ele logo transforma em um polegar para baixo. Muito maduro. Por mais que a ideia de *Crianças no sofá* seja pouco palatável, não posso reclamar do estilo de apresentação dele. Foi direto e confiante, com um ritmo perfeito, ele conseguiu capturar a atenção de todos. Preciso fazer isso, só que melhor. *A máquina ainda está lá, a banca de jornais ainda está lá. Eu poderia voltar! Você não pode pensar nisso agora, Lucy. Foco.*

— Lucy? — chama Gary e depois tosse. Todos estão esperando que eu comece.

— Sim, claro. — Limpo a garganta e percebo que ela está mais seca que a uma lixa. — Quando penso na minha própria infância, penso em construir fortes de cobertor, em faz de conta, em esconde-esconde e nas caças ao tesouro que o meu pai costumava fazer pela casa. Brincadeiras simples, impulsionadas pela imaginação. A sua cama pode ser um navio pirata, o sofá pode ser um foguete indo para o espaço sideral — respiro fundo, preciso ir mais devagar, o meu coração está pulsando rápido nos meus ouvidos. — Crianças conseguem brincar com quase nada, a imaginação delas pode criar cenários gloriosos. Não acho que querem ser tratadas como adultos, acho que querem ser crianças. *Eu* quero que elas sejam crianças. Como mãe, sei que a infância é bem curta.

Olho para os rostos na plateia, os meus olhos param em Callum, vejo que ele transborda confiança em mim. E é então que entendo. Por que estou tentando fazer isso sozinha? Criamos essa ideia juntos. Se fôssemos os Cardinals, não conseguiríamos ganhar com apenas um jogador.

— Do que você tinha medo quando era criança, Callum? — pergunto.

Ele me olha surpreso, mas responde:

— Ser sugado pelo ralo da banheira por uma lula gigante.

As pessoas riem.

— Dominique? — pergunto quando vejo que ela está na primeira fila.

— Do sótão, era muito gelado, cheio de pó e de aranhas.

— Melanie? Do que você tinha medo?

Ela olha direto para mim, sem expressão, e tenho certeza de que ela vai responder "nada", mas ela diz:

– Do barulho da caldeira na lavanderia. Ele me fazia imaginar uma criatura feita de roupa suja com dentes de metal e olhos ferventes.

– Ok, Trey, você acha que conseguimos criar um monstro da lavanderia agora?

Trey me encara com os olhos arregalados. Hoje ele está usando um macacão bege, e, para mim, ele se parece com um anjo da salvação. Sei que estou colocando todos os holofotes nele agora, mas sei que Trey consegue fazer isso. Vai ser ainda mais impressionante, mostrar para Melanie o monstro *dela*, em vez de os monstros que já criamos. Trey concorda. Ele faz o rascunho do monstro que Melanie descreveu, bem rápido, e o traz a vida à frente dos nossos olhos. Escuto os suspiros da plateia, e vejo Melanie inclinar um pouco a cabeça como se estivesse impressionada.

– Vamos dar às crianças a chance de vencer os monstros que habitam a sua imaginação, em um jogo que só eles podem criar. Mas vou parar de falar agora e deixar que minha equipe mostre a vocês o que estou dizendo. Leon, Dominique, venham aqui.

Isso também não estava no roteiro, mas depois de uma breve pausa, ambos se levantam, já sabendo o que vou pedir a eles. Os dois começam a improvisar, andando por uma casa imaginária, descrevendo do que têm medo: um armário cheio de aranhas, um sofá que come as pessoas. Trey desenha na mesma velocidade com que eles falam, criando o que eles estão imaginando e projetando para nós. Isso cria uma ideia muito melhor da brincadeira do que eu jamais poderia fazer com palavras.

– Callum, diga a eles como a pontuação vai funcionar – digo, chamando Callum para se juntar a nós no palco. E ele explica a pontuação; ele também precisa fazer parte disso. Callum está nervoso e gagueja, mas a sua paixão pelo projeto é visível. A apresentação é bastante bagunçada e caótica, mas também é divertida e verdadeira, e consegue capturar a emoção que todos amamos sentir nesse trabalho.

Quando a demonstração termina, Michael começa a bater palmas e dar soquinhos no ar, logo a sala inteira faz o mesmo.

– Bem, obrigada aos dois pela apresentação – diz Melanie, o tom de voz dela não nos dá pista alguma. – Vou conversar com Gary. Em breve voltamos.

Quando está saindo da sala, Melanie se vira e me olha, depois faz um leve aceno de cabeça. Conheço esse aceno, significa que conseguimos. Quando Melanie e Gary saem da sala, Coleson e seus Furões parecem enojados quando toda a minha equipe se enrosca em um abraço coletivo e começa a pular.

— Monstros embaixo da cama, isso realmente foi o melhor que você conseguiu? — diz Coleson, em tom de troça, mas percebo que ele perdeu um pouco da confiança.

— Galera, foi ótimo — diz Michael. — Podia ficar assistindo a isso o dia todo. Tem que contar pra alguma coisa.

— Não acredito que pude explicar a pontuação — diz Callum, a mão tapando a boca para esconder o sorrisinho. — Não estava preparado.

Trey me puxa para o lado enquanto os outros comemoram.

— O que aconteceu com o Michael? — pergunta ele.

— Jane — respondo apenas.

— Jane — diz ele, batendo uma mão em punho na outra, espalmada.

Procuro por Coleson, quero dar um aperto de mão nele, fazer as pazes, mas ele já se foi. Michael parece bem mais animado e quer levar a equipe para almoçar.

— Lucy, você vem? — pergunta ele.

— Desculpa, preciso correr, tenho de ir a um lugar.

Chamo um táxi na rua e peço ao motorista:

— Você poderia me levar até Baskin Place?

O meu coração está batendo forte e as minhas mãos tremem quando tento afivelar o cinto de segurança. E se Dave estiver errado? E se a máquina não estiver lá ou se não for um portal? Mas é então que uma ansiedade ainda maior toma conta de mim: *e se for?*

32

Ela continua ali, a rua idêntica à Baskin Road, mas os prédios ainda estão inteiros. Alguns metros depois, vejo a banca de jornal. Não tem mais o toldo branco e azul, e a parede do lado de fora tem outra cor. É uma lojinha completamente comum. Não sei se teria reconhecido o lugar mesmo que tivesse passado pela rua certa. Agradeço ao motorista do táxi e saio correndo, reconhecendo de imediato a lojinha retangular com apenas dois corredores e estantes até o teto. Não vejo ninguém no balcão e nem outros fregueses. Quando viro correndo um dos corredores, o meu coração pula até a garganta, porque já estou vendo a máquina de desejos, a mesma que vi semanas – ou seriam anos? – atrás.

Estou correndo na direção dela, quero ter certeza de que é real, não apenas uma ilusão óptica. Mas quando as minhas mãos tocam o metal frio, tento controlar a ansiedade. A existência dessa máquina não significa que ela é um portal para o passado.

— Achei mesmo que veria você de novo – diz uma voz com um leve sotaque escocês. Viro a cabeça rápido e vejo a velhinha. Os mesmos cabelos brancos, o mesmo casaco.

— A senhora?

— Oi, lindinha – diz ela, com um sorriso.

— Isso é real? A senhora é real? Não é parte da minha imaginação?

— É tão real quanto precisa ser – diz ela, enquanto me oferece uma sacola de papel pardo cheio de doces verdes escoceses. – Quer *soor ploom*?

— Eu viajei no tempo ou só perdi a memória? – pergunto, afastando a sacola de mim.

Ela pega um dos doces e mastiga por um momento antes de dizer:

– O que você acha, lindinha?

Quero explodir e dizer que preciso de uma resposta, chacoalhar os ombros dela até que me diga o que está acontecendo, mas a sua fala é tão gentil e calma, ela é um pequeno Yoda que gosta de doces, de modo que não consigo elevar a voz.

– Eu viajei no tempo – me pego dizendo. Foi isso que eu pensei o tempo todo? Ou só consigo acreditar nisso porque finalmente encontrei a loja e a máquina?

– E você está gostando da sua nova vida, da parte boa, onde tudo já está organizado?

– Rá! A vida nunca está organizada. – Cravo os meus olhos na mulher. – Era essa lição que eu deveria aprender? Porque se for, você poderia só ter me falado, sou muito bom em receber *feedback*.

– *Você* desejou isso. Então, me diga, está muito melhor do que antes? – pergunta ela com calma, enquanto pega o relógio de bolso do casaco e olha a hora.

– Sim e não. É complicado. – Olho para minha aliança e digo: – Mas também é meio maravilhoso.

– "Foi o melhor dos tempos, foi o pior dos tempos" – diz a velha, ainda com o doce na boca. – Talvez você não estivesse pronta.

– Bem, tive que aprender muita coisa – respondo, finalmente dando o braço a torcer e pegando um doce. – Mas talvez não existam atalhos na vida. Talvez você precise viver tudo, porque é isso que te torna você mesmo. – Faço uma pausa. – Espera, eu realmente disse isso? Minha nossa, realmente virei a Elizabeth Day.

– Quanta sabedoria em uma jovem – diz a velhinha com um sorriso.

– Quem é sábia? A Elizabeth Day?

– Não, Lucy, você é. – Quando me viro para encará-la, ela me dá uma piscadela. Depois, enrola a boca do saco de papel e o guarda no bolso do casaco. – Então, você quer voltar?

– Eu posso? Não sei como isso funciona.

– Se você *realmente* quiser – diz ela enquanto toca a máquina –, você vai voltar.

– E tudo vai se desenrolar como eu vi? Vou conhecer o Sam, ter o Felix, a Chloe e a Amy? Ainda vou ser parte dessa família no futuro?

A velha entrelaça os dedos e assume uma expressão séria.

— Nada é garantido. Nenhum caminho é definitivo.

— Eu voltaria sabendo de tudo isso? Sabendo do meu futuro?

— Não, lindinha. O conhecimento pode alterar o caminho, mesmo que não queira. Você não poderia conhecer o amor da sua vida, já sabendo a importância dele, sem que isso afetasse o seu comportamento.

— E a Zoya e a Chloe? Posso evitar que as duas morram?

— Como eu disse, nenhum caminho é definitivo. — A velha se vira, pega um banquinho atrás do balcão, a sua expressão é de pura simpatia. — E mesmo que você pudesse voltar sabendo de tudo, ninguém gosta de saber que vai morrer, lindinha.

Algo se move dentro de mim, como se uma colher de sorvete estivesse passando pelas minhas entranhas. Vou escorregando para o chão com as costas apoiadas na máquina dos desejos. Ela tem razão... Eu sofreria muito se tivesse sabido com antecedência.

— Então, quais são as minhas opções? — pergunto.

— Você pode ficar aqui, tenho certeza de que as suas memórias vão voltar com o tempo... O vazio será preenchido. Ou você pode voltar e esquecer tudo isso.

— Mas pode ser que eu não venha parar aqui, certo? Na vida que eu tenho hoje.

Ele me encara, os olhos brilhantes.

— Nossos caminhos não são predestinados.

Por fim, entendo o que ela está me dizendo: fique e se lembre ou volte e esqueça. Se eu voltar, posso acabar em um futuro totalmente diferente. É como em *A escolha de Sofia* (não que eu tenha assistido, mas as pessoas sempre falam dele quando enfrentam uma decisão impossível). Quando tudo isso começou, eu estava desesperada para que a máquina de desejos fosse real, porque isso significaria que eu poderia voltar. Mas, agora, me apaixonei pelas pessoas que estão nessa minha vida. Sei que posso ser feliz se eu ficar aqui, ainda mais se as minhas lembranças voltarem.

— Eu tenho lembrado de algumas coisas, do tempo que perdi. O que isso significa?

— Quando você escolhe um caminho, o seu cérebro entende. Se você já está se lembrando das coisas, é porque já começou a escolher.

Eu me viro de frente para a máquina e pergunto:

— Então, o que é essa máquina? Como ela funciona? É você que tem a mágica?

A velha se estica para pegar as minhas mãos e diz:

— "Existem mais coisas entre o céu e a terra, Horácio, do que sonha nossa vã filosofia."

— Você é o Shakespeare? – pergunto, sorrindo, e a expressão dela muda para uma de divertimento.

A velha solta as minhas mãos e estende a própria.

— Você está pronta? Tem uma moeda?

— Como assim? Preciso fazer isso agora? Não posso me despedir das pessoas?

— Não existe tempo melhor do que o agora. Bem, não existe tempo como o futuro. – Ela sorri e me entrega duas moedas.

— Posso voltar amanhã? Ou semana que vem? Só mais uns dias aqui… Preciso me despedir do Sam, abraçar as crianças…

— Lucy, não parece que você está decidida.

— Ah, não, decidi sim. Preciso voltar. Quero minha vida, e preciso ver a Zoya.

— Então você não vai se lembrar disso tudo. Por que se despedir?

A senhora tem razão. Se eu vou voltar, não existe motivo para enrolar. Antes que eu possa pensar demais, coloco as moedas na máquina, fecho os olhos, e desejo voltar para minha antiga vida, ter vinte e seis anos de novo, ter todo um futuro pela frente. Mas quando abro os olhos, as luzes da máquina ainda estão apagadas, e ela se esforça para ficar em silêncio.

— Ah, lindinha – diz a velha.

— O que você quer dizer com "ah, lindinha"? Por que não está funcionando?

Ela dá um chute na máquina, tentando ver se ajuda a funcionar.

— Está quebrada?

— Eu suspeitava que isso pudesse acontecer – diz ela, inclinando ligeiramente a cabeça de lado.

— O quê? O que está acontecendo?

— Você não está querendo o suficiente.

— Eu quero. Eu quero, sim! Quero voltar – grito para a máquina. – Quero voltar!

— Só funciona se você desejar com *todo* o seu coração. Uma parte dele quer ficar aqui.

– Então vou ficar presa? – pergunto, o pânico borbulhando no meu peito. *Eu duvidei que conseguia voar.*

– Talvez você precise mesmo se despedir – diz ela gentilmente, mas depois dá um tapa na máquina e confere os bolsos. – Você não tem muito tempo. Quanto mais dias passar aqui, mais difícil vai ser voltar. Quando você sentir que essa vida realmente é a sua, mais memórias vão aparecer, e quando todas as lacunas estiverem preenchidas nas lembranças, a janela de volta vai se fechar.

– Como assim? Agora tem limite de tempo? Por quê? – Isso parece um recurso narrativo desnecessário que só serve para adicionar estresse a uma situação já incrivelmente estressante.

– Todos precisam de uma data limite – responde ela, enquanto aperta um botão no seu relógio. – Vai, vai se despedir, mas volte aqui quando estiver pronta para partir, e antes de se lembrar de tudo.

Muito bem, então eu volto para casa, me despeço de todos que amo, e me distancio emocionalmente o suficiente para voltar aqui e tentar de novo… Tudo isso antes que a amnésia seja curada e o portal mágico se feche. Quando eu explicar tudo isso para o Felix, o cerebrozinho dele vai derreter.

33

— Eu sabia! – diz Felix, pulando na cama. – Sabia que o portal existia. Não acredito que sempre esteve lá.

— Nem eu.

— Você acha que eu consigo usar o portal? Ir pra Marte? – pergunta Felix.

— Por que você quer ir para Marte? Você morreria, não tem oxigênio lá.

— Eu podia pedir oxigênio no desejo; podia desejar uma colônia em Marte. Podia mudar o nome do planeta para Felix-é-fodão. Não seria legal?

— Felix-é-fodão – repito, sorrindo. – Algo me diz que a máquina de desejos não lida com esse tipo de pedidos.

Felix me dá um cutucão com a cabeça e eu o abraço.

— O que vai acontecer se você voltar? A antiga mamãe vai voltar também?

— Não tenho certeza. Mas, sim, acredito que tudo continuaria como antes.

— Mas se você voltar e mudar alguma coisa, eu posso nunca existir… Foi isso que a senhora Yoda disse.

— Eu sei, isso é uma merda. Mas por que eu mudaria alguma coisa?

— Às vezes merdas acontecem.

— Não fale palavrão!

— Você falou primeiro!

Sorrimos um para o outro.

— Se eu ficar, ela disse que as minhas memórias voltariam. Eu seria a sua mamãe de novo.

— Você já é a minha mamãe – diz Felix, me abraçando mais forte. – Só está mais bagunçada e falando mais palavrão.

Pisco para segurar as lágrimas.

Sam coloca a cabeça para dentro do quarto e pergunta:

– O que houve?

– A mamãe está triste porque eu vou ser um cosmonauta – responde Felix.

Sam me olha com uma expressão confusa.

– Os meus hormônios estão uma loucura hoje – explico. – Qualquer coisa me faz chorar.

– Você vai chorar se eu disser que o jantar está pronto? – pergunta Sam, e balanço a cabeça em negativa, enquanto esfrego os olhos furiosamente para me livrar das lágrimas.

Ao descer as escadas, noto que a iluminação está diferente. Há velas acesas no saguão e as cortinas estão fechadas. Ao me virar, lanço um olhar questionador para Sam, mas ele apenas me dá um sorriso enigmático. Alguma coisa está acontecendo.

Seguindo as velas, abro a porta da cozinha e encontro a mesa posta para dois, com um buquê de rosas vermelhas no meio.

– Qual o motivo de tudo isso?

– É um restaurante; eu sou o garçom – responde Felix, puxando a cadeira para que eu possa me sentar, e percebo que ele colocou um avental e um lápis atrás da orelha.

– Queria levar você para jantar, mas não consegui uma babá – diz Sam.

Quando me sento, vejo um papel dobrado em minha frente, a palavra "Menu" escrita na caligrafia mambembe de Felix.

– Só temos um prato no cardápio – sussurra ele. – Então, você vai ter que escolher ele.

Dentro do cardápio leio: "Lasanha de Vegetais: £ 1.000,00".

– Nossa, mas é um restaurante bem caro esse – digo.

– Bem, achei que deveria quebrar a banca – responde Sam.

– O que estamos comemorando? Não é nosso aniversário, é? – pergunto, e percebo que estou sorrindo para Sam.

– Não. É que eu sei como o último mês foi difícil para você. Quero que você saiba que amamos você. – Ele faz uma pausa. – Quer você se lembre ou não dos últimos anos.

Felix faz uma careta.

– Você vai ficar todo meloso, pai?

– Pode ser que fique, e o garçom não deve comentar a conversa dos clientes.

Sam se levanta para pegar vinho na geladeira, enquanto Felix pega uma jarra e enche o meu copo d'água. Ele derrama tudo na mesa.

– Ops!

Quando me levanto para limpar a bagunça, o meu telefone anuncia uma nova mensagem.

– Mamãe! Não pode usar o celular na mesa – diz Felix. – Regras do restaurante.

– Desculpe, é que estou esperando uma notícia de trabalho – explico. – Oh, é do Gary.

Os meus olhos passam rapidamente pela mensagem.

Lucy, não vou ligar tão tarde, mas achei que você gostaria de saber: acabei de desligar o telefone com Mel Durham. Ela adorou seu *pitch*, querem fazer "a casa vai te pegar". Parabéns. Vamos almoçar essa semana para discutir o seu novo cargo de head de desenvolvimento da Bamph UK. Você tem um grande ano pela frente.
Gary Snyder

Dou um gritinho e depois leio a mensagem em voz alta para Sam e Felix.

– Vou encaminhar essa mensagem para a equipe; eles vão querer saber disso logo.

– Sua espertalhona – diz Sam, enquanto pega a minha mão do outro lado da mesa, e depois me dá um sorriso largo quando percebe que estou usando os meus anéis. – Agora vamos mesmo comemorar.

– Muito bem, mamãe. Posso começar a servir agora? – pergunta Felix, animado.

– Pode, sim.

Felix começa com um longo discurso sobre como é costume dar gorjeta ao garçom, de preferência pelo menos dez por cento do custo da refeição. Ele ressalta que, se não tivermos dinheiro, ele aceita Lego, e se não tivermos Lego, ele está disposto a aceitar um vale-presente.

– Ok, acho que está na hora de o garçom ir para a cama – diz Sam, enquanto se levanta da cadeira. – Obrigado por ajudar a organizar tudo, Felix.

– Não! Eu ainda nem falei sobre os pratos especiais! – grita Felix enquanto Sam o pega no colo, o coloca sobre o ombro e o carrega para fora da cozinha, morrendo de rir.

Depois que nosso garçom excessivamente entusiasmado foi mandado para a cama, Sam serve uma lasanha de legumes com aparência deliciosa, depois ergue o copo em direção ao meu.

– A você e a mim, Luce, para criarmos novas memórias – diz ele, sustentando o meu olhar.

– Vou brindar a isso – digo.

Para a sobremesa, Sam tira da geladeira um bolo. Algo nele me parece familiar, e então me dou conta.

– É igualzinho ao que minha mãe comprou para o meu décimo aniversário.

– Pedi para a sua mãe procurar uma foto, e depois pedi para a confeitaria copiar.

– Isso foi tão atencioso, Sam, obrigada – digo, enquanto me apoio na mesa para beijá-lo. Essa noite parece o momento perfeito para despedidas, mas, ao mesmo tempo, ela está me fazendo perceber que eu não quero que isso acabe.

Ficamos acordados até bem tarde, nos embriagando com bolo, vinho e a companhia um do outro. Quando estamos indo para a cama, entro sorrateiramente no quarto de Amy para observá-la dormindo sob o brilho suave da luminária. Ela parece tão aconchegada e tranquila, com os seus pequenos dedos rosados agarrados à Pescoçuda, as bochechas redondas e macias brilhando, a respiração silenciosa e rouca. O meu coração está tão cheio de amor por essa criança que eu poderia vê-la dormir a noite toda. Estendo a mão para colocar um cacho de cabelo atrás da orelha dela e sussurro:

– Adeus, pequena, vou te ver de novo. Espero te ver de novo.

E então preciso sair dali, ou vou começar a chorar.

Quando Sam e eu finalmente caímos na cama, me sinto saciada, física e emocionalmente.

– Obrigada pela linda noite – digo a Sam.

– Não quero que você tenha a impressão errada – diz ele, firme, com os olhos brilhando de animação. – Normalmente não levo você a restaurantes caros no meio da semana.

– Vou baixar as expectativas – respondo enquanto me aproximo dele na cama.

Agora, o olhar de Sam é sério.

– Não quero que você sinta ciúmes de uma versão alternativa sua. Você é ela, você sabe disso, não é?

– Eu sei.

Ele me puxa para perto e me envolve nos braços.

– Ouvi você conversando com o Felix mais cedo sobre ir embora – diz ele, baixinho.

– Ah.

– Pra onde você vai?

Eu me sento na cama. Se isso é um adeus, então Sam merece a verdade, quer ele acredite ou não.

– Digamos que, teoricamente, eu tivesse encontrado o portal, aquele que Felix pensou ter me transportado para cá do passado. Digamos que eu não tenha amnésia, mas que eu viajei no tempo até aqui e agora tenho a chance de volta. – Encaro os olhos dele, esperando ceticismo ou risadas, mas o rosto de Sam está sério.

– E essa partida é permanente? Ou você vai voltar? – pergunta ele, e dou de ombros.

– Se a minha vida se desenrolar da mesma maneira, é provável. Mas não existem garantias.

Ficamos em silêncio por um tempo. E então Sam diz:

– Então não vá embora. Seja lá pra onde você acha que vai voltar, não volte. Não quero correr o risco de te perder.

– São dezesseis anos da minha vida, Sam…

Ele me interrompe.

– Eu amo você. *Você*, não quem você era, não quem você vai ser, ou quem você já foi… só você. Por favor, fique comigo.

Pensando na eficiência de um discurso, esse é bastante efetivo. Pareço um pudim nos braços dele e estou mais confusa do que nunca. Ele me vira de barriga para cima e baixa a cabeça para beijar o meu ombro, o meu pescoço, beijinhos suaves pela linha do meu maxilar. Nos encaixamos tão perfeitamente; parece impossível que eu me veja em qualquer outro futuro que não esse. Quando a boca dele encontra a minha, uma sensação conhecida toma conta de mim. As minhas mãos se espalmam nas costas largas de Sam, e fecho os olhos, sucumbindo às ondas de prazer.

Mas ele para, se afasta, abro os olhos para ver o que aconteceu.

– Olha para mim – diz ele. – Quero que você olhe para mim.

Agora vejo claramente: meu coração já tinha preenchido o vazio, mesmo que o meu cérebro não estivesse acompanhado.

– Sam, eu amo você. – É a primeira vez que digo isso, mas assim que as palavras saem da minha boca, sei que é a coisa mais verdadeira que eu já disse.

Existe algo diferente entre nós agora, algo além do físico. Fazemos amor vagarosamente, em silêncio, e tento guardar tudo isso dentro de mim, essa sensação maravilhosa de intimidade.

– O que houve? – pergunta Sam, quando me abraça depois que fazemos amor.

Eu não quero chorar, não quero estragar essa que pode ser nossa última noite juntos.

Meu Deus, espero que eu volte para cá... Por favor me deixe voltar pra cá, pra essa vida com esse homem. E então uma ideia toma conta de mim: eu deveria ficar, não deveria arriscar, eu poderia sacrificar dezesseis anos por isso. Não são esses os pensamentos que vão me fazer voltar ao meu passado.

Estamos deitados e cansados na escuridão da noite, e eu sussurro:

– Obrigada.

– Por quê?

– Por tudo... Por ser você, por me amar mesmo nessa situação, por essa vida que construímos.

– Isso está parecendo uma despedida – diz Sam, enquanto passeia os dedos pelo meu braço. Ele começa a cantarolar baixinho ao meu lado, murmurando uma música que eu ainda não tinha ouvido.

– Você escreveu? – pergunto com os olhos cheios d'água.

– Comecei a rascunhar uma bobagenzinha.

– Qual é o título dessa?

– "Stay for All the Pocket Days" – *Ficar aqui por todos os Dias do Bolso*, penso, enquanto ele continua. – Ainda não terminei, estava só brincando.

– Estou gostando. Você deveria terminar.

– Ok – responde ele.

– Ok?

– Ok.

E então ele me envolve nos braços, como se não quisesse que eu fosse embora, e canta até que eu caia no sono.

Devo ter dormido profundamente, pois não escuto o despertador.

Quando acordo, Sam já saiu e deixou um recado no travesseiro:

Vou fazer a ronda das escolas e depois volto para trabalhar na minha nova música :)
Não vá para lugar nenhum, por favor.

Mordo os lábios, e sinto que estou sorrindo. Adoro quando ele deixa recadinhos no travesseiro, como ele fez na nossa lua de mel na Itália. Ele ficava escrevendo recados em italiano e eu não conseguia entender.

A nossa lua de mel. Na Itália.

A nossa lua de mel. Na Itália.

Merda. Eu lembrei da lua de mel.

34

É tarde demais? Perdi minha chance? Essa lembrança é mais nítida do que todas as outras. Eu me lembro da Itália, do hotel, do casal doido do quarto ao lado. Lembro de tudo. *Preciso ir pra Londres, agora.*

Pego uma roupa qualquer e corro para a porta. São 8h30, ninguém está em casa. Quando passo pelo quarto de Felix, vejo uma coisa que me faz parar e voltar. O controle remoto da luminária de lava, do coração que construímos... está no chão, perto da mesa. A feira de projetos é hoje, o coração não vai funcionar sem o controle remoto. Ele vai ficar tão triste, como daquela vez que montamos uma aranha de brinquedo. *A aranha de brinquedo, que só tinha cinco patas, eu consigo lembrar perfeitamente.*

Pego o controle e saio pelo corredor, sem antes dar uma olhadela na nossa foto de casamento na escada. O bolo de casamento era de frutas e foi feito pela minha mãe, que ficou ofendida quando todos os convidados estavam cheios demais para comer. A foto de Felix, na mesinha do *hall*, foi tirada em Creta, depois do passeio de barco em que não vimos nenhum tubarão. *Preciso parar de olhar para essas coisas, preciso parar de lembrar... preciso chegar em Londres antes que seja tarde demais.*

Entro no carro e só trouxe a minha carteira e o controle da luminária. Saio correndo para a escola. A lógica me diz que o projeto de Felix não tem importância, já que, se eu vou voltar, nada disso importa. Mas não consigo controlar a sensação de que importa, sim. Importa para o Felix, aqui e agora, nessa realidade, então importa para mim também.

Enquanto dirijo até a escola, vejo a rua em que Felix aprendeu a andar de bicicleta. A árvore da qual ele caiu e quebrou o pulso. Lembranças,

lembranças, tantas lembranças. Dirijo mais rápido. Stan me diz para ir mais devagar.

Na escola, estaciono em frente à entrada, deixo o carro ligado e saio correndo.

– Visitantes precisam passar pelo escâner, senhora Rutherford – diz a recepcionista enquanto passo por ela.

– Vai ser rapidinho! – respondo, procurando desesperadamente pelo pátio principal. E é preocupante que eu saiba o caminho.

Quando passo pela porta do pátio, vejo que cheguei em cima da hora, porque o meu filho, o meu lindo garoto, está parado diante da plateia. Funcionários e alunos, incluindo Molly Greenway e a diretora, estão em volta do projeto dele. Ele está pálido, como se estivesse prestes a chorar, porque percebeu que falta alguma coisa.

– Está comigo! – grito, enquanto atravesso o pátio correndo para chegar até ele. – Está comigo! – Ele se vira para mim, as lágrimas desaparecendo.

A senhora Barclay, a diretora, me olha de um jeito estranho enquanto tento recuperar o fôlego. Deve estar vendo meu cabelo rebelde e minhas roupas descombinando. Se minha vinda até aqui me custar dezesseis anos, o sorriso no rosto de Felix fará cada dia valer a pena. Ele aperta o botão do controle remoto e o coração pulsa com vida. Os alunos exclamam de alegria e surpresa. A senhora Barclay chega perto para inspecionar a escultura e diz:

– Felix, como você conseguiu fazer isso?

Preciso ir. Faço um aceno para Felix enquanto me viro para sair, mas ele sai correndo e me abraça pela cintura.

– Obrigado. Eu te amo – diz ele, provocando risadinhas nos colegas, mas ele não se importa.

– Também te amo e estou muito orgulhosa, meu garoto. Tchau, Felix – digo, e por um instante, ele não me solta.

E é então que ele me olha com a bochecha cheia de marcas de lágrimas.

– Boa sorte, mamãe. Não se preocupe, vou te ver em breve.

No carro, me pego pedindo ajuda a Stan.

– Stanley, por favor, me ajude, não acho que vou chegar a tempo.

– Lucy, estou aqui para ajudar você de todas as formas possíveis. Você gostaria que eu falasse algumas palavras encorajadoras?

– Sim, isso, por favor.

– Suas metas se concretizam no momento certo. Tirar um tempo para descansar alimenta a criatividade e a resistência.

Não é de muita ajuda, mas é o suficiente para me distrair das lembranças que estão voltando. Canto pneu ao chegar no estacionamento da estação, os olhos cheios de lágrimas.

– Tchau, Stanley, vou sentir a sua falta – digo para o carro enquanto abraço o volante. – Cuide de todos por mim.

– Tenha um dia produtivo, Lucy! – responde Stan.

Correndo para pegar o trem das 9h15, chego na plataforma em menos de um minuto. Uma vez, voltando no último trem, eu estava trazendo comida mexicana para Sam, do restaurante favorito dele em Covent Garden, e deixei tudo cair no vão entre o trem e a plataforma. Já dentro do vagão, seguro a minha cabeça e tento me distrair, bloqueando as lembranças que continuam aparecendo. *Para. Para. Preciso que isso pare.* Ando até o próximo vagão e vejo um bebê chorando, o som alto me envolve em um sentimento pesado, como se metal estivesse tomando conta do meu sangue e me transformando em um ímã gigante. Uma mãozinha pegando o meu dedo. Cânulas e tubos de oxigênio, o bipe infinito da incubadora. Uma parte do meu coração se partindo para sempre. Perda. Uma perda tão profunda, mas também outro sentimento… amor, tão grande que é impossível descrever. *Chloe.*

Quando por fim chego a Southwark, diminuo o ritmo. Deve ser tarde demais. Deve ser. O rascunho da minha vida está se reconstituindo rapidamente, fazendo com que *esta* seja a minha realidade, *este* seja o meu presente. Os meus pés se tornam mais pesados a cada passo.

No ponto de ônibus perto de mim, vejo três mulheres rindo. Estão na casa dos vinte anos, todas com franjas iguais e um delineado pesado.

– Becca, você precisa vir hoje. É a última noite que eles vão tocar – diz uma delas.

– Estou cansada demais, olha as minhas olheiras. Preciso dormir – diz a outra.

Sinto vontade de dizer a essa garota que ela nem sabe o que significa a palavra cansada, pelo menos não até que ela saiba o que é sobreviver com apenas três horas de sono por meses, lidar com um bebê com refluxo e um garotinho com terror noturno. Ela também não sabe o que são olheiras. Ela é linda, maravilhosa, mas sei, pela postura dela, que ela mesma não se sente assim, não por completo.

– Você pode descansar quando morrer – diz a terceira garota, enquanto puxa a amiga em um abraço atrapalhado cheio de longos braços.

Era isso que Zoya dizia.

Zoya.

Começo a correr.

A loja está vazia, como sempre, e grito um "Oi!" enquanto entro correndo.

– Voltei!

Puxo a cortina de contas que dá para a sala dos fundos, mas não há ninguém, embora a porta estivesse aberta e destrancada. Quer a senhora escocesa esteja aqui ou não, tenho que tentar, tenho que saber se o meu tempo já acabou.

A minhas mãos tremem enquanto procuro as moedas que coloquei na minha bolsa especificamente para isso. Eu as coloco na máquina, seguro em suas laterais e, desta vez, digo em voz alta:

– Quero voltar. Por favor, eu quero voltar. Quero viver cada dia bagunçado… os bons e os ruins, em que não sei o que estou fazendo e nem para onde estou indo ou como chegar em algum lugar. Eu quero ir a todos os encontros ruins, porque assim, quando encontrar a pessoa certa, vou saber o quanto ela é especial. E quando eu a encontrar, não quero perder um minuto sequer. Não quero perder a chance de fazê-lo rir pela primeira vez, não quero deixar de descobrir que os olhos dele parecem verdes em vez de azuis quando acorda de manhã. Não quero perder o nosso primeiro beijo, a nossa primeira noite, o nosso primeiro tudo. E aceito a dor no coração, o horror e as perdas também, o medo de não saber como tudo vai acontecer, porque isso é a vida, em toda a sua glória e bagunça, ao vivo e em cores. E sei que tenho muita sorte de estar aqui, e que cada respiração que dou é a parte boa.

Eu sacudo a máquina, porque nada está acontecendo, as letras continuam teimosamente apagadas.

– Me deixe viver a minha vida. Por favor.

E é aí que começo a chorar, porque não está funcionando. Desabo no chão, a cabeça apoiada na máquina. Estou física e emocionalmente esgotada, porque agora sei que é tarde demais, e que mesmo que eu me lembre de tudo, lembrar não é o mesmo que viver.

Bem quando estou para aceitar que o meu tempo acabou, sinto um solavanco, olho para cima e vejo a velhinha chutando a máquina.

– Às vezes ela precisa de um empurrão – diz ela. – Como eu, ela já está bastante velha.

A máquina se acende, como uma árvore de Natal. As engrenagens rangem e vejo as palavras prensadas na moeda de cobre:

"SEU DESEJO FOI CONCEDIDO".

35
HOJE

Acordo com o cheiro de umidade. Resmungando para o despertador, olho a mancha amarela no teto. Quais são as chances de o senhor Finkley pagar por esse conserto, ou do nosso senhorio arrumar e repintar? Ainda que a mancha esteja maior e que o cheiro esteja bem pior, por algum motivo, hoje, o estado do meu quarto não me incomoda tanto quanto de costume. E como meu pai sempre diz: "Existem coisas piores no mundo, querida". Que coisas piores são essas, eu não sei bem, mas imagino que umidade seja uma delas.

Ao levantar da cama, puxo as cortinas, abro as janelas e inspiro a vista, os cheiros e os sons de uma Londres gloriosa e ensolarada. Os carros estão buzinando, os pássaros estão cantando, sinto o cheio da lata de lixo da loja de kebab que fica perto. Hoje vou usar uma boa saia para ir trabalhar. Mesmo que ontem tenha sido um dia desastroso (com todo o problema do *croissant* e ter ouvido que a minha promoção não significou nada e que eu ainda sou basicamente uma assistente), se eu continuar trabalhando, dando duro e sendo profissional, talvez um dia confiem em mim.

Na cozinha, Emily e Julian estão tomando café da manhã.

– Desculpa, acho que esse cereal é seu. Vou comprar outro depois – diz Julian com a colher cheia parada no ar.

– Tudo bem – respondo, mas quando pego a caixa de cereal, vejo que está vazia. – Ah.

– Vou fazer uma torrada pra você – diz Emily, que também está comendo o meu cereal. – Desculpa.

Ao final do corredor, escuto música vindo do quarto de Zoya.

– A Zoya ainda está aqui? Achei que ela tinha uma visita cedo.

– Eles cancelaram de última hora – responde Julian, e então começa a balançar o dedo como se fosse um velho e diz: – Essa juventude de hoje em dia, não tem nenhum senso de compromisso.

Ando pelo corredor e bato de leve na porta de Zoya.

– Pode entrar! – responde ela, e eu empurro a porta. Ainda que eu a tenha visto ontem, sinto uma distância entre nós, como se estivéssemos separadas há tempos.

– Ei, achei que você já tinha saído – digo.

– A visita foi cancelada, então... – Ela perde o fio da meada, e ficamos ali nos encarando em silêncio.

– Zoya, sinto muito... – começo a dizer, mas ela me interrompe.

– Não, não, *eu* sinto muito. Exagerei, não deveria ter sido tão chata. Eu sei que deve parecer que estou me vendendo, mas não é só pelo dinheiro. A escola de artes não era meu lugar, Luce.

– Eu sei.

– Não é como se eu não fosse desenhar nunca mais. Se eu fizer isso, vou conseguir ver o mundo e também pintar o mundo. – Ela sorri, atravessa o quarto e me puxa para um abraço. – E por incrível que pareça, eu gosto de ser agente imobiliária, mas sei que você iria odiar. Você deve continuar na TV, e eu vou continuar ouvindo as suas reclamações, porque amigas servem para isso. – Ela faz uma pausa antes de dizer: – Acho que fiquei brava porque estou com um pouco de inveja. Queria ter a mesma clareza que você tem sobre o futuro. Talvez eu esteja focando demais em me divertir, em vez de fazer planos para o futuro.

– Acho que está se saindo bem. Eu amo você – digo e aperto a mão dela com força. Ela me lança um olhar desconfiado. – O que foi? Não acho que digo isso vezes o suficiente. Eu amo você. A minha vida não seria tão boa sem você nela.

– Que brega. Mas tudo bem. Eu também amo você pra cacete.

Ela se inclina e me dá um beijo molhado na bochecha, e eu fico enojada limpando com a mão.

De volta à cozinha, coloco água para ferver para fazer chá para nós.

– Bem, já que estamos aqui, reunião de apartamento – digo, batendo as mãos. – Tenho pensado, e proponho que tenhamos um fundo para compras básicas: podemos colocar um pouco de dinheiro cada semana e comprar as coisas que todos nós usamos, como cereais, leite e papel higiênico.

– Eu topo – diz Julian.

– Faz sentido – responde Emily, enquanto cheira o leite que vai colocar no chá.

– Além disso, não quero ser chata, mas podemos concordar em não usar a banheira para nada além de tomar banho? Não quero mais achar ossos nem roupas sendo pintadas lá dentro.

– Concordo – diz Julian. – Em, a última pintura que você fez me deixou roxo. A Betty achou que eu tinha alguma doença de pele exótica.

– Muito bem. Combinado então – digo. – É dia de pagamento, então eu vou comprar papel higiênico e cereal para todos nós quando voltar para casa.

– E já que estamos tendo uma reunião de apartamento, tenho novidades – diz Zoya. Ela me olha e eu aceno com a cabeça. – Vou me mudar.

– Ah, não! – dizem Julian e Emily ao mesmo tempo.

– Não acabe com os quatro mosqueteiros! – diz Julian. – Vamos ter que trocar a etiqueta ZoLu JuEm no interfone, eu amo aquela etiqueta.

– Quem vai fazer as trilhas sonoras das nossas manhãs? Ou trazer a vodca para as nossas noites? – reclama Emily.

– Eu sei, eu sei, mas é hora de mudar.

– Agora ela é uma adulta importante, e eu não poderia estar mais orgulhosa – digo, enquanto estico a mão para bagunçar o cabelo de Zoya.

– Eu ainda vou vir pra cá sempre – diz Zoya. – E vou trazer ótimas *playlists* e uma vodca mais ou menos.

– Odeio fazer entrevista para dividir apartamento – reclama Julian.

– Bem, pode ser que a gente não precise fazer isso imediatamente – digo a ele. – Estive pensando, até que a situação da umidade no meu quarto seja resolvida, pode ser que a gente consiga um desconto no aluguel pelo quarto estar inabitável.

– O que deu em você hoje? Está que nem a "Erin Brockovich". Você escutou algum *podcast* motivacional quando estava dormindo ou algo assim? – pergunta Emily.

– Não sei – respondo. – Só acordei me sentindo bem e decidi que queria fazer algumas mudanças.

– Seja a mudança que você quer ver no seu banheiro – diz Zoya.

– Isso mesmo.

Antes de sair para o trabalho, pego as duas plantas que estão morrendo no meu quarto e digo a elas:

– Sinto muito. Eu tentei, mas não sou uma pessoa boa com plantas. Vocês precisam ir embora. – Talvez um dia eu possa ter um jardim, para tentar ser a filha de dedo verde do meu pai, mas por agora, não me envergonho em admitir a derrota.

Lá fora, perto das lixeiras, encontro o senhor Finkley tentando enfiar uma gaiola enferrujada na lixeira verde que já está transbordando.

– Ah, não vai ter lugar para isso? – pergunto, desapontada.

– Não. E você precisa colocá-las em uma sacola plástica preta de qualquer forma – diz ele, enquanto examina as plantas na minha mão. – Por que você vai jogá-las fora?

– Não sou muito boa em cuidar de plantas. Elas parecem tristes e eu estava ficando deprimida de olhar pra elas.

– Liguei pra uma pessoa vir ver o chão do banheiro amanhã – diz o senhor Finkley, e percebo que ele está tentando ser simpático.

– Obrigada, agradeço muito. – E então percebo como ele está olhando curiosamente para as plantas, e digo: – O senhor não gostaria de ficar com elas? Talvez tenha mais sorte do que eu e consiga trazê-las de volta à vida.

– Sério? – Os olhos dele se acendem.

– Claro, eu ia jogá-las fora mesmo.

Ele pega os vasos da minha mão e abraça cada um com um braço.

– Você pode vir visitá-las sempre que quiser – oferece ele. – Se sentir saudades.

Aham, claro.

– Estou bem, mas obrigada por oferecer. – Eu me viro para sair, mas faço uma pausa e digo: – Senhor Finkley, obrigada por tentar arrumar o banheiro, sinto muito por ter gritado com o senhor ontem. É que eu estava realmente muito cansada.

Ele faz que sim com a cabeça e depois sussurra:

– Que tal uma bebida? Acho que seria uma boa.

Enquanto estou pensando em uma maneira educada de recusar o convite, percebo que ele não está falando comigo, e sim com as plantas, então volto correndo para alcançar Zoya.

– Contar para os outros foi mais fácil do que imaginei – diz ela quando estamos indo para o metrô. – E você tem certeza de que não se importa com a minha mudança?

– Zoya, vou sentir muito a sua falta, mas as coisas não podem ficar da mesma forma para sempre. – Faço uma pausa. – Por favor, me diga que você vai continuar morando na zona sul?

Ela segura a minha mão e começa a balançar para frente e para trás.

– É claro que vou ficar na zona sul. Então, me conte o que aconteceu ontem à noite. Por que você chegou tão tarde? E por que tá toda animadinha? Você conheceu alguém?

– Foi uma noite estranha, horrível na verdade. Eu estava muito triste depois de você ter ido embora, então bebi demais, voltei andando pra casa e aí me peguei abrindo o aplicativo LondonLove e marcando um encontro com esse cara chamado Dale, ah, e depois encontrei essa senhorinha doida na banca de jornal, tenho que te contar dela. Mas o estranho é que, apesar da noite horrorosa, essa manhã acordei sentindo que tudo daria certo. Já aconteceu isso com você?

– Já, sempre que você começa uma história com "tenho que te contar dessa velha louca que eu conheci…".

Animada por conta do pagamento, compro café para nós duas em um lugar próximo à estação. Uma música começa a tocar enquanto estamos esperando no balcão; nunca tinha ouvido antes mas algo chama a minha atenção.

– Que música é essa?

– É o mais novo single da Lex, "The Promise of You" – diz Zoya. – A Radio One está obcecada com ela, por quê?

– *Déjà vu*. Você já sentiu isso com uma música?

– Sempre sinto. O que você vai fazer em relação à Melanie? – pergunta Zoya.

– Vou ficar até o final da série, e depois vou começar a mandar currículos… Me inscrever para trabalhos de pesquisadora júnior de verdade. Acho que me acomodei em ficar na When TV, tentando me provar para Melanie.

– Síndrome de Estocolmo. Ei, um trem vai sair em quatro minutos, quer correr para tentar pegá-lo? – pergunta Zoya, depois de olhar o aplicativo de transporte no celular.

– Não, podemos pegar o próximo. Não estou com pressa.

– Que bom. Quero saber todos os detalhes da sua aventura da noite passada.

Enquanto caminhamos devagar, bebericando os nossos cafés, absorvendo os raios solares da primavera, conto a Zoya sobre Dale, sobre a minha caminhada para casa sem sapatos e sobre como fiquei um pouco maluca na banca de jornal, e acabei fazendo um desejo em uma máquina doida que, é claro, não funcionou.

EPÍLOGO
CINCO ANOS DEPOIS

— Para onde vamos agora? — pergunta Faye enquanto nós quatro saímos de um bar na Upper Street.

— Você decide, é o seu aniversário — diz Zoya, enquanto coloca o braço sobre meu ombro. — Esse vestido curtinho dourado está muito bem você. A gente precisa sair sempre, talvez ir dançar.

— Isso! Vamos atrás de homem — grita Roisin para o céu cinzento da noite.

— Não deixe o seu marido ouvi você dizer isso — responde Faye.

— Não pra *mim*, pra vocês. Eu posso ficar de apoio.

— Bem, Zoya está bem, eu prometi ficar longe dos homens por um tempo, então só nos resta a Lucy — diz Faye.

— Também prometo ficar longe dos homens — digo. — Tenho trinta e um anos e vou passar esse ano em abstinência e sobriedade. Todo o tempo que gastaria indo em encontros e bebendo, vou gastar lendo e tentando novos *hobbies*. Pode ser que eu fique ótima em macramê, ou em patinação... Podem ir se preparando para uma nova eu.

— Bem, estou pronta para a sua nova eu, sua velha eu, a eu que você quiser ser — diz Faye, passando o braço pelo meu ombro.

— Abstinência e sobriedade, sai fora, Lucy! — Roisin ri para os céus.

— Por que você está gritando tanto? — pergunta Faye. — Posso votar contra ir pra boate? Eu toparia um outro bar, mas preciso descansar *um pouco* esse final de semana.

— Você pode descansar quando morrer — diz Zoya. Ela para repentinamente na rua e se vira para nos olhar. — Vamos fazer um pacto agora, não importa o que mude em nossa vida, casamento, filhos, carreiras, viagens, sempre vamos ter isso. Sempre vamos ter tempo uma para outra. Quero que a gente tenha noites como essa daqui vinte, trinta, cinquenta anos.

— Já sou velha demais pra noites como essa. No meu aniversário, podemos ir almoçar em um lugar legal? — pergunta Faye. — Talvez um dia relaxante no spa.

— Tudo bem, não é sobre o lugar que vamos, mas sobre nos priorizarmos, não importa pra onde a vida nos leve. Parceiros vêm e vão, mas isso… — Ela aponta o dedo para cada uma de nós. — Isso é para sempre.

— Pode contar comigo — respondo.

— Comigo também — diz Roisin.

— Somos três — concorda Faye, e nós quatro damos um abraço coletivo.

— Muito bem, agora é sério, Lucy… Pra onde vamos? Boate, bar, masmorra de sexo em macramê? — pergunta Zoya.

— Vamos achar um karaokê — respondo. — Estou com vontade de cantar.

AGRADECIMENTOS

Em primeiro lugar, preciso reconhecer a grande quantidade de filmes clássicos nos quais este livro se inspira: *Quero ser grande*, *De repente 30*, *Um homem de família* e até *Sexta-feira muito louca*. (Nossa, os anos 1990 e o início dos anos 2000 foram um ótimo período para o cinema, não foram?) Assistir novamente a esses filmes me fez pensar sobre os saltos na vida – e me perguntar se a diferença entre ser um jovem-adulto e uma pessoa de meia-idade não é a mesma diferença de ser uma criança e um adulto. Sempre gostei de romances com um toque de fantasia/realismo mágico, então imaginei um salto no tempo de vinte e seis para quarenta e dois anos, e essa ideia não saiu da minha cabeça. E, por isso, agradeço ao cinema dos anos 1990 por ser tão incrível e, sim, eu sou aquela mulher que fica assistindo a filmes antigos murmurando para mim mesma: "Ah, não fazem mais filmes como esse" (suspiro).

Devo agradecer a minhas amigas Natalie e Rids, que sempre foram ótimas primeiras leitoras. Amo muito as longas conversas que tive com Rids sobre a lógica de portais mágicos. É sempre bom conversar com alguém que AMA livros de viagem no tempo quanto se está escrevendo um, porque eles vão prestar atenção em *tudo*. Conversamos muito sobre o que acontece na linha do tempo do futuro quando a Lucy volta ao passado. E quando perguntei se isso importava, Rids respondeu: "Claro que importa", e eu preciso admitir que ela estava certa. Eu precisava saber, mesmo que Lucy nunca saiba, mesmo que não apareça no livro.

Agradeço a meus filhos R. e B., que inspiraram muitas das conversas com Felix. Eles inventaram o Dia do Bolso, e nós ainda os celebramos.

As crianças realmente imaginam coisas muito mais engraçadas do que eu poderia inventar, e eu teria escrito mais cinquenta páginas com facilidade sobre as conversas da Lucy e do Felix. Para a sorte de vocês, não fiz isso. Agradeço a minha família pelo apoio constante, especialmente a minha mãe que ainda compra os meus livros de presente de Natal para todos que ela conhece.

Queria agradecer a meus editores Kim Atkins e Kate Dresser, por segurarem a minha mão em cada uma das revisões e por trazerem observações tão brilhantes. Adoro contar com a colaboração de vocês. Agradeço a minha agente, Clare Wallace, que não é só uma agente incrível, mas também uma amiga inspiradora. A todos os meus amigos escritores, que fazem com que este trabalho louco seja menos solitário e formam uma comunidade de apoio.

Por fim, o meu maior agradecimento vai a vocês, meus maravilhosos leitores, especialmente se este for o quarto livro meu que você está lendo. De verdade, as suas mensagens e postagens sobre o meu trabalho significam muito para mim. Sei que existem tantos livros ótimos por aí, e por isso preciso agradecer de todo o coração por você ter escolhido o meu. Este é o primeiro livro que escrevi que me faz chorar toda vez que eu leio final, por isso espero que alguns de vocês tenham uma experiência de leitura parecida. Também sei que todo esse falatório sobre "viver o presente", "tudo é parte boa", "valorize todos os dias" é mais fácil de escrever do que de viver. Então não se martirize se às vezes você só quiser comer queijo quente, assistir Netflix e rolar o *feed* do Instagram. Eu também sou assim. *Eu tambééém.*

Este livro foi composto com tipografia Adobe Garamond Pro e impresso em papel Off-White 70 g/m² na Formato Artes Gráficas.